POLINESIOS

· APROBADA ·

EL LIBRO

POLINESIO

Revisado por Less, Rafa y Karen

montena

El papel utilizado para la impresión de este libro ha sido fabricado a partir de madera procedente de bosques y plantaciones gestionadas con los más altos estándares ambientales, garantizando una explotación de los recursos sostenible con el medio ambiente y beneficiosa para las personas.

Penguin
Random House
Grupo Editorial

El libro Polinesio

Primera edición: septiembre, 2024

D. R. © 2024, Los Polinesios
D. R. © 2024, G73, S.A de C.V.

D. R. © 2024, derechos de edición mundiales en lengua castellana:
Penguin Random House Grupo Editorial, S. A. de C. V.
Blvd. Miguel de Cervantes Saavedra núm. 301, 1er piso,
Colonia Granada, alcaldía Miguel Hidalgo, C. P. 11520,
Ciudad de México

penguinlibros.com

D. R. © 2024, VIBO Creando, por el diseño y maquetación
D. R. © 2024, Rubén Márquez, por las fotos de portada

ISBN: 978-607-318-587-5

Impreso en México – *Printed in Mexico*

EL LIBRO
POLINESIO

Revisado por Less, Rafa y Karen

Índice

PRÓLOGO DE PP

¡Hola, polinesios!, ¿cómo están?

Nos da mucha ilusión y alegría poder compartir este libro colaborativo con ustedes. Amamos encontrar formas nuevas y diferentes de estar en su día a día y este libro es la cereza del pastel, ¡de la culminación de la década Polinesia! Hay que cerrar bien una etapa para abrir otra: aquí tienen la compilación de estos años creando para ustedes, con anécdotas inéditas y recuerdos únicos que hemos vivido este tiempo siendo Polinesios. Bien dicen que las mejores cosas no se planean, y nosotros creemos firmemente en la espontaneidad y en que todo pasa por una razón.

Este libro es una confirmación de que nada es casualidad y de que cada uno es responsable de construir su futuro. No saben la emoción que fue abrir ese paquete y descubrir su contenido: una polinesia, como millones en el mundo había recabado nuestro legado hasta ahora, a través de cientos de páginas, fotos y datos reales. ¡Ni Mr. Clarck lo hubiera hecho mejor! Cuando hojeamos estas páginas no dejábamos de sorprendernos, recordar y sonreír con cada capítulo; las horas pasaron rápido. Karen pidió una pluma y comenzamos a ponerle de nuestra cosecha, fue tan emocionante poder contribuir a la labor que la polinesia había hecho, sumando anécdotas, corrigiendo algunos datos y comentando sobre los textos escritos. Cuando terminamos pensamos: "¿y si lo publicamos?".

Fue así como nos involucramos en la fantástica y maratónica tarea de contar nuestra vida personal y profesional a través de los ojos de un seguidor polinesio. Desde el bisabuelo polinesio, hasta el documental, ¡todo estaba ahí! Escrito no solo con palabras, sino con el corazón. Estas páginas nos llenaron de asombro, pues a través de ellas redescubrimos nuestra historia y la de una persona que vio algo especial en nosotros, decidió seguirnos y nos dio la oportunidad de acompañarla durante años con cinco canales, miles de videos y decenas de canciones. Sin duda, este libro nace de una colaboración cariñosa que se quedará para siempre. El libro está complementado con nuestras palabras a manera de intervenciones para que también tengan un detalle más personal de nosotros.

A ti, polinesio, que estás leyendo estas palabras, queremos pedirte que guardes este libro para que, cuando pasen muchos años y estés viejito, lo abras de nuevo y recuerdes una etapa maravillosa de tu vida, ¡de nuestra vida! Para que llores y rías con ella y puedas revivirla una vez más. Además, te invitamos a que sigas escribiendo esta historia con nosotros, porque esto todavía no acaba, nos quedan muchas páginas por llenar y mundos por descubrir. El libro de nuestra vida continúa, ¿nos vas a acompañar?

¡LOS AMAMOS!

INTRODUCCIÓN

Cada día con ellos ha sido una aventura divertida, emocionante, alegre, de autoconocimiento y muchísimo aprendizaje. Mi vida ha estado unida a la suya incondicionalmente desde hace más de diez años. Rafa, Karen y Lesslie se han convertido en parte de mi historia y sus consejos me han inspirado a encontrar mi camino.

Tenía nueve años cuando los conocí y me declaré una "polinesia sombra": una fan que ve y cree saber todo sobre RKL, pero que no interactuaba con ellos en redes o con otros fans. Me mantuve en la oscuridad. Sin embargo, entendí, por fin, lo que era pertenecer a algo importante, enorme, a un grupo de seguidores y más que eso, a una gran familia que cada día crece más y se renueva. He visto todos sus videos, los sigo en todas sus redes, estoy suscrita a todos sus canales y mi corazón pega un brinco cada vez que escucho la campanilla de la notificación que me indica que hay nuevo video en su canal de YouTube. Al instante vuela mi imaginación y trato de adivinar en qué parte del planeta estarán, si el video tratará sobre alguno de los AKK, una broma, reto, receta, *tag* o una anécdota de viaje con sus papás.

No me di cuenta cuándo decidí empezar a juntar todo lo que me encontraba sobre ellos. Al principio se trataba de pantallazos de sus videos, de sus publicaciones, recortes de revistas, fotos de periódicos, pósters y así, hasta verlos en uno de sus conciertos y comprar sus productos oficiales en PPMarket. El universo Polinesio se expandía, evolucionaba igual que yo, y aumentaba al mismo tiempo que su éxito y mi pasión por estos tres hermanos. Me di a la tarea de perfeccionar lo que en ese momento llamé Bitácora Polinesia con un solo objetivo: que alguna vez Rafa lo tuviera en sus manos, Karen se sorprendiera al leerlo y Lesslie lo atesorara. Y claro, también soñé que millones de polinesios lo leerían.

A eso dediqué tardes enteras y fines de semana, días y meses. El documento que tienen ahora en sus manos es el resultado de mi colección, de mi investigación y cariño hacia Plática Polinesia, es la prueba de que si nos ponemos en acción y hacemos las cosas con todo el corazón, podemos cumplir los sueños más locos. Rafa, Karen y Lesslie, gracias por hacer de este, su libro oficial.

Este libro es para ustedes, polinesios, recuerden que somos parte de una familia, de algo mucho más grande de lo que jamás pensamos. A continuación, les dejo la carta íntegra que acompañaba al paquete que contenía las hojas de mi libro.

[Esto fue lo que PP leyó al abrirlo:]

Para Karen, Lesslie y Rafa:

Ojalá hubiera una cámara escondida detrás del mueble que está frente a ustedes para captar el momento preciso en el que están recibiendo este libro; podría estar debajo de la mesa, como cuando le hicieron creer a su mamá que se estaba incendiando su departamento, o quizá detrás de un poste, como cuando fingieron que su papá había ganado un auto. No podría elegir quién de ustedes, Rafa, Karen o Lesslie, me gustaría que fuera el primero en leer este libro que he escrito por y para ustedes.

¿Eres tú, Rafa?, me pone un poquito nerviosa que lo revises, porque sé que eres el perfeccionista de la familia, el que no da un paso adelante hasta estar seguro de que un proyecto vale la pena. Fuiste el primero en creer en PP, el que contagia a sus hermanas con su entusiasmo y las impulsa a cometer una que otra locura. Ojalá que pienses que este documento podría ser uno más de tus proyectos, que puedes intervenirlo, corregirlo y llevarlo a la perfección; cierro los ojos e imagino que en ese momento detienes la lectura, sacas tu celular y les marcas a Lesslie y a Karen para decirles… "Oigan, tenemos una situación… ¡se me acaba de ocurrir una gran idea!"…

¿Karen, eres tú? Quiero que sepas que tengo muchas cosas de ti: también amo el arte, tengo una playera eterna y no funciono por las mañanas si no es tomando una taza de café. Pero en lo que más nos parecemos es en que busco desafiar las reglas e intento cada día abrazar esas diferencias que me han hecho objeto de burlas. ¿Sabes? No sé qué destino tendrá este escrito, quizá nunca llegue a ser relevante y no lo lamentaría tanto como el hecho de haberme quedado con las ganas de escribirlo. Este manuscrito es mi Despertar, con él pude salir de mi zona de confort y creer que mis palabras pueden ser valiosas; justo como tú lo has hecho durante todos estos años.

Finalmente, Lesslie, si tú estás leyendo esto sé que podrías estar tan emocionada como yo, llorando al ver todo lo que me has inspirado. Quisiera que descubrieras este trabajo, que lo hojearas y que supieras que cada palabra escrita, cada dibujo, cada recuerdo, cada objeto que he coleccionado y que he puesto en él es un "te quiero" en respuesta a cada "los amo" con el que te despides en cada video… Ah, se me olvidó decirte que vivo en Corea y que en cada rincón de Daegu, la ciudad en la que vivo, siempre estás tú.

Con amor
EMMA
POLINESIA

P

CAPÍTULO

HISTORIA PREPOLINESIA:

su vida antes de Youtube

Mi primer recuerdo de Polinesios fue algo que me impactó cuando era pequeña, hace algunos años cuando faltaban cerca de cinco minutos para que terminara el receso de una mañana larga y aburrida en el colegio. Ustedes saben a qué me refiero, polinesios: mucha tarea, poca plática y dos exámenes sorpresa. Un fastidio para cualquier estudiante, pero sobrevivimos. El patio ya estaba medio vacío cuando algunos chicos de cuarto grado seguíamos tonteando de regreso al salón de clases, empujándonos, jugando; de repente, mi mejor amigo Freddy, que siempre estaba al corriente con las tendencias, lanzó la pregunta: "¿Ya vieron la broma del limpiador de pisos? ¡Ahora sí, Lesslie se ganó un Óscar! Amo a esos Polinesios".

Bebiendo limpiador de pisos con clorol | LOS POLINESIOS BROMAS PLATICA POLINESIA

Todo aquel que fuera niño o adolescente en 2013 y tuviera a su alcance una conexión a internet, ya había escuchado de los famosos Polinesios, sus canales y sus bromas épicas. Mis amigos estaban tan familiarizados con ellos que Freddy ya había hecho suya la frase "no te pases", misma que aplicaba cada vez que alguien no hacía nada en los trabajos en equipo. Pero aquella vez en el patio del cole me sentí tan... ¿cómo decirlo?, ¿excluida?, ¿rara? ¡Yo era la única persona en el planeta que no sabía quiénes eran los Polinesios, la que no sabía nada de sus videos! Fue tanta su emoción que no dejaron de sorprenderme. Cada uno hablaba de temas diferentes que cautivaron mi atención. "Habría sido mejor si el líquido morado de la botella fuera refresco de moras azules, ¿no?, creo que se hubiera visto más real". "Ja, ja, ¡qué chistoso!, mi mamá se muere si me ve tomando limpiador de la botella. La que también estuvo buena fue la del temblor en la que Rafa se cayó".

¿Y quién es Rafa?, ¿tembló?, ¿a qué hora?, ¿cuándo?, ¿por qué no lo sentí? No entendía nada. Mis amigos empezaron a hablar al mismo tiempo, a reírse y a decir frases que para mí no tenían sentido y que apenas capté... No tenía idea de lo que estaban diciendo y, además, el que ellos me miraran como si fuera alienígena, me hacía sentir todavía peor. Oficial: me había convertido en un meme andante que corría el riesgo de volverse viral en cuestión de minutos, si es que no hacía algo y cambiaba mi ignorancia polinesia.

Al llegar a casa fui directo a mi recámara y encendí mi compu. Rápido tecleé las palabras clave en el buscador de internet: "Polinesios videos bromas". Y vaya que me había perdido de mucho... Pasé los primeros minutos navegando de un canal a otro sin control, de ExtraPolinesios a Los Polinesios y luego a Musas.

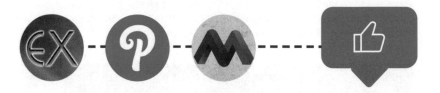

Todo el contenido era muy random, el tiempo se me pasó volando, me transporté mágicamente a un estado mental de felicidad instantánea, me sentí eufórica, emocionada, como cuando comes pizza, la comida favorita de Rafa y la mía también; mi mundo vivió una revolución. Con algunos videos me reí tan fuerte que me estaba ahogando... ¡hasta mi mamá se asomó a mi cuarto para preguntar qué me pasaba y si estaba bien! Ella sintió curiosidad y se quedó a acompañarme, por lo que también murió de risa al ver a estos "hermanos locos", como los llamó. Cabe señalar que desde entonces tuve su "pulgar arriba" para reproducir sus videos.

Como de la familia...

A través de estos videos, me di cuenta de que tenía mucho en común con Rafa, Karen y Lesslie (RKL): el lugar en el que vivían se parecía mucho a mi casa, y mi recámara era como la de Rafa; mi mamá reaccionaba como la mamá Vero cuando se asustaba, y su papá, Rafael, era tan nervioso, tierno y amoroso como el mío. Por si fuera poco, también eran tres hermanos (yo soy como Karen, la de en medio) y supe reconocer de inmediato la complicidad que había entre ellos, ese comunicarse sin palabras y escapar juntos de un regaño. También me di cuenta de que lo ordinario podía ser extraordinario y que la genialidad provenía de mentes que se atrevían a hacer realidad sus ideas y compartirlas con el mundo de forma natural, honesta, creativa...

Polinesios ponían en marcha las bromas más épicas, y yo amaba lo que lograban con su familia. Me hubiera gustado hacerle a mi hermana Clara la del *Baño en la sala*, o a mi mamá la de los *Pollos muertos en el cereal*, ¡se hubiera desmayado! La más pesada fue la de *Broma con cucarachas de Madagascar a Lesslie*, ¡Dios!, ¿en qué estaba pensando Ana Karen cuando las manipuló y las puso en la caja para asustar a su hermana? Cómo me iba a divertir. Oh, sí. Mi imaginación empezó a volar, incluso hasta

les dejé comentarios en varios de sus videos para sugerirles cómo mejorar las bromas o darles ideas para vengarse del hermano maldoso que se las hizo… Además, RKL tenían mascotas increíbles, cocinaban cosas que se me antojaban muchísimo, hacían tutoriales y mucho, mucho más. Quedé impactada y a la vez sentí que algo en ellos me era familiar, como que los conocía desde siempre.

Mi curiosidad aumentaba al preguntarme cómo eran ellos antes de hacer videos… ¿qué estudiaron?, ¿eran populares en su escuela?, ¿cómo eran en su casa como hijos?, ¿eran latosos? Y, sobre todo, ¿cómo empezaron a grabar y cómo abrieron sus canales? Quería conocer un poco más de la infancia de los que ya se habían convertido en mis ídolos, así que me di a la tarea de investigar la prehistoria polinesia, por así decirlo, los secretos de estos hermanos que terminaron escribiendo la aventura digital más épica de todos los tiempos. Al *stalkear* como una experta en su pasado, me di cuenta de que todo empezó con una historia de amor.

Vero y Rafa, el origen

Ellos son los responsables de la creación de esta familia y, por lo mismo, de la fama exponencial de sus hijos, pues solamente en un hogar lleno de amor, libertad y buena vibra puede haber espacio para la creatividad, misma que RKL aprovecharon para construir su universo.

Después de investigar a profundidad obtuve información valiosa sobre sus padres. Se conocieron en la fiesta de un familiar del jefe de su papá, y resultó que su mamá era hermana de uno de los asistentes. Desde que se saludaron él no dejaba de mirarla porque le pareció muy bonita. Primero la vio sentada, pero cuando ella se levantó se dio cuenta de que era una mujer muy alta y hermosa. Fue amor a primera vista. En esa fiesta intercambiaron sus números telefónicos, y fue así como empezaron a llamarse para salir los fines se semana. Por lo que he visto en los videos, él era una persona muy tímida, así que se le declaró a su futura esposa a través de una carta. De hecho, le pidió matrimonio de la misma forma, un año después de conocerla. Han sido una pareja muy cariñosa y trabajadora, y algo que comparten es su gusto por los viajes: ¡les encanta viajar a pueblos pequeños y ese tipo de cosas!

Hay que ser honestos, polinesios, RKL fueron niños y adolescentes muy inquietos: ¿se imaginan entrar a su casa y encontrar el baño lleno de bolitas de unicel o de harina (como en la broma a Lesslie mientras se bañaba), *slime* por todo el jardín y gusanos en la cocina? Se tomaban en serio la producción de cada idea que tenían; y con lo que encontraban en su casa, alacena y recámara, construían un set increíble, digno de admiración. Sus padres debieron ser tolerantes e inteligentes para guiarlos. Incluso, alguna vez Karen dijo que sería una buena idea que sus papás escribieran "El gran libro de crianza de los papás Polinesios", y no dudo

Papá Polinesio y Mamá Polinesia en una fiesta, a los tres años de novios.

en que sería un *best seller*, pues muchos padres estarían interesados en conocer qué fue lo que hicieron Vero y Rafa para que sus hijos hayan marcado la diferencia. Pero no es un secreto: la educación de los padres Polinesios tiene como base el cariño y la disciplina, pues de otra forma, RKL no habrían contado con la tenacidad que los ayudó a alcanzar sus sueños y cumplir con sus obligaciones como hijos y estudiantes.

👑 *Polinesia, yo creo que el secreto de nuestra educación se encuentra en el hecho de que mi mamá era profesora, su objetivo era enseñarnos lo que es la disciplina, así que teníamos estos deberes: cumplir con las tareas y colaborar con el trabajo de la casa.*

Rafa, Karen y Less haciendo sus primeros retos.

De hecho, el señor Rafa no ha ocultado que sí, que le sacaron canas verdes y varios sustos, pues ha dicho de sus hijos que "ninguno es calmado", como nos explicó en un video. Y para reafirmarlo, recordó algunos de los momentos más memorables de la infancia de RKL: "Rafa le prendió fuego a una piñata. Karen agarró un pajarito que cayó de su nido, para protegerlo, y lo puso en un cajón, pero después de varios días su habitación olía bastante mal; el pajarito estaba todo hinchado, pues ya había muerto. A Lesslie, no sé por qué, le dio por cortarse el fleco y siempre le quedaba como de puercoespín". Como se imaginarán, en esta casa, las risas y anécdotas nunca faltaron. Con un ambiente tan *cool*, era lógico que el talento de estas futuras estrellas digitales se estuviera cocinando. Sin duda, el mundo sería un mejor lugar si los papás se dedicaran a apoyar a sus hijos y confiaran en sus locuras y metas, por extrañas que parezcan.

👑 *Yo veía a mi mamá como la más exigente. Ella era quien nos regañaba si nos portábamos mal o hacíamos algo que no debíamos. Los tres pensábamos: "si hacemos una travesura... ¡que no se entere mi mamá!". Mi papá era este ser amoroso y tranquilo, así que si él se enojaba era porque de plano habías hecho algo demasiado malo, pero casi nunca pasaba. A nuestros padres los veíamos como eso, adultos que te guían, que te dicen cómo comportarte, ¡y tenías que hacerles caso! Eran verdaderas figuras de autoridad y amor, por lo que obedecerlos nunca fue tan difícil, ellos sabían lo que era mejor para nosotros. También recuerdo que nos soltaban las riendas para que jugáramos todo lo que quisiéramos, y aunque ellos no participaban en nuestras dinámicas, nos dejaban ser.*

△ *A mi mamá, a pesar de que era más estricta que mi papá, no le teníamos miedo, sabíamos que lo que nos decía era para mostrarnos la manera correcta de hacer las cosas; ella nos dio esa base de valores, de educación, para que más adelante fuéramos capaces de elegir y diferenciar el bien del mal*

RAFA

*creatividad
fuera de
este mundo*

"La familia es el centro de lo
que eres como ser humano
y la que te permite alcanzar
tus sueños".

Rafa

Rafa nació un año después de que sus papás se casaron, pero su felicidad como hijo único le duró muy poquito. En el video *Nuestras fotos vergonzosas de pequeños,* del canal **Los Polinesios,** asegura que antes de que llegaran sus hermanas tenía una "familia perfecta" (¡no te pases, Rafaelo!): "Éramos una familia superbonita: mamá, papá e hijo. Nos parecíamos al emoji 👪. Fui muy feliz". Y aunque naaadie cree que su vida hubiera sido mejor sin sus hermanas, la verdad es que la historia de Rafa es digna de una peli de superación. Les dejo aquí algunos datos que están disponibles en el video del hermano mayor:

Rafa en el festejo de los tres años de Karen.

Rafa en casa de su abuelo con uno de sus gatos favoritos.

Rafa y Karen en la ceremonia de los tres años de Karen.

Rafa, el primero en todo

- Fue muy adelantado desde peque: empezó a hablar a los nueve meses y a caminar desde los ocho, no cabe duda de que tiene algo de alien en su ADN.

- Sus padres consideran que fue un niño muy despierto y demasiado inquieto, por lo que sus juegos, excursiones e investigaciones le dejaba las rodillas y codos raspados.

- Las aventuras de Rafa no paraban y sufrió varios accidentes: un día se rompió dos dientes y lo llevaron al dentista, quien le puso unas prótesis plateadas con las que se sentía de lo más *cool,* como todo un rapero.

- También se rompió la nariz al caerse mientras jugaba.

- Cuando tenía cinco años, su papá se fue a trabajar a Estados Unidos y esto lo convirtió en el "hombre de la casa". Desde chiquito tomó en serio la responsabilidad de proteger y cuidar a su mamá y, posteriormente, a sus hermanas.

- Rafa tiene varias fotos con Santa Claus, le gustaba conocer a este tipo de personajes, y las botargas eran su *hit*, por lo que no dudaba en ir a saludarlas y posar para la foto.

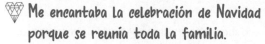 Me encantaba la celebración de Navidad porque se reunía toda la familia.

- Uno de los recuerdos más entrañables de Rafa, sin duda, es el amor de su papá: "Nos besaba y nos hacía cosquillas con su bigote en el cuello, era muy chistoso, nos picaba".

- Cuando cursaba el segundo año de kínder, le tocó participar en el festival del Día de la Madre. Él recuerda que fue difícil aprenderse la coreografía, pero resultó divertido; además, le gustó el uniforme que usó, con pompones y todo.

Rafa con Santa Claus en un parque de diversiones.

Esos festivales me llenaban de emoción, pues como niño es difícil que le hagas un regalo a tus papás, así que aprovechaba los festejos del Día de la Madre y del Padre para esforzarme mucho, bailar lo mejor que podía y que mis papás se sintieran orgullosos de mí. ¡Ya quiero ver a Max bailando! :)

- Debido al trabajo de su mamá como maestra, estuvo en muchas escuelas (mismo destino que compartió con Karen y Lesslie). Por lo anterior, nunca tuvo tiempo para conocer a fondo a alguien en los colegios, congeniar con él y hacerlo su mejor amigo.

- Su papá dice que era muy "malorita" con sus hermanas, jugaba medio brusco y, desde antes de grabar videos, siempre les hacía travesuras.

¡Es verdad!, Les voy a contar una anécdota: en la casa de mi abuelo había uno de esos carritos para niños, de Barbie, todo viejo y destartalado. Mi hermano nos subía ahí a mí y a una prima, quienes éramos las más chiquitas de la familia y las únicas que cabíamos, ¡y nos lanzaba por una pendiente rocosa!, argumentando que era el carrito de Jurassic Park y debíamos huir de los dinosaurios, ja, ja. Nos aventaba sin imaginar el peligro que corríamos; yo solo sé que... ¡salíamos volando por los aires y terminábamos todas raspadas! Nos reíamos mucho, pero en realidad no dimensionábamos el riesgo de jugar así.

- A los nueve años ya era un niño súper alto, y siente que su mamá lo vestía raro, retro, además de que no lo dejaba escoger su ropa.

- En la secundaria conoció a su primer mejor amigo, y todo gracias a su gusto por las pelis de Harry Potter. Con ese amigo vio infinidad de veces esas películas en el cine.

- Cuando cursaba la primaria estudió karate, y en la secundaria ya era un as del basquetbol.

 De niño me ponía de mal humor hacer tareas de materias que no me gustaban, en cambio, a las que sí me llamaban la atención les dedicaba bastante tiempo. Geografía, Ciencias Naturales e Historia me encantaban; pero Español, Matemáticas, Química y Física no me latían y aplazaba estudiarlas siempre que podía. Con las materias que me gustaban, las tareas me quedaban muy padres... ¡hasta hacía dibujos en mi cuaderno y los tenía bien cuidados!

 # De *teen* a universitario

Al iniciar su adolescencia, Rafa ansiaba nuevas aventuras y conocer el mundo, así que tuvo la oportunidad de viajar solito, por primera vez, a Nueva York. De cierta forma, esta ciudad le era familiar pues su papá había trabajado ahí, pero esta vez la recorrió por su cuenta, de una forma personal, diferente y emocionante. "Yo era solo un chico de prepa y quedé maravillado con la gente y las calles, pero sobre todo ¡con sus enormes y preciosos edificios!". Era tanta su obsesión que, cuando regresó de la Gran Manzana a su casa, comenzó a dibujar miles y miles de edificios en sus cuadernos, lo que se convirtió en un pasatiempo y, por poquito, en su profesión.

Rafa en un edificio de Nueva York.

En ese momento decidió estudiar Arquitectura —tal vez decidido a diseñar el mundo con casas estilo polinesio, centros comerciales futuristas y edificios originales—, pero cuando estuvo a punto de elegir esta carrera se le atravesó otra: Mercadotecnia. Una orientadora le dijo que se trataba de una licenciatura increíble, en la que podría enfocar su creatividad haciendo publicidad que se transmitiría en todos los medios de comunicación. Rafa quedó fascinado, y su destino marcado. No más planos, no más pisos y techos... lo suyo sería otra cosa.

Hoy por hoy, Rafa lleva en su corazón los recuerdos de su universidad, pero acepta que con el correr de las clases se sintió un poco desilusionado, pues se dio cuenta de que su carrera no lo llevaría a la producción de comerciales, ni a la edición o grabación de los mismos. Merca se trataba de números, gráficas, estadísticas y ecuaciones, más que de otra cosa. Pese a eso, no se arrepiente de haberla estudiado, y la reconoce como una base importante para desarrollar PP.

KAREN

Libertad en evolución

"Recuerda que nada en este mundo es inalcanzable para ti, ser auténtico es la mayor libertad que puedes sentir".

——— Karen ———

Después de Rafa, mamá Vero tuvo muchas complicaciones con sus embarazos y lamentablemente perdió dos bebés, por lo que la noticia de la llegada de uno fue un motivo de alegría para los padres Polinesios, pero también un momento de preocupación y cuidados extremos. Vero tuvo que guardar reposo durante este embarazo para evitar problemas, incluso se vio obligada a pasar mucho tiempo en cama (por eso Karen argumenta que no le gusta hacer mucho ejercicio). Y un 15 de agosto, don Rafael grabó el nacimiento de su primera hija, y le quedó tan bonito, que disfruta revivir ese momento de alegría con su esposa, aunque eso le cause náuseas y *cringe* a Karen. Papá Polinesio fue el más feliz porque por fin tenía a la niña que siempre había soñado; incluso, sus hermanos aceptan que es su hija consentida.

Mamá Polinesia con nueve meses de embarazo de Karen.

👑 *Cuando era niña, lo que de verdad me ponía mal y me enojaba era que me hicieran comer algo que no me gustaba... ¡me enojaba muchísimo!, podía pasar horas sentada frente a la mesa con el plato intacto. Una vez, debo confesar... ¡estuve cuatro horas sentada intentando comer una ensalada de espinacas asadas con champiñón! Me acuerdo que mi mamá me dijo: "no te vas a parar hasta que te lo acabes todo". Y obvio, no lo hice, me puse a ver la tele y entonces ella me cachó y amenazó con amarrarme a la silla; yo le dije algo como: "sí, ajá, ¡cómo no!", y que me amarra a la silla del comedor. Al final me dejo ir y, por supuesto, no me acabé la ensalada.*

 # Mini-Karen

- Sus papás le querían poner Anna Karenina, el nombre de la protagonista de la novela que escribió el ruso León Tolstoi.

- Entró a la guardería con apenas cuarenta días de nacida, porque su mamá debía regresar a trabajar y dar clases. Yo me imagino que eso la hizo una especie de ciudadana del mundo, alguien que se acopla a los cambios y se siente a gusto en cualquier situación... bueno, casi.

- En ese tiempo, su papá se fue a trabajar a Nueva York, por lo que no tuvo oportunidad de convivir mucho con él.

La primera foto de Karen con Santa Claus acompañada de Rafa.

- Cuando tenía dos o tres años la llevaron a conocer a Santa... y lloró al verlo. Dice que se traumó por estar en los brazos de un extraño con barba y panza *fake*. De hecho, confesó que ni los Reyes Magos le llamaban la atención.

- Cuando cumplió un año, sus papás decidieron realizar una fiesta con temática de dinosaurios y aunque Karen lo recuerda todavía, Mamá Polinesia demostró en el video *Cuánto nos conocen nuestro padres. Confesiones* que es complicado recordar esto entre tantos cumpleaños de Rafa, Karen y Less.

- Esta foto se ve tierna, pero en realidad se trató de un paseo del terror para Karen, pues ella asegura que Rafa, desde entonces, es un mal conductor.

- Su mamá la peinaba de "palmerita": ya sabes, con un mechón de pelo despeinado en la coronilla; además, su corte era tipo hongo. Me encantó que lo copiaran en el video donde recrean fotos de infancia.

Rafa y Karen en una feria local.

- Entró a la primaria al cumplir los seis años, pero no le gustaba juntarse con las niñas, prefería jugar con los niños porque tenían juguetes más padres y enormes, como los castillos y armatostes. ¡Eso, *Queen*!

- Nunca se sintió identificada con la ropa para niña que vendían en las tiendas departamentales, y se quejaba porque su mamá siempre la vestía con vestidos *vintage*, en sus propias palabras: "como de abuela".

- Como no le gustaba ir a comprar ropa porque su mamá no la dejaba elegir sus *outfits* color negro, se escondía entre los *racks* de las tiendas. "Tenía que entretenerme con algo, ¿no?", confesó.

- De peque practicó karate, lo que explica el comportamiento de golpes masivos contra su hermano. ¡Sus zapes son épicos!

- Asistió a una secundaria de monjas y tenía miedo de convertirse en una al graduarse, ja. En esa escuela encontró buenos amigos, a quienes consideraba "una gran familia feliz".

- Para ella no hay medias tintas, y ha declarado que no le gusta dar "segundas oportunidades", y esto aplica también para la comida, pues si un platillo no le gustaba ¡lo arrojaba al patio de la vecina!

- Claro que esta inquieta criatura también tuvo sus accidentes: sufrió su primera descalabrada al caer del juego de un restaurante que vende hamburguesas y cajas llenas de felicidad.

- Cierto día, Vero regañó a Karen frente a toda la clase porque no llevó la tarea, pues fueron juntas a cuidar a su abuelita. Cuando Karen le dijo: "Pero, mamá, tú sabes lo que estuvimos haciendo", ella respondió: "Aquí no soy tu mamá, ¡soy tu maestra!".

Karen a los 13 años con Klein, su primer AKK.

34

Karen jugando a ser empresaria en su habitación.

Yo recuerdo que de niña quería ser chef, o bueno, algo parecido, solo sabía que me gustaba cocinar: quería tener mi restaurante, después deseaba ser empresaria y luego ¡científica! Mi mejor recuerdo de la era prepolinesia fue la parte más divertida: jugar con mis hermanos. Por ejemplo, si queríamos jugar con nuestras Barbies, Rafa nos construía una ciudad para ellas con sus Legos y con las cajas de las películas (antes las teníamos en VHS o láser disc). Recuerdo que sacábamos todas las cintas y con ellas hacíamos las casas a lo largo del pasillo. Cuando llegaba mi mamá, debíamos recoger todo pero... ¡nos tardábamos más en armar la ciudad que en jugar!, así que la dejábamos así y al día siguiente la retomábamos. Rafa era el que organizaba todo, a veces éramos piratas, luego jugábamos a que teníamos una empresa: yo era la directora general y Lesslie, la directora de finanzas (hoy en día desempeñamos un poco esos papeles), y como mi papá tenía documentos que podíamos usar, nos poníamos a hacer miles de notas y facturas. Recuerdo que poníamos una mesa en nuestro cuarto y ahí armábamos "la oficina". También jugábamos al restaurante: Yiyi preparaba la comida y yo era su clienta; luego intercambiábamos los papeles.

35

La rebelde Ana Karen

Con el tiempo, llegaron los dramas. Su primer beso fue a los catorce años, y no fue una experiencia simpática; de hecho, asegura que la dejó traumada porque otros niños los obligaron a juntar sus labios, sin duda, un fracaso amoroso para la posteridad. Un año después, nuestra querida Ana Karen se enamoró, pero con tan mala suerte que esa relación no fue lo que esperaba, y la pobre terminó con el corazón hecho mil pedazos. Confesó que lloraba mucho y se deprimió demasiado con esta experiencia, pero gracias a la música de My Chemical Romance logró salir adelante y, con ello, liberar a la chica rebelde y emo que habitaba en su interior. En esa etapa se maquillaba los ojos con delineado y *smokey eyes*; sus prendas favoritas empezaron a ser las de color negro. Por fin, tuvo la libertad *fashionista* que necesitaba y cambió las faldas y accesorios femeninos por pantalones y tenis. Una nueva Karen estaba por nacer.

A nivel emocional le sucedían muchas cosas. Durante el bachillerato empezó a sentirse confundida, rara, pues las personas con las que se topó en aquel tiempo eran "muy competitivas, mentirosas y egoístas", hecho que la hizo sentir que estaba en el lugar equivocado.

Este tema es superimportante porque ¿cuántos de nosotros no hemos sufrido al tratar de encajar? Como Karen, yo también me sentí diferente muchas veces, como que no encajaba. Les comparto, polinesios: sufrí mi drama personal cuando cambié de escuela a mitad del curso escolar… En el nuevo colegio ya todos tenían su grupito de amigos, y yo, al ser la nueva, aún no pertenecía a uno. En ese tiempo pensaba que mi vida era terrible lejos de mis amigos, me sacaba de onda cada mañana después de que la alarma del despertador sonaba para ir a clases; literal, sentía como si una cubetada de agua helada me cayera encima a diario, justo como le pasó a Lesslie en el video *Despertando a mi hermana con agua*, en el que Rafa la rocía con una manguera mientras tomaba su siesta postcolegio. ¡No se pasen!

Prueba superada

Aquel momento oscuro en la vida de Karen se desvaneció cuando empezó a estudiar Turismo en la prepa, donde casualmente conoció a las que serían sus mejores amigas de la vida. Yo también hallé nuevos amigos que me quisieron tal como soy (sí, medio escandalosa, la verdad, además canto en voz alta sin darme cuenta).

En su *Draw My Life*, ella confesó que se decidió por esa carrera porque amaba preparar comida y, además, le quedaba deliciosa. Sus prácticas profesionales las hizo en un hotel, donde ella y una amiga entraron a trabajar en la cocina. Esa etapa estuvo llena de anécdotas, como aquella en la que estuvo un mes limpiando camarones, y luego, seis meses en el área de repostería, donde Karen y su amiga fueron muy felices haciendo chocolates, tartas, pasteles y flanes; sin duda todo esto fue un precedente de lo que hoy disfrutamos en su canal de Musas. Y, ¿qué tal esa vez que se les cayeron los pastelitos de chocolate y los pusieron de nuevo en la charola para que nadie se diera cuenta, ¡típico de Anita!

Después llegó el momento de Karen para elegir carrera universitaria, y sabemos que no le gustan las cosas fáciles, así que debía ser un reto, algo que considerara difícil y que le diera mucha satisfacción lograr. Como ya sabemos que ella es una guerrera, se decidió por la Ingeniería Civil, pero luego escuchó hablar sobre la Ingeniería en Transporte y terminó enamorándose de todas las posibilidades que le ofrecía esta última. Estaba decidida a demostrar que podía destacar en una carrera considerada "para hombres". De hecho, solo el 10 % de sus compañeras de uni eran mujeres. Obviamente, eso no la detuvo, por el contrario, estaba segura de que no había diferencias intelectuales entre ella y sus compañeros: todos tenían las mismas capacidades. Karen, *The Queen*, rompiendo estereotipos desde 2010.

HACKS para la vida

Aquí, otras cosas que aprendí de Karen en su época de estudiante:

Las oportunidades siempre están a la mano, solo hay que tomarlas.	Atrévete: cuando haces algo diferente, los ojos van a estar sobre ti, pero ¡relájate!, que no te importe lo que opinen, sigue tus sueños.
Haz cosas diferentes, prueba nuevos caminos para obtener los resultados que esperas. Usa tu creatividad.	No dudes de tus capacidades: tienes talento, vales lo suficiente, vas a lograrlo.

#SéUnLoco; sé libre: para muchas personas no es sencillo. Si te dicen que te falta un tornillo o estás loco... ¡está bien!, a Karen no le molesta que le digan eso, porque le gusta ver la vida de manera distinta.

LESSLIE

amor sin miedo

"Ser la chiquita de la familia tiene sus pros y sus contras: al mismo tiempo que te cuidan, tienes niveles de exigencia altos, pues debes ser tan bueno o mejor que tus hermanos".

—— Lesslie ——

Un 18 de abril llegó a la familia una bebé muy *kawaii*, rojita como camarón, gordita y megatierna, bajo el nombre de Lesslie Yadid, una niña destinada a robarse los corazones de los polinesios e inspirarlos a seguir sus sueños. Lamentablemente, papá Rafa partió de nueva cuenta a Estados Unidos a la semana de que nació, por lo que para ella ese señor de bigote fue, por un tiempo, un desconocido. Más tarde, Vero la llevó con don Rafa a Nueva York, pero como no tenía ni idea de quién era él o por qué besaba a su mamá, lloraba mucho, le pegaba y lo llenaba de rasguños.

Princesa en ascenso

- Less bebé tuvo muchos retos, ya que se la pasaba de casa en casa porque su mami debía seguir trabajando y la dejaba encargada con diferentes familiares. Para evitarlo, decidió meterla al kínder a los tres años de edad.

- Rafa recuerda que cuando Less era bebé, él y Karen no querían separarse ni un momento de ella, pues les daba mucha ternura que fuera tan chiquita y bonita. "Siempre traía chupón o mamila", recuerda Rafa.

- De pequeña la vestían con ropa de niño, se imaginarán lo que pensaba porque ahora disfruta mucho el vestirse femenina.

- Su programa de televisión favorito era *Los padrinos mágicos* y, según Karen, se quedaba viendo la caricatura por horas... en calzoncillos y comiendo cacahuates. Ya sabemos de su delirio por los antojitos.

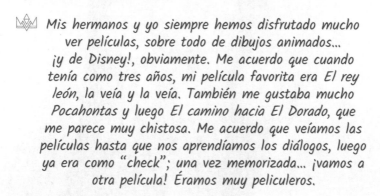

Mis hermanos y yo siempre hemos disfrutado mucho ver películas, sobre todo de dibujos animados... ¡y de Disney!, obviamente. Me acuerdo que cuando tenía como tres años, mi película favorita era El rey león, la veía y la veía. También me gustaba mucho Pocahontas y luego El camino hacia El Dorado, que me parece muy chistosa. Me acuerdo que veíamos las películas hasta que nos aprendíamos los diálogos, luego ya era como "check"; una vez memorizada... ¡vamos a otra película! Éramos muy peliculeros.

- Desde chiquita amaba la comida chatarra, las papitas y chilitos; tanto, que su mamá encontraba envolturas y bolsitas de frituras escondidas en su recámara.

- Como ya les conté, cuando Less era bebé su papá no le caía muy bien, pero él hacía todo lo posible por ganársela y consentirla: la llevaba de paseo al parque y a la playa, y hacía todo para que fuera feliz.

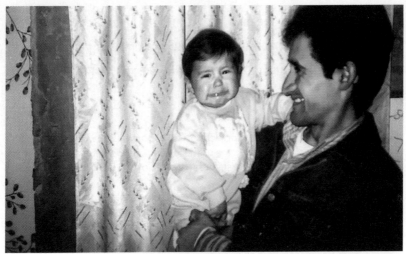
Primer registro de #LloroComoLesslie. Lesslie a los seis meses.

- Fue la típica niña con corte de hongo, pero... si no le hacían mantenimiento adecuado a su pelo, lo hacía ella sola. Acostumbraba a cortarse el fleco porque "ya lo tenía muy largo y me picaba los ojos".

- Como a su papá le gustaba tomar fotos y video de todo, desde tiempos inmemorables existe el #LloroComoLesslie, pues hay testimonios visuales que la muestran con la cara roja e hinchada por haber llorado tanto.

- Rafa recuerda que el simple hecho de que su mamá saliera a la tienda o al súper era suficiente para que Less empezara a llorar, "no había forma de calmarla", recuerda bastante frustrado.

- Alguna vez, mamá Vero la descubrió comiendo las croquetas de su perrito Pinky... parecían cereal y le sabían muy ricas.

- A los seis años conoció el horror (bueno, no tanto), pues le dieron de *lunch* un sándwich con mayonesa y la odió.

- Créanlo o no, pero a los seis años dio su primer beso, aunque Rafa se pregunte si a esa edad los niños ya saben besar... Yo lo apoyo: seguro fue un besito de piquito.

- Lesslie dice que su mamá la vestía como niño, con pantalones, y eso no le gustaba, ella exigía vestidos... pero estos se los ponían a Karen, quien los odiaba. Todo al revés.

- Lo mejor de su niñez era acompañar a su mamá a los campamentos que se organizaban en su escuela, pues disfrutaba jugar, subirse a las resbaladillas, mojarse y explorar.

Me acuerdo que una vez tomé una perforadora de papel que teníamos en la casa y empecé a perforar mi pijama. Cuando mi mamá me vio, ya traía todo mi camisón lleno de hoyitos.

- De bebé no podía pronunciar correctamente su nombre y decía que se llamaba Yiyi, lo que no vio mal durante los primeros años de vida. Pero al cumplir los diez, empezó a darle oso que le siguieran diciendo así.

- Se entretenía por horas jugando con papelitos que ella consideraba billetes. Le gustaba mucho estar a cargo de su cajita registradora equipada con monedas, tarjetas de crédito y hasta micrófono. Su delirio era hacer notas, contar dinero y comprar.

- De niña, Lesslie quería ser bióloga marina, tal vez influenciada por la mágica historia de su bisabuelo.

Lesslie a los diez años.

 La verdad es que en un principio quise ser veterinaria, luego bióloga marina y posteriormente me llamó la atención todo eso de las finanzas.

Una adolescencia nada anormal

Yiyi siempre fue una chica muy tímida, y en la secundaria esto le ocasionó que no tuviera muchas amigas; incluso, ha dicho que en la prepa vivió la falsedad de algunas personas, lo que lastimó su corazón. Cuando cumplió quince años decidió que quería irse de viaje en lugar de tener fiesta, pero al final pudo disfrutar ambas cosas. En ese momento ella estaba esperando los resultados para saber si había sido aceptada en la prepa, así que vivió unos momentos sumamente intensos y de nerviosismo. Lo peor fue que tres días antes del 2011 falleció su perrita Klein, lo que la puso sumamente triste, y ha compartido que es algo que todavía la hace llorar y la pone nostálgica. Estas situaciones me hicieron sentir muy cercana a Yiyi. Gracias a la forma en la que muestra sus sentimientos, me atreví a aceptar los míos y a no esconderlos; llorar como Lesslie es una liberación de los sentidos, porque no es malo derramar lagrimitas al ver una peli que nos conmueve, o sentir enojo e impotencia cuando las cosas no nos salen como imaginábamos. La vulnerabilidad de Less nos hace más humanos, más conscientes de nuestra sensibilidad.

Lesslie en su etapa adolescente.

Lesslie en la Bahía de Disney Spring.

Además, Less asegura que ser la más pequeña de sus hermanos le significó dar un esfuerzo extra en todo lo que hacía, pues sentía que tenía que estar a la altura de las expectativas, ya que sus papás le exigían ser tan buena en el colegio como sus hermanos. Esto, más que provocarle sentimientos negativos, le hizo admirarlos, seguirlos y aprender de ellos.

Al iniciar tan pequeña su carrera como creadora de contenido no tuvo la vida normal de una adolescente, pues no tenía tiempo para salir de fiesta, siempre estaba grabando con sus hermanos. En la universidad sucedió lo mismo: terminaba las clases y se iba a la casa a grabar; el trabajo era triple porque tenía que cumplir con las obligaciones de la universidad, seguir trabajando con sus hermanos y cumplir con los deberes de la casa.

Little Less

- En la primaria fue una niña muy tranquila y no contaba con muchos amigos.

- Karen y Lesslie tenían cincuenta Barbies, entre las nuevas, las viejitas y las de colección.

- Otro de sus juegos favoritos era el de investigadores, tipo *Los ángeles de Charlie*, de espías o de magos, pues también jugaban a ser Harry Potter.

- De niña sí tuvo accidentes y descalabradas por ser aventurera; aunque a veces lloraba, nunca dejó de jugar, y a la siguiente semana volvía a intentarlo, muy segura.

- El haberse caído tantas veces no le generó trauma, nunca sintió miedo al hacer de nuevo esas cosas; al contrario, le producía mucha adrenalina.

- Que yo me acuerde, sus papás nunca les dieron un regaño fuerte, ni los castigaron.

- Era de las que estaban en el cuadro de honor, le gustaba mantenerse en la pelea por los primeros lugares de aprovechamiento.

- Estudió la secundaria en la tarde durante un año, pero no le gustó. Entonces la cambiaron a otra escuela y ahí empezó a ser rebelde. Se juntaba con unos niños a quienes los profesores les decían "la mafia", pues siempre andaban en grupito y haciendo desastres.

- La materia que menos le gustaba era Idiomas, ¡le daba tanta flojera!

- En la preparatoria, la cosa fue muy diferente porque, según ella, ya era más adulta. Como ya nadie te obliga a entrar a clases, empezó a tomar sus propias decisiones de asistir o no.

- En la prepa reprobó por primera vez una materia, pero porque el profesor era muy estricto en el horario de entrada, y era la primera clase del día, a las 7 a. m. y, como ya los conocen, nunca llegaba a tiempo, así que la reprobó, porque no llegaba a las clases.

Lesslie en Nueva York a los tres años.

◈ La separación y el reencuentro

Polinesios, les voy a contar algo que quizá no saben ni mis hermanos, y es que yo sufrí por el hecho de ver a Rafa entrar a la pubertad, el que ya no estuviéramos en la misma escuela. Dejamos de jugar y lo veíamos en diferentes horarios, empezó a tener mucha tarea y eso lo alejó de mí y de mi hermana; ella y yo seguíamos unidas viendo como él se volvía más adulto, tenía compromisos de un joven que estudia la universidad. Llegó un momento en el que solo veía a Rafa cuando llegaba de la escuela y de su trabajo como becario. Lo extrañaba mucho. Entonces, cuando se dio la oportunidad de crear Plática Polinesia, para mí fue genial; significaba estar otra vez jugando con él como cuando éramos niños, y podía disfrutar de nuevo su compañía. Después se nos unió mi hermana Karen, y fui la más feliz, ¡otra vez estábamos juntos!

¿Sabías que...?

Polinesios, aquí van unos datos *random* de su infancia:

1 Rafa, al ser el nieto más grande, era el que les ponía los juegos a los más pequeños de la casa y organizaba las dinámicas de investigadores, hacer películas el laboratorio, los magos... ¡o espías!

2 Cuando iban de visita a la casa de sus abuelos, les gustaba jugar en la naturaleza, se iban a la montaña y les encantaba estar ahí, arrastrándose, saltando en las piedras... Ya después regresaban a la casa de su abuela y comían algún caldito o guisado que les había preparado a todos los nietos.

3 Sus papás no les dejaban ver películas de terror... ¡y qué bueno, porque así nunca tuvieron pesadillas!

4 Las pelis favoritas de Yiyí son *Toy Story* 1 y *La Bella y la Bestia*.

El abuelo Polinesio

Cuenta la leyenda que RKL tenían un bisabuelo que viajó por mucho tiempo en las lejanas y misteriosas islas Polinesias, ya que era un viajero apasionado. Fue tal la influencia que esta cultura tuvo en él, que al regresar a México le encantaba contar historias sobre aquellas enigmáticas tierras, y no dejaba de compartir con su familia la forma en la que los polinesios vivían, cocinaban, bailaban... Así nació la manía por imitar esas costumbres y hacerlo todo a la manera polinesia. Con el paso de los años, cuando los adultos no querían que los miembros más pequeños de la familia se enteraran de algún tema, les decían: "Ustedes no pueden saberlo, porque es plática de polinesios", una frase que pasó de generación en generación, hasta llegar a RKL, quienes la usaban de forma frecuente como un código secreto familiar. Poco a poco, se dieron cuenta del poder que tenían estas pláticas y descubrieron que se trataba de una forma única y original de expresarse, de ser y de ver el mundo.

Aquí, papá Rafa juega un papel importante con su afición por documentar la vida de su familia en fotos y videos. De hecho, él grababa tooodo, desde las fiestas de cumpleaños, hasta los viajes y las Navidades. Incluso, hay un video que testifica que Karen y Rafa sí salieron de la panza de su mamá, pero como no existe uno de Lesslie, les encanta bromear con ella diciéndole que es adoptada. Rafael tenía esa costumbre: grababa todo con una cámara que llevaba a todos lados, razón por la que logró formar una gran colección de videos y fotografías de la infancia de los tres, desde las más tiernas, hasta las más vergonzosas y chistosas.

Papá Polinesio haciendo videos familiares.

Y como los hermanos siempre estaban buscando algo nuevo con qué entretenerse, la cámara de papá fue la opción perfecta para echar a volar su imaginación. A veces, el equipo de grabación desaparecía, ¡porque RKL lo habían tomado para jugar! Adicional a esto, un día su abuelo les regaló una cámara más pequeña y portátil que se convirtió en su juguete favorito, así que empezaron a grabar historias dramáticas, de acción, de miedo, clips musicales, bailes... Jamás hicieron las historias de princesas que Lesslie tanto quería, por lo que se sentía muy frustrada, ya que como actriz principal no pudo interpretar el papel que anhelaba, y recibía indicaciones de Karen, su directora de escena para llorar, reír o cantar. Nadie hubiera imaginado que esos acercamientos inocentes, llenos de diversión, llevarían a los hermanos a convertirse en creadores de historias y que, a través de ellas, compartirían la magia de sus mentes con el mundo entero.

De hecho, en el documental de Disney+ vemos un poquito del video en el que Less es una empresaria secuestrada por Rafa. Felizmente, muchos de esos primeros videos se esguardaron, son parte del tesoro familiar que Vero y Rafa conservan de sus hijos. ¿Se imaginan lo sensacional que sería que los desempolvaran y los lanzaran en una colección inédita? Sería superinteresante verlos actuar de pequeños y sorprendernos con lo ingeniosos que eran.

👑 *Grabábamos muchos videos con la cámara de mi papá, que era muy fácil de usar porque no era tan grande y solamente le tenías que dar play, pausa, zoom y stop, además... ¡era lo único que nosotros sabíamos usar! Nos poníamos a grabar videos musicales, historias, aventuras de espías, de magia y todos los sets los construíamos en nuestra casa. Por ejemplo, mi mamá tenía unas toallas de colores café, gris y verde, y con ellas hacíamos túneles por el pasillo. Una vez me pintaron de dorado. Cuando agarramos la cámara, no dejamos de usarla nunca, la llevábamos a todas partes, especialmente a la casa de mis abuelos donde una vez grabamos una película de espías y otra de terror. Nos encantó descubrir las posibilidades que nos daba para hacer realidad esas historias; de hecho, en ese momento a Rafa le pasó por la cabeza estudiar cine, quería ser director debido a la experiencia con estos juegos, pero después cambió de opinión y estudió otra cosa.*

Captura de las primeras grabaciones de Rafa, Karen y Lesslie antes de YouTube.

También jugamos mucho afuera cuando estábamos en la casa de nuestros abuelos, nos la pasábamos en las calles, íbamos al cerro a escalar o a donde se nos ocurriera. Jugábamos con unos primos, ¡éramos muchos!, y nos poníamos a ver qué inventábamos para divertirnos. Me acuerdo que había un terreno en el que no había nada, solo una barda y una puerta, nada más, y ahí nos poníamos a jugar a los dinosaurios, era muy, muy divertido. De esas experiencias nos encantó el contacto con la naturaleza, tal vez eso nos influenció para ir en busca de la aventura sin tenerle miedo a nada.

Se viene algo grande

Un día, polinesios… no sé por qué llega ese día, pero las tardes de juegos con el sol entrando por las ventanas de la sala se van agotando, y las actividades divertidas se transforman. Para la mayoría, los sueños de niños se olvidan debido a las metas que nos marca la sociedad, el deber ser. El eco de las risas se vuelve silencio. Los fines de semana sin preocupaciones se llenan de estudio y esfuerzo. Algo, no sé exactamente qué es, marca el final de la niñez. Rafael fue el primero en enfrentarse a las responsabilidades y obligaciones de un chico universitario, pero su espíritu seguía siendo el de un niño creativo, inocente y feliz. Me atrevo a decir que su personalidad lo ayudó a descubrir eso que muy poca gente pudo detectar en las nacientes redes sociales: la oportunidad para hacer algo grande, diferente, único, y que todavía no tenía nombre. Rafa quería dedicarse a algo que no se encontraba en los libros de texto, y estaba decidido a seguir sus instintos, aunque el camino aún no estuviera tan claro.

AYER Y HOY

Hicimos un video que titulamos *Polinesios vs. Minipolinesios*, en el que nos preguntamos cosas *random* para ver si seguíamos teniendo los mismos gustos que cuando éramos niños.

Polinesios en la actualidad... ¿cómo responderíamos a este *tag*? Ya que nos conoces tan bien, **¡responde por nosotros y compártelo con el *hashtag* #Libro-Polinesio!**

Rafa

¿Qué mascota te habría gustado tener?

Antes: Tenía un perro que se ahogó con un hueso.

2016: Un pulpo, mantarraya o jirafa.

Ahora: _____

Lesslie

¿Cuál es tu mayor sueño?

Antes: Recoger a todos los perritos de la calle del mundo.

2016: Conocer a todos los polinesios del mundo y abrazarlos.

Ahora: _____

Karen

¿Qué quieres ser de grande?

Antes: Rockera.

2016: Seguir haciendo material para entretener a los polinesios.

Ahora: _____

Rafa

¿Te gusta tener hermanas?

Antes: Quiero tener un hermano para jugar con él.

2016: Sí me gusta tener hermanas aunque, como dije cuando era chiquito, me hubiera gustado tener un hermano hombre.

Ahora: _____

Lesslie

¿Quién es tu hermano favorito?

Antes: Karen, porque juega conmigo a las muñecas.

2016: No tengo hermano favorito.

Ahora: _____

Karen

¿A qué te gusta jugar?

Antes: Al restaurante, con mi hermana Lesslie, y a la oficina.

2016: Videojuegos y también juegos de mesa con mis amigos, de esos que son un reto y te ponen a pensar.

Ahora: _____

Rafa

Si pudieras viajar a cualquier lugar, ¿qué destino elegirías?

Antes: Algún país donde haya huesos de dinosaurios y fósiles, pues lo que más me gusta en la vida es explorar.

2016: Dubái.

Ahora: _____

Lesslie

Si pudieras tener un superpoder, ¿cuál sería?

Antes: Volar para salvar a todos los perritos del mundo.

2016: Controlar la mente de las personas malas, para transformarlas en buenas.

Ahora: _____

Karen

¿Cuál es tu pasatiempo favorito?

Antes: Jugar, ver películas y salir con mi familia.

2016: Lo que más disfruto es crear cosas, por ejemplo, cuando construí la cabecera de mi cama y pinté mi recámara.

Ahora: _____

Rafa

¿Te quieres casar?

Antes: No sé, estoy superchiquito.

2016: No estoy en edad y no quiero pensar en eso.

Ahora: _____

Lesslie

¿Cuál es tu comida favorita?

Antes: Dulces y papitas con salsita.

2016: Sushi delicioso.

Ahora: _____

Karen

¿Dónde te gustaría vivir?

Antes: En mi casa.

2016: En Italia; Roma no, pero sí en Florencia.

Ahora: _____

CAPÍTULO 2

HERMANOS TRABAJANDO

Desde muy joven, siempre me había interesado el mundo digital y las redes sociales. Sin embargo, nunca me había atrevido a dar el salto y convertirme en creadora de contenido. Todo cambió cuando conocí a RKL, una familia de creadores que me inspiró a intentarlo con o sin miedo.

Queridos lectores, les suplico que no me juzguen ni me hagan burla, pues lo que están a punto de leer es un testimonio honesto de mi intento por convertirme en influencer. Animada por RKL, decidí aventurarme y crear contenido diferente y único, pero la cosa no pudo salir peor en mi primer intento.

La palabra *influencer* se ha convertido en una de las más importantes en la actualidad, pues define a aquel creador que ha logrado tocar la vida e influir en las decisiones de miles o millones de personas en el mundo a través de su trabajo, su filosofía y su forma de ser. Yo también quería ser como ellos, divertida, original y reconocida en muchas partes del mundo. Aunque en papel todo parecía fácil, pronto me di cuenta de que convertirse en un influencer requiere de mucho más que carisma y una gran sonrisa. Cosas como un guion, edición y materiales eran solo algunos de los aspectos que no había considerado. Todo este mundo me inspiró a encontrar mi voz como creadora de contenido.

Durante mi adolescencia me inspiraba ver cómo los creadores lograban conectar con su audiencia a través de sus videos en YouTube. Admiraba especialmente a RKL, quienes parecían hacer ver todo tan fácil, glamuroso y sofisticado. Por eso decidí experimentar en el mundo del contenido digital y crear mi propio canal en YouTube. Mis primeros videos fueron de recetas de postres y, aunque tuve éxito recreando el pay sin horno y el pastel de donas, quería hacer algo más innovador y creativo.

Con mi hermana Clara, decidí grabar un video estilo Musas sobre el uso de una mascarilla *peel off*. Para ello, tomé una que encontré en el cajón de mi mamá y que tenía un color negro intenso y dramático. Aunque estábamos emocionadas por la idea, pronto descubrimos que la aplicación de la mascarilla no era tan sencilla como parecía. Además, la grabación del video requería de varios ángulos y edición posterior. Fue una experiencia frustrante, pero también divertida y que me hizo reflexionar sobre el verdadero esfuerzo que implica crear contenido de calidad en YouTube.

Descubrí que no se trataba solo de tener una buena idea, sino también de invertir tiempo, dinero y esfuerzo en la planificación, grabación y edición de cada video. Admiraba aún más el trabajo de RKL al comprender todo el esfuerzo que dedicaban a sus videos semanales y a mantener la calidad y originalidad de su contenido.

⚜ No sé por qué siento que esta anécdota terminará como la vez que Karen y Lesslie querían hacerle algo a mi cabello: metieron mi cabeza en una de sus lámparas para hacer videos y terminé todo bronceado.

Luego de lavar su rostro y secarlo, mi hermana se aplicó el producto explicando a detalle cómo se sentía: que si era chicloso, que si tenía sensación fresca, que si le dejaría la piel de bebé. Mi corazón latía emocionado, estábamos grabando un video como mis ídolos, y no podía esperar para compartirlo en mi canal de YouTube, ¿Se vería bien?, ¿me temblaba la mano?, ¿debí haber comprado un micrófono?, ¿por qué se veía tan oscuro? Mil cosas pasaban por mi mente mientras la dulce Clara sonreía feliz. Mi hermanita estaba tan metida en su rollo explicativo que... se aplicó la mezcla gelatinosa hasta en las cejas. Cuando se recostó para dejar secar el producto, el celular de mi mamá se me resbaló de las manos y cayó al piso; sentí cómo la sangre me llegaba a la cabeza solo de imaginar que la pantalla se había estrellado, y pensé en la de cosas que RKL han roto, destruido, quemado o arruinado.

👑 *¡Pobre de nuestra mamá! Vivía con miedo de que destrozáramos algo, pero siempre nos apoyaba. Hubo una ocasión en la que rompimos un jarrón y tuvimos que reemplazarlo por uno antes de que se diera cuenta.*

Después de ese incidente, Clara salió despavorida y corrió a mostrarle a mi mamá lo que había sucedido, llorando y afirmando que había quedado "desfigurada" por mi culpa. Yo me sentía culpable, pero también quería encontrar una solución para que la ceja de mi hermana volviera a crecer. Finalmente, mi mamá le ayudó a quitarse el resto de la mascarilla con una toalla humedecida con agua caliente, sin dejar de regañarme y preguntarme cómo se me había ocurrido hacerle eso a mi hermana. A partir de ese momento, supe que ser un creador de contenido no era solo divertido, sino que también tenía sus riesgos y responsabilidades. Pero no dejé que ese incidente me detuviera en mi búsqueda por encontrar mi lugar en el mundo digital. Quería saber cuál era mi voz y qué quería compartir con el mundo. Era algo que pronto averiguaría con la ayuda de mi familia y amigos.

👑 *Típico de ocurrencias entre hermanos, y los menores siempre terminan más perjudicados, ¡ja, ja, ja!*

La situación con mi hermana Clara me aseguró que el mundo del contenido en línea no es tan sencillo como parece. Me sentía angustiada y frustrada, pensando en lo que había hecho y cómo podía reparar el daño. Mi mamá me regañó y me preguntó cómo pude hacerle eso a mi hermana. De haber grabado ese momento, seguro habría sido viral en YouTube, pero era la última cosa en mi mente en ese instante. No pude evitar sentirme culpable y arrepentida. Después de todo, mi hermana dejó de hablarme por varias semanas y mi mamá se ponía seria cada vez que yo mencionaba grabar un nuevo video.

La experiencia me ayudó a entender que la vida del creador de contenido no es fácil, y me hizo reflexionar sobre mi verdadera vocación, además pude encontrar mi voz y mi mensaje en el mundo digital. Gracias a la inspiración y ayuda de RKL descubrí mi verdadera pasión y misión en la vida, y me di cuenta de que la clave para el éxito no está en la sencillez o el glamour, sino en el trabajo duro, la perseverancia y la autenticidad.

◇ Polinesia, te entiendo y sé que no todo sale perfecto a la primera. De hecho, tu historia me recuerda a una anécdota del canal Musas, cuando queríamos enseñarles a hacer flan pero... algo falló al momento de estar preparándolo y... ¡a las 2:00 de la mañana fuimos a un supermercado 24 horas por todos los ingredientes para empezar de nuevo! Todo con el objetivo de terminar el video antes de que Karen se fuera a la escuela a las 5:00 a. m.

Admiraba la capacidad de RKL para mantener su ritmo de publicaciones semanales durante diez años, mientras viajaban por todo el mundo y estudiaban en la universidad. Me di cuenta de que alcanzar el éxito en este campo no era tarea fácil, y que necesitaba prepararme adecuadamente.

💎 Así es, polinesia, y había que estar dispuestos a sacrificar algunas partes del cuerpo, como nuestro estómago, en los retos en los cuales probábamos alimentos extraños o hacíamos licuados asquerosos.

A pesar del fracaso de mi primer video, seguí explorando mis habilidades y buscando mi lugar en el mundo del contenido digital. Me di cuenta de que quería hacer algo que realmente me apasionara y me permitiera compartir mi visión con los demás. Después de mucho pensarlo, decidí relanzar mi canal de cocina, donde prepararía recetas saludables y deliciosas para ayudar a las personas a llevar un estilo de vida más saludable.

La filosofía de Polinesios siempre ha sido inspiradora para mí, ya que se enfoca en que todo es posible y que juntos podemos ir más allá de nuestros sueños. Sin embargo, después de mi experiencia con el video de la mascarilla *peel off* me di cuenta de que el lenguaje audiovisual no era mi fuerte, y tuve que seguir buscando mi camino. Aunque me desilusioné un poco, no dejé de investigar para descubrir en qué era buena y encontrar lo que me hacía destacar y ser diferente de los demás. ¿Cuál era mi voz y qué quería compartir con el mundo? Fue algo que pronto averiguaría con la ayuda de RKL, quienes se convirtieron en mis mentores y me guiaron en mi camino para encontrar mi verdadera pasión.

Trabajar con la familia puede ser complicado, y lo descubrí de primera mano cuando intenté hacer el video de la mascarilla *peel off* con mi hermana. Era extraño sentarnos a la mesa y no reírnos al ver su ceja mochada y escuchar a mi madre regañándome por eso. Me sentía culpable, pero no podía evitar verle el lado chistoso a lo que había sucedido. Pasaron meses sin que Clara encontrara gracioso el incidente, pero finalmente logró superarlo y su ceja se recuperó sin problemas. Aunque ese fue nuestro debut y despedida en YouTube, no podía evitar preguntarme cómo lo hacían RKL para ser exitosos sin dejar de ser hermanos. ¿Cómo lograban los tres ver hacia la misma dirección y tener las mismas metas? ¿Cómo se organizaban para grabar sin pelearse? La verdad es que no dejaba de imaginar la cantidad de retos que habían tenido que enfrentar y cómo habían logrado superarlos.

⚠️ Siempre lo hemos dicho: "hablando se entiende la gente"; y claro que muchas veces nos peleamos, pero no dejamos que nuestras diferencias fueran más grandes. Peeero, de ser necesario, siempre está la opción de resolverlo con una pelea de sumo.

Selecciones naturales

Rafael, el hermano mayor, siempre tuvo interés en crear contenido para YouTube, pero no tuvo éxito en sus primeros intentos. Después de obtener su primer trabajo en el campo de la mercadotecnia, decidió abrir un canal junto con un amigo, al que llamaron "Plática Polinesia entre cuates". Sin embargo, solo subieron dos videos en seis meses, lo que no fue suficiente para la visión que Rafael tenía.

Más adelante, Rafael abrió por su cuenta otro canal llamado "Plática Polinesia". El primer video que subió fue de su perrita Klein bailando una canción navideña, pero lo bajaron debido a problemas de *copyright*. Con el tiempo, Rafael se tomó muy en serio la grabación de videos para su canal.

Por otro lado, Karen, la hermana de en medio, inicialmente no estaba tan interesada en la creación de contenido en YouTube porque estaba muy ocupada con la escuela. Con el tiempo, Karen también se involucró en la planeación y ejecución de las historias para el canal de YouTube de la familia. Mientras tanto, Lesslie siempre ha seguido a Rafael desde pequeña, le emocionaba jugar a lo que él proponía.

△ De hecho, al inicio ella nos decía a Lesslie y a mí: "no me metan en sus cosas de los videos, porque yo no quiero salir".

Rafa y Lesslie en sus primeros videos en YouTube.

◇ Apoyar a Rafa para mí era pasar tiempo con él.

Más grande de lo que pensaban

Es interesante pensar en la evolución de la historia de Polinesios y cómo esta se divide en dos partes: la primera en la que Rafa ya estaba trabajando mientras sus hermanas estudiaban, y la segunda en la que se dedicaron por completo a YouTube. Es natural preguntarse qué recuerdan RKL de esos primeros pasos, qué dificultades tuvieron que enfrentar y qué retos debieron superar. Es seguro que, como en cualquier proyecto nuevo, hubo muchas incertidumbres y dudas, pero también hubo una gran dosis de perseverancia y creatividad para encontrar su camino en el mundo digital.

Rafa en su primer trabajo en una compañía.

♛ *Recuerdo: Karen*

Parece que fue ayer... o hace unos 11 años. Plática Polinesia
creció de manera orgánica y, aunque al principio nuestros
medios tecnológicos eran limitados, teníamos lo necesario
para que las cosas sucedieran. La dinámica era así: cuando
regresaba de la escuela, yo me ponía a grabar Musas con
Rafa y terminábamos en la madrugada, pues yo llegaba
a las 10:00 p. m. de la escuela. Dormíamos muy poco, pero
la emoción nos mantenía despiertos y así seguíamos
toda la semana con la rutina del trabajo y escuela.

◇ Recuerdo: Lesslie

¡Un momento! Para hablar de los retos en PP tengo que decir que el primero, para mí, fue trabajar con Rafael, pues es la persona con más energía que conozco. Él siempre está planeando cosas y por eso lo más difícil era decirle NO. Cuando iniciamos los canales, yo estudiaba la prepa y él siempre demandaba más atención para hacer videos; a veces tenía que decirle: "espérame tantito, ya no puedo, ya no quiero". Además, comencé a recibir invitaciones para viajar: nos estábamos llenando de proyectos y más. Estar en la escuela fue complicado; fue duro atender ambas cosas.

Oficina de Plática Polinesia
en el 2015.

◬ Recuerdo: Rafa

Era complicado mantener este ritmo de trabajo. Me acuerdo que una vez, casi al inicio de la carrera, yo estaba editando un video en la noche mientras comía mi *pizza* favorita (que era de donde había trabajado), y de repente empecé a sentirme mal, como que me moría. Caí en el hospital cansado, angustiado... quemado física y emocionalmente. Fue cuando entendimos que no podíamos seguir trabajando de esa manera, necesitábamos la ayuda de alguien único, especial, inteligente y divertido que entendiera el espíritu de PP, alguien a quien le pudiéramos tener confianza, porque era claro que el trabajo ya nos sobrepasaba. Fue entonces que...

Mr. Clarck es una inteligencia artificial que ha estado apoyando a Polinesios. Aria fue la primera que notó antes que nadie lo dañinos que resultaban esos horarios en los que trabajaban los chicos. Ella hizo una compra por internet... y adquirió a Mr. Clarck. Su primer trabajo fue como editor, la persona de más confianza para un creador de contenido, su acompañante, su otra mente. Gracias a su ayuda, RKL se dedicaron casi exclusivamente a la producción de videos; donde también tomó la cámara en el set de PP. Mr. Clarck ha recorrido con ellos el mundo, volando con Nero y Milo, luego de haber sido reprogramados para servir al sueño polinesio. Son muchas historias. Ha sido la sombra de Polinesios, un soporte. Pero... en cualquier momento podrían necesitar más ayuda: ¿estarían dispuestos a aplicar para una vacante de productor, editor o cámara?, ¿cumplirían con los requisitos para formar parte del equipo de Plática Polinesia? Esta familia crece cada vez más, y uno de los objetivos es que la inspiración llegue hasta el último rincón del planeta.

 Incluso, lanzarse de un paracaídas, aguantar temperaturas extremas por varias horas, cargando todo el equipo de grabación que consiste en varias cámaras, lentes, estabilizador y más accesorios que hacen que cada video se vea épico. No por nada, de vez en cuando vemos a Karen tomando una pequeña siesta en los videos.

Perfil para laborar en PP

1. Género indistinto. Tampoco importa la edad ni de dónde vengan o su país de origen, deben tener una mente feliz y alegre para llevar a todos lados el mensaje de RKL: "No hay límites, eres fuerte, vive en el aquí y el ahora, puedes con esto y más".

2. Dominio de la imaginación y creatividad. Sí, eso tan loco que se les haya ocurrido, ese reto imposible, ese *challenge* divertido en el que están pensando, podría ser muy útil. ¿Estarían dispuestos a creer en ustedes mismos e ir a donde su creatividad los lleve?

3. Tolerancia a la frustración. A veces las cosas no salen como se planean, ocurren accidentes, hay caídas (si no me creen, chequen en YT las compilaciones de Lesslie, hechas por polinesios como ustedes), mal tiempo y hasta la negación de las visas, lo que ha obligado a los chicos a abortar una misión. Como aquella vez cuando Rafa y Less tuvieron que posponer la grabación del video en el que iban a probar cereales, porque ella empezó a sentir un dolor horrible que lamentablemente terminó con una ida al hospital. ¿Cómo les afectaría eso a ustedes?

4. Horario hiperflexible. Para hacer el video *Serenata a Karen*, Rafa y Less tuvieron que levantarse tempranísimo para ir a la casa de su hermana y despertarla vestidos de mariachis y con fuegos artificiales. También durmieron poco para realizar la broma de la casa quemada.

5. Valiente y de mente abierta. Preparar *hot cakes* con gusanos y otras alimañas al estilo RKL, no es para todos, y menos para un editor que va a ver miles de veces la misma escena. Tener un estómago fuerte es lo que se requiere para trabajar en PP. Y como camarógrafo también te tienes que arriesgar para cosas como una buena toma de Less descendiendo con una cuerda o escalando una montaña. Hay que pasar por cuerdas flojas mientras grabas, para llegar, por ejemplo, a un hotel cápsula suspendido en una montaña y con ellos enfrentar sustos tipo "quedarse sin gasolina en medio de una carretera nevada" o "bajar por el río más rápido del mundo".

6. Manejo básico de las emociones. Los hermanos jamás tomaron una broma de forma personal ni se guardaron rencor entre ellos: se trataba de pasarla bien, de sorprender al otro y volarse la barda de la creatividad y la diversión.

7. Empatía. Entre ellos siempre se cuidan y existe preocupación por el bienestar de cada integrante. Una vez Lesslie tuvo un accidente grabando el YouTube Rewind del 2015, y Rafa y Karen dejaron la grabación para estar con ella en todo momento y acompañarla en el hospital. Los hermanos siempre le dan prioridad a su bienestar sobre cualquier cosa.

8. Conocimiento amplio de trends. RKL siempre están en tendencia, saben lo que está de moda, incluso a veces ellos son quienes la imponen y por eso sorprenden a su audiencia con todo lo que crean, lanzan o graban. Ellos saben bien lo que los polinesios queremos.

9. Capacidad para superar los miedos. RKL nos han enseñado que detrás de cada temor hay un mundo maravilloso lleno de posibilidades y sorpresas. Lo mejor de la vida sucede luego de atreverse, sin importar lo que digan los demás. Algunos de los miedos que ellos han vencido son: cantar, pararse en un escenario, hacerse algunos tatuajes, cambiar de *look*, y hasta revelarnos sus secretos sin temor al qué dirán.

Visita al futuro pasado

El video *Así comenzamos...* de RKL, publicado en el Día Internacional Polinesio del 16 de julio de 2017, nos muestra que sus inicios no fueron tan sencillos. Lesslie se encontraba desilusionada por los comentarios negativos y los *haters*, mientras que Rafa debía decidir entre seguir sus instintos o lo que la sociedad esperaba de él. Además, Karen lidiaba con la edición de los videos y sus responsabilidades en la universidad. En este contexto, ¿cómo hacían para generar ideas y ponerse de acuerdo sin pelear? ¿Cómo lograban sobrellevar las críticas y seguir adelante? Estas son preguntas que podríamos hacernos al ver la evolución del canal de Polinesios.

ASÍ COMENZAMOS... LOS POLINESIOS

 LosPolinesios ✅
25,7 M de suscriptores

Ver ventajas 🔔 Suscrito ⌄

👍 1,8 M 👎 ↪ Compartir ⬇ Descargar 💲 Gracias ···

RAFA SIN POLINESIOS | DIA INTERNACIONAL POLINESIO 1 | PO

LosPolinesios ✓
25.7 M de suscriptores
Ver ventajas · Suscrito ∨
Descargar · Gracias · ···

LESSLIE SIN POLINESIOS | DIA INTERNACIONAL POLINESIO 3 | POLINESIOS

#QuiénHaceQué *Challenge*

A ver, ¿cómo se imaginan que es la dinámica de Polinesios?

1. ¿Quién limpió las bolitas de unicel de la regadera en el video *Convertimos nuestro baño en una montaña navideña?*
a) Mamá Polinesia.
b) Rafa.
c) Contrataron a un servicio de limpieza profesional.
d) Nadie, incluso clausuraron esa regadera y así se quedó *4ever*.
e) Lesslie y Rafa.

💎 Cuando grabábamos, siempre tirábamos o rompíamos cosas y llenábamos la sala de jabón. A veces no éramos muy conscientes del daño que podíamos generar, decíamos: "chin, se echó a perder, ya ni modo, hay que limpiar". Solo pensábamos en divertirnos.

2. ¿Quién creen que compraba los boletos de avión y hacía las reservaciones para cada viaje?
a) Rafa, obvi.
b) Mr. Clarck.
c) Aria (que es un as comprando en internet).
d) Karen, por ser la más organizada.
e) Lesslie.

3. ¿Eso de planear videos y producirlos es un trabajo 24/7?
a) Así debe ser.
b) Yo creo que tienen horarios de trabajo.
c) Para nada, solo cuando van a su oficina.
d) Sí, porque no sabes cuándo te va a llegar una idea.

💎 Es muy difícil, muy, muy difícil crear contenido con tus hermanos, porque ¡no dejas de trabajar nunca! O sea, si las personas con las que laboras son las mismas con las que vives... es seguro que todo el tiempo estemos hablando de los canales y necesitas espacio para descansar y despejarte.

4. ¿Cómo llegaban a un acuerdo?
   a) El que tenía los mejores argumentos, ganaba.
   b) Se echaban un "piedra, papel o tijera".
   c) Lo dejaban a la suerte.
   d) Nunca se ponían de acuerdo.
   e) Por unanimidad: se avanza hasta que todos estén conformes y felices con la decisión.

🔺 Era todo un rollo. Generalmente Karen quería una cosa y yo otra y así era todo el tiempo, nunca estábamos de acuerdo. Lesslie realizaba la votación para ver qué se hacía, pero la verdad es que ella tenía el voto final, el del desempate; creo que era una carga que ella no quería porque además, su personalidad no es así, no le gustan las confrontaciones, quiere que todos estén bien, entonces la poníamos entre la espada y la pared.

5. ¿Alguna vez se pelearon?
a) Jamás.
b) Todo el tiempo, pero no lo graban.
c) A veces, pero nada grave.
d) Han optado por hacer cada quien lo que quiere.

Al principio, las peleas se centraban en quién tenía la cámara o quién la estaba usando cuando alguien más la necesitaba, y cositas así... no era sencillo. Hay una confianza muy grande cuando es tu familia en lugar de compañeros de trabajo y, por lo mismo, es fácil volarnos esos límites del respeto.

Rafa, Karen y Lesslie en el bosque grabando Polinesios Revolution.

 # ¿Juntos o separados?

Es impresionante cómo la personalidad de cada uno de los hermanos es tan diferente y complementaria, lo que les permite trabajar en equipo y lograr un éxito sin igual en YouTube. No obstante, la convivencia también implica desafíos que deben enfrentar para mantener la armonía en el equipo. Me pregunto qué acuerdos y reglas habrán tenido que establecer para lograr ese equilibrio y llevar a cabo sus proyectos de manera exitosa. Es evidente que, a través de su experiencia, han aprendido que el trabajo en equipo es fundamental para alcanzar las metas, pero ¿cómo logran manejar las diferencias y los desacuerdos? Ellos lo consiguieron con estos "Acuerdos hermanales".

Acuerdos hermanales

1. Hermanos antes que nada

En el documental *Polinesios Revolution*, disponible en Disney+, Karen revela que llegar a acuerdos era el mayor desafío que enfrentaban los hermanos. Para resolver los conflictos laborales, optaron por enfocarse en el amor.

> "Si decido hacer algo que no le gusta a Rafa o a Less, sé que el cariño entre nosotros estará por encima de cualquier cosa. Pueden o no estar de acuerdo con mis decisiones, pero sé que me aman y que sus respuestas serán las más honestas que puedo encontrar en el trabajo. Por eso disfruto crear contenido con ellos, son los mejores cómplices".

Esto lo aprendieron con el tiempo, ya que antes de Polinesios cada uno estaba en su propio camino, y lograr esta sinergia les llevó años de conocerse, entenderse y amarse como familia.

> **Enseñanza de RKL:** tus hermanos van a serlo por siempre. Así que se vale pensar diferente, creer en distintas cosas, tener metas separadas; pero lo que jamás cambiará es la solidaridad y el apoyo, saber que, pase lo que pase, siempre tendrás un hermano con el cual contar de manera incondicional. Porque el amor va más allá de las diferencias.

2. Consenso sin votación

Rafa, Karen y Lesslie han aprendido que la clave para mantener su relación laboral y personal saludable es el diálogo y la comunicación constante. Para ellos, la felicidad y el bienestar de los tres son lo más importante y no quieren que una decisión tomada por mayoría lastime a alguno de ellos. Han aprendido a respetar las opiniones y decisiones de cada uno y han buscado soluciones consensuadas que los hagan sentir bien.

Además, han tenido que aprender a lidiar con la presión que implica tener una gran cantidad de seguidores en sus redes sociales y en su canal de YouTube. Han aprendido a ser cuidadosos con el contenido que publican, y a ser fieles a su mensaje de amor y ser positivos. Saben que tienen una gran responsabilidad con su audiencia y que su éxito no solo depende de la calidad de su contenido, sino también de la manera en que se comportan fuera de la pantalla.

A lo largo de su trayectoria, han enfrentado diversos retos y han tenido que tomar decisiones difíciles, como mudarse a vivir a una casa en la montaña para estar más unidos, pero siempre han sabido salir adelante y aprender de cada situación. Han demostrado que, con perseverancia, amor y respeto, se puede alcanzar el éxito y mantener una relación familiar y laboral saludable al mismo tiempo.

> **Enseñanza de RKL:** las diferentes personalidades de RKL es lo que nutre la esencia de Plática Polinesia y los hace únicos. Ellos, con su forma de ser, se complementan; lo que a uno le hace falta, el otro lo tiene de sobra. Están aquí, no para ser los hermanos perfectos, sino para apoyarse; por ello, la voz de cada uno es importante y merece ser escuchada. Tal vez Rafa ve algo que las chicas no perciben y viceversa.

3. Juntos pero no revueltos

La decisión de los hermanos Polinesios de separarse y vivir por su cuenta fue una de las más importantes que tomaron. Lesslie asegura que, aunque al principio fue difícil, la experiencia resultó positiva porque al volver a encontrarse, se extrañaban mucho y disfrutaban más su tiempo juntos. Sin embargo, para Rafa no fue del todo así: después de un tiempo, se sintió muy triste y solo a pesar de que seguía viendo a sus hermanas para grabar. Esta situación lo llevó a darse cuenta de que necesitaba la vida en familia y que no podía seguir así. Karen, por su parte, encontró en la vida en solitario su estilo de vida ideal. A ella le gusta tener su propio espacio y no le agrada recibir visitas en su casa durante mucho tiempo. Vivir sola era algo que necesitaba y disfrutaba mucho.

La experiencia de Rafa en la soledad lo llevó a una profunda reflexión sobre lo que realmente necesitaba para ser feliz y, al final, se dio cuenta de que su verdadera felicidad estaba en la vida en familia. Este tipo de experiencias es común en muchos jóvenes que deciden independizarse, y es importante reflexionar sobre lo que realmente necesitan para ser felices. En el caso de Karen, su estilo de vida solitario le permite tener su propio espacio y disfrutar de su tiempo a solas. Cada persona tiene necesidades y deseos diferentes, y es importante respetarlos y buscar un equilibrio en la convivencia con los demás. Los hermanos Polinesios han encontrado su equilibrio y han aprendido a tomar decisiones juntos y respetando las necesidades de cada uno.

> **Enseñanza de RKL:** no estar juntos 24/7 no significa que ya no se soportan, sino que están recuperando su individualidad y entendiendo que se vale tener momentos personales. RKL necesitaron darse tiempo para extrañarse y valorar lo que tienen, no solo como familia, sino como compañeros de trabajo.

4. Horarios y vida personal

En el contexto de la vida de los Polinesios, la línea entre lo personal y lo laboral puede ser muy delgada, y Anita lo sabe bien. A pesar de que trabajar con su hermano mayor es algo que disfruta, también sabe que es necesario establecer límites para poder tener un equilibrio entre su vida profesional y personal. Al igual que Rafa, Anita es una persona muy trabajadora y comprometida, pero sabe que necesita momentos para ella misma, para estar con su familia y amigos y para descansar. Es por eso que ha implementado horarios en su vida y se esfuerza por cumplirlos, para tener un espacio reservado a su vida personal.

Por su parte, Rafa es una persona a la que le gusta fluir y que no es fan de los horarios o calendarios. Él confía en su capacidad de manejar su tiempo y de estar disponible para su familia y amigos cuando lo necesiten. Sin embargo, también sabe que Anita necesita su espacio y que es importante respetar sus horarios personales. Aunque en ocasiones puede ser difícil para él contener sus ideas y emociones relacionadas con el trabajo, sabe que es importante esperar el momento adecuado para compartirlos con Anita y el resto de su equipo.

> **Enseñanza de RKL:** nutrir tu espíritu es tan importante como hacer lo que te gusta (aunque el trabajo te encante), pues te da una visión más amplia de la vida y te otorga paz. Regalarte un rato en exclusiva para hacer cosas como dibujar, escribir, practicar algún deporte, jugar con tu perro, pintar, leer otra vez el libro que te fascina, descansar o meditar, es demostrarte que te amas y te cuidas.

5. Tener claras las prioridades

Lesslie compartió que ser una adolescente trabajadora en redes sociales fue difícil para ella, ya que tuvo que sacrificar su vida social para estar con sus hermanos y dedicarse al trabajo. No pudo disfrutar de la época de preparatoria y universidad como cualquier joven, salir con amigos o simplemente dedicarse solo a estudiar. No obstante, no se arrepiente de haber tomado esa decisión, pero ahora valora la importancia de no descuidar a las personas que ama y hacer de ellas una prioridad en su vida.

Por su parte, Karen reconoce que llegó un punto en el que su trabajo absorbió todo su tiempo, y descuidó las cosas que realmente quería hacer, como aprender y estudiar temas que le interesaban, estar con sus amigos y tener una relación amorosa importante. Fue entonces cuando se cuestionó cuáles eran sus prioridades y se dio cuenta de que necesitaba encontrar un equilibrio entre su vida personal y laboral, poner límites para estar bien tanto física como emocionalmente. Para ella, la relación y el amor familiar siempre serán lo más importante.

> **Enseñanza de RKL:** ninguna persona es una isla y no podemos vivir solos. Necesitamos del amor, la compañía y las experiencias que la convivencia con amigos nos otorga. No solo seremos más felices, también tendremos la oportunidad de contar con aliados para la diversión y el crecimiento. Pero recuerda: la amistad es un sentimiento recíproco y, para recibir, también tienes que dar atenciones, confianza y cariño.

6. Comunicación

Después de haber pasado por momentos difíciles en su relación laboral y personal, los hermanos Polinesios han encontrado un equilibrio que les ha permitido mejorar su convivencia y trabajar juntos de manera más efectiva. Aunque cada uno vive en su propia casa, mantienen una cercanía que les permite conservar su vínculo fraternal.

Rafa reconoce que el amor es el valor más grande que tienen como hermanos, ya que les deja cuidarse mutuamente y estar ahí el uno para el otro. Por su parte, Lesslie destaca la importancia de encontrar un equilibrio entre el trabajo y la vida personal, y reconoce que para ella fue difícil sacrificar su vida social en la adolescencia para trabajar con sus hermanos.

Karen, quien ha defendido su autonomía al vivir sola, ha aprendido a poner límites para tener un equilibrio personal y laboral. Todos ellos han aprendido a respetar sus decisiones y a tomarlas en conjunto, buscando siempre la felicidad de los tres y priorizando su relación fraternal por encima de todo. A través de la comunicación y el amor, han logrado encontrar una sinergia que les permite trabajar juntos con éxito y conservar su vínculo fraternal, siendo una familia normal.

> **Enseñanza de RKL:** no debemos asumir que las otras personas saben cómo nos sentimos, por ello, la comunicación es importante. Debemos aprender a expresar de la mejor manera lo que queremos, para así evitar problemas y suposiciones. Se vale decir "necesito tiempo", "estoy cansada", "quiero estar contigo" o "¡quiero alejarme un rato de ti!". Lo que sentimos es válido y debemos ser los primeros en escuchar nuestras necesidades para luego compartirlas con los demás.

Karen, Lesslie y Rafa soñando despiertos.

La unión hace la fuerza

El viaje al volcán Láscar en Chile se convirtió en un punto de inflexión en la vida de los Polinesios. Durante la escalada, enfrentaron miedos y desafíos, pero también se aferraron al amor que se tienen como hermanos. La idea de rendirse estuvo presente varias veces, pero se afianzaron al objetivo de llegar a la cima, lo que les permitió demostrar que juntos pueden alcanzar cualquier meta. Para Karen, esto fue una oportunidad de reflexionar sobre el propósito de lo que hacen como hermanos y como creadores de contenido. Lesslie, por su parte, recordó que aunque las metas grupales son importantes, también lo son las metas individuales y el respeto a las decisiones de cada uno.

El ascenso al volcán también les permitió reconocer la importancia de pedir disculpas y demostrar amor y apoyo en momentos de tensión. Al llegar a la cima, Yiyi abrazó a Rafa y se disculpó por las peleas y las veces que, en su desesperación y cansancio, le dijo "cállate" durante el camino. Fue un momento de profunda conexión y amor entre hermanos que demostró la fortaleza emocional y la resiliencia que han adquirido a lo largo de los años.

La década de existencia de los Polinesios es un testimonio del amor y el compromiso que tienen como hermanos y como colegas. A través de los altibajos, han aprendido a trabajar juntos y a apoyarse mutuamente, incluso en los momentos más difíciles. Gracias a su perseverancia y dedicación, han logrado construir una comunidad de seguidores leales y han dejado una huella indeleble en la historia de la cultura digital en Latinoamérica.

Karen, Rafa y Lesslie haciendo la señal polinesia en el show JUMP, en el Auditorio Nacional.

CAPÍTULO 3

LOS CANALES QUE CAMBIARON MI VIDA

Recuerdo cuando estaba en la escuela y escuchaba hablar con fervor a mis compañeros acerca de un trío de hermanos llamados Polinesios. En aquel momento pensé en las islas y bailes exóticos. Lo comenté con mis compañeros y se me quedaron viendo muy extraño, una de mis grandes amigas fue muy amable al decirme que se trataba de un trío de hermanos que hacía videos extraordinarios para YouTube.

Me sentí muy avergonzada al descubrir que había estado viviendo debajo de una roca, ya que para entonces Polinesios eran extremadamente populares y yo recién los había descubierto. Me sumergí completamente en su contenido y rápidamente me convertí en una fiel seguidora de su canal.

Debo admitir que, en mis primeros años como fan, no tenía del todo claro ni sabía cómo estaban divididos los canales de Polinesios. Pero, en mi defensa, debo decir que era una niña pequeña y mi acceso a los dispositivos electrónicos estaba limitado por mis padres. A pesar de esto, no dejé que este pequeño detalle me impidiera disfrutar de todo el contenido de RKL, simplemente daba *clic* a uno de sus videos y esperaba a que YouTube me mostrara más contenido relacionado.

Sin embargo, ahora las cosas son diferentes. Me he convertido en una experta en el mundo de Polinesios y puedo afirmar que he visto todos sus videos. A pesar de que me sorprende no estar en la lista de los "youtubers que más ven nuestros videos", estoy segura de que he consumido más contenido de Polinesios que cualquier otra persona.

Para mí, los videos de Polinesios fueron y seguirán siendo el medio principal por el cual los conocí y me involucré con ellos. Es por eso que, en este libro, dediqué este capítulo completo a mi experiencia como experta de su contenido. Además, como ya domino el tema de los canales, he preparado un contenido especial para cada uno de ellos en mi libro. No puedo esperar a compartir con otros fans todo lo que he aprendido sobre Polinesios y su gran carrera en YouTube.

PLÁTICA POLINESIA

Plática Polinesia es el canal que marcó el inicio de la exitosa carrera de los hermanos Polinesios en el mundo digital. Este canal es el hogar de los primeros videos de nuestros youtubers favoritos, donde comenzaron a compartir sus aventuras y ocurrencias con el mundo.

De acuerdo con YouTube, Plática Polinesia se creó oficialmente el 28 de noviembre de 2010, pero el momento que realmente lo impulsó a la fama fue el 16 de julio de 2011, cuando Rafa decidió realizar una de las bromas más icónicas que sin duda dejó huella en la historia de Polinesios. Ese día, Rafa se metió al refrigerador, espantó a Lesslie y grabó todo el proceso, para luego compartirlo en este canal. A partir de ese momento, y aunque no era su intención primaria, la popularidad de los hermanos Polinesios comenzó a crecer de manera vertiginosa.

BROMA: MI HERMANO EN EL REFRIGERADOR | LOS POLINESIOS BROMAS PLATICA POLINESIA

ExtraPolinesios ● 16,2 M de suscriptores · Suscribirme · 158 K · Compartir · Descargar · Guardar · …

Primer video oficial de Plática Polinesia, broma del refrigerador.

🔺 *Fun fact*: si son observadores, se darán cuenta de que esa broma tiene fecha del 17 de julio en el canal ExtraPolinesios. Lo que pasa es que, aunque este video se subió a Plática Polinesia el 16 de julio de 2011, al momento de migrarlo se cambió la fecha.

Después de descubrir el ya clásico video del refrigerador, me di cuenta de que había perdido muchos otros videos divertidos y emocionantes que se publicaron en los primeros meses de Plática Polinesia. Así que decidí hacer una investigación exhaustiva para encontrar esos videos y dejarlos registrados para la posteridad. Aquí les dejo los detalles:

"HACKS" para encontrar videos no antes vistos

1. Si quieres encontrar los primeros videos de Plática Polinesia, debes buscar en el canal ExtraPolinesios, donde se mudaron los primeros videos del canal original.
2. Para encontrar los videos más antiguos, debes seleccionar la opción "Fecha de carga" en la sección "Videos" del canal.

3. El primer video que debes buscar es *Broma: mi hermano en el refrigerador* al minuto 1:04.
4. Pero si miras más allá de la broma, verás miniaturas de videos anteriores a ese. Por ejemplo, verás a Rafa caracterizado como un anciano gruñón que repite una y otra vez "cómetelo, cómetelo, cómetelo" mientras señala un plato lleno de pan dulce. Este video era una parodia que hizo Rafa de un meme que era superviral en México en esos momentos.
5. También verás un mini corto en el que Rafa sale vestido como un médico, realizando una cirugía menor en una papaya sonriente. Definitivamente, es un video que debes ver.
6. Otro video que no puedes perderte es la *Broma con crema batida*. Si miras la introducción varias veces, verás que hay más cortos en los que aparece Rafa, incluyendo uno en el que está dentro de su coche y otro en el que está grabando en el departamento de la familia.

7. Si avanzas al final de ese mismo video, verás cómo Rafa es abofeteado sin piedad por una chica misteriosa. ¿Será que esta chica es la causante de la condición mental de Rafa? Quién sabe, pero definitivamente sería interesante ver más de ese contenido.

Como seguidora Polinesios, es fascinante descubrir estos videos y ver cómo evolucionaron con el tiempo. Sin duda, estos videos son un tesoro para todos nosotros y demuestran la creatividad y el ingenio de los hermanos Polinesios desde sus inicios.

Una mudanza con sentido

Después del éxito de la primera broma, los hermanos Polinesios continuaron compartiendo su ingenio y sentido del humor en su canal. Crearon muchas bromas divertidas, como el susto que le dieron a Lesslie mientras jugaba *Resident Evil*, o cuando Rafa se escondió en una montaña de periódicos para asustar a su papá.

Sin embargo, después de un tiempo, los hermanos decidieron mudar todo ese contenido a su otro canal, ExtraPolinesios, y Plática Polinesia se transformó en el canal musical de Polinesios. Fue en este canal donde lanzaron su primer sencillo, *Festival*, una canción divertida y pegajosa que rápidamente se convirtió en un éxito...

El contenido actual de Plática Polinesia es extremadamente importante para Karen, Lesslie y Rafa, tanto así que decidí dedicarle más adelante un capítulo completo de su libro a su música. Desde pequeño, Rafa tenía la facilidad de descubrir el mundo y experimentar sin miedo a crear lo que se le ocurriera. Cuando abrió el canal de Plática Polinesia en YouTube, no pensaba en la fama, simplemente tenía mucha curiosidad por dar ese paso en un mundo desconocido. Grababa ocurrencias, *sketches* y experimentos sociales, y un día se le ocurrió la idea de hacerle la broma del refrigerador a Lesslie. La sensación inexplicable que experimentó ese día, es probable que jamás la haya olvidado y la tenga intacta en su memoria. Colocó la cámara oculta y esperó a que Lesslie abriera el refrigerador, sintiendo una gran adrenalina en el proceso. La broma se viralizó y fue vista por personas en varios países. A pesar de que Rafa no sabía si tendría el valor de continuar, su intensidad lo hizo creer que podían ir por más y se transformó en trabajo, disciplina y entusiasmo para que Karen y Lesslie creyeran en el proyecto tanto como él. Desde entonces, decidió no parar, contagiar a sus hermanas de ese entusiasmo inexplicable y dejar que el destino hiciera lo suyo con ellos.

Portada del álbum musical JUMP.

Videoclip musical de la canción Adicto a volar de Rafa Polinesio.

Videoclip musical de la canción Despertar de Karen Polinesia.

Videoclip musical de la canción Put Your Money de Polinesios.

Videoclip musical de la canción Put Your Money de los Polinesios.

EXTRAPOLINESIOS

El canal ExtraPolinesios es el lugar donde se pueden encontrar los videos más aleatorios y divertidos de los hermanos. Aquí viven todas las bromas, retos y también algunos tags en los que los tres participan juntos.

El canal fue creado el 3 de junio de 2012, y su primer video fue *Karen Plática Polinesia. Bloopers del promo "The Polynesians Twitcam"*. Este video muestra algunos *bloopers* y escenas detrás de cámaras de los promocionales que los Polinesios grabaron para un evento de Twitcam.

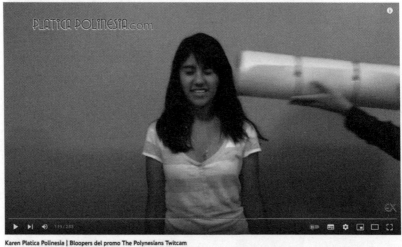

Karen Platica Polinesia | Bloopers del promo The Polynesians Twitcam

ExtraPolinesios
16,2 M de suscriptores   Suscribirme   24 K   Compartir   Descargar   Clip   ...

Es cierto que Polinesios ya no sube tanto contenido de bromas y retos como antes. Los hermanos han evolucionado en su carrera y se han enfocado en otras facetas de su vida, como la música y los *vlogs* de viajes, *daily vlogs*, educación, *sketches* y más. Aunque extraño verlos hacer locuras juntos en su canal de Los Polinesios, entiendo que han madurado y que su creatividad ha evolucionado en diferentes direcciones.

Sin embargo, eso no significa que debamos olvidar esa etapa en la que los hermanos Polinesios eran expertos en hacer bromas y retos entre ellos. A través de estos videos pudimos ver su ingenio y sentido del humor, así como la gran conexión que existe entre ellos.

Para recordar esta época, decidí hacer dos listas de los videos más memorables del canal de Polinesios: una para las bromas y otra para los retos.

Hablando de bromas

Es cierto que gran parte del *fandom* de Polinesios ama las bromas, ya que estas capturan la esencia y el lado más divertido de los hermanos. Como fan, tengo que admitir que también disfruto mucho de verlos hacer travesuras juntos en su canal de Polinesios.

Si tuviera que elegir una broma favorita, sería difícil decidirme por una sola, ya que hay tantas que me han hecho reír a carcajadas.

... *Merece un Óscar a la mejor actuación*

No tengo ninguna duda de que Polinesios merecen un premio por su ingenio y talento en la broma *Bebiendo limpiador de pisos con cloro*. Esta broma es una de las más populares y reconocidas de los hermanos, y es que no podría elegir quién de los tres fue el más impresionante, ya que todos dieron una gran actuación.

Karen, en particular, tuvo una interacción muy emotiva con sus padres, y su interpretación de "hermana preocupona" fue espectacular. Rafa también se destacó con sus líneas cortas pero efectivas, culpándolas de no querer hacer un video con él. Y, por supuesto, el #LloroComoLesslie tuvo un nuevo significado gracias a la actuación de llanto fingido de la polinesia menor.

91

... Me sorprendió por su producción

Todavía me pregunto cómo Rafa y Karen lograron colocar de forma tan precisa una bandeja encima de la puerta de su departamento para que, al abrirla, Lesslie fuera bañada en detergente líquido en la broma *Bañándome con detergente*. Es sin duda una obra de ingeniería casera que aún me sorprende cada vez que la veo.

... Nos rompió el corazón

Uno de los videos más divertidos y emotivos de Polinesios es el de la broma en la que le hacen creer a su padre que ha ganado un auto en una promoción del banco. Es casi imposible contener las lágrimas mientras se ve a Papá Polinesio emocionarse al recibir el auto con el moñito azul perfecto, la documentación formal y al ejecutivo bancario tan elegante y profesional. Incluso yo también hubiera caído ante tal sorpresa.

... Casi me perfora los tímpanos

Después de ver las bromas una y otra vez, he llegado a la conclusión de que Ana Karen es la que tiene la voz más potente de los tres hermanos.

Intrigada por la fuerza de su voz, decidí analizar algunos de sus gritos en una aplicación de medición de sonidos y descubrí que en *Broma con un ratón*, *Karen come gusanos vivos* y *Terror a una ranita*, Ana Karen supera los límites normales de audición. No sé qué es más resistente, si los pulmones de Karen o nuestros oídos, pero lo que es seguro es que sus gritos pueden dejarnos sordos si no tenemos cuidado. ¡No te pases, Ana Karen!

... Me hizo descubrir que la "MALDAD" se hereda

La madre de Polinesios, Vero, ha sido una presencia amorosa y protectora en la vida de sus hijos, pero en la broma *Me quedé pelona*, demostró que también puede ser una actriz consumada. En el video, Vero le aplica un tratamiento capilar a Karen y le hace creer que está perdiendo su cabello. Actuando con seriedad y autoridad, Vero reprende a Lesslie cuando se burla de Karen. Pero si pensaban que Mamá Polinesia no podía superar esa hazaña, regresó con una broma épica en la que también participó el señor Rafael en el video *Atropellaron a nuestra perrita*. Los insensibles, y al mismo tiempo alivianados, padres de familia le hicieron creer a sus hijos que Aria había sufrido un accidente, y ni el mar de lágrimas que derramó Lesslie cuando recibió la falsa noticia ablandó el corazón de su mamá.

El gusto por las "vaciladas", como dice el señor Rafael, parece ser un rasgo genético en la familia Polinesios, y el papá de los tres hermanos no se queda atrás. Como se puede ver en el video *Broma de papá con escarabajos*, don Rafael es un bromista nato. En el video, encontró un insecto inofensivo llamado cara de niño en su jardín y lo utilizó para asustar a Karen y a Lesslie. Primero, acorraló a Karen en una esquina con el objetivo de arrojarle el insecto. Luego, Rafael le preguntó a Lesslie: "¿Por qué estás a oscuras, mi amor?", para luego descargar toda su energía en esta broma que llevó a Lesslie al drama total. ¿De quién heredaron Polinesios su "maldad"? Parece que la respuesta es: de toda la familia.

94

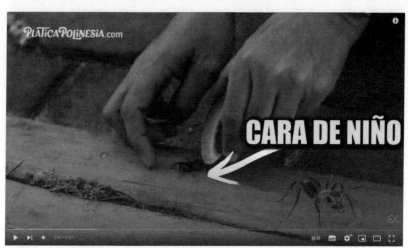

BROMA DE PAPÁ CON ESCARABAJOS | BROMAS PLATICA POLINESIA LOS POLINESIOS

ExtraPolinesios
16,2 M de suscriptores

Suscribirme

339 K   Compartir   Descargar   Clip   ...

BROMA DE PAPÁ CON ESCARABAJOS | BROMAS PLATICA POLINESIA LOS POLINESIOS

ExtraPolinesios
16,2 M de suscriptores

Suscribirme

339 K   Compartir   Descargar   Clip

HABLANDO DE RETOS

Mis emociones se desbordaban como un río desbocado cada vez que llegaba el viernes y recibía la notificación de que Polinesios habían subido un nuevo reto. Fue toda una proeza hacer una lista de los retos más memorables de este canal, pero aquí están algunos de mis favoritos. ¿Están de acuerdo conmigo, polinesios?

... Me llevó a otra dimensión

El reto de los globos gigantes de Polinesios es uno de los más emocionantes que han subido en su canal. Al verlo por primera vez, todas las emociones humanas me invadieron y me sentí sumergida en el *challenge*.

1. En el video, mi curiosidad se despertó al escuchar el título *Giant Balloon Challenge* y me pregunté qué sería eso.
2. Luego, mi incredulidad se manifestó al pensar que era imposible que lograran meterse en un globo, pero me llamó la atención ver cómo lo inflarían.
3. Mi interés aumentó cuando vi que realmente estaban inflando el globo y estaba emocionada por ver qué pasaría.
4. Aunque aún no lo lograron, mi desilusión fue mitigada al ver a Rafa disfrazado de sirena.
5. Pero el momento en que cortaron el globo y se metieron dentro, sentí asombro al ver que realmente estaba funcionando.
6. Mientras seguían con el reto, sentí desesperación viendo que se distraían peinándose y no avanzaban con el globo.
7. Pero cuando finalmente lo consiguieron, sentí felicidad y emoción.
8. Luego, mi ansiedad aumentó cuando Rafa estaba dentro del globo y pensé que se asfixiaría.
9. Sentí sugestión y también me faltaba el aire, como si yo estuviera ahí.
10. En un momento de risas y angustia, grité para que Karen sacara su pelo del globo. Parecía una cebollita.
11. Finalmente, sentí admiración y gratitud hacia Polinesios por haber hecho un reto tan emocionante y divertido.

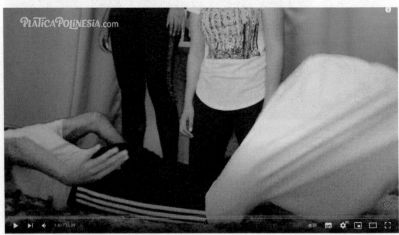

GLOBOS GIGANTES CHALLENGE | RETO POLINESIO LOS POLINESIOS

 ExtraPolinesios 16.2 M de suscriptores  1.2 M Compartir Descargar Clip

... Casi me hace vomitar

Antes de repasar cada video de retos me preparaba mentalmente para no impresionarme, pero hubo uno que superó mis límites y con el que tuve que apretar los dientes para no dejar salir mi almuerzo de aquel día. Se trata de *No tienes que dejar de mirar*, que fue un reto que incluyó al niño come-mocos, el pie lleno de agujeros y mi dermatofobia no superada, como la de Rafa. No puedo con este video que me dejó todo el día con comezón, hormigueos por toda la piel y hasta escalofríos.

RETO NO TIENES QUE DEJAR DE MIRAR | LOS POLINESIOS RETO

ExtraPolinesios
16,2 M de suscriptores   Suscríbeme

👍 343 K   👎   ↪ Compartir   ⬇ Descargar   ✂ Clip   ...

... Me ayudó a entender física

Durante su trayectoria en YouTube, Polinesios continuaron sorprendiendo a su audiencia con retos cada vez más extremos. Uno de ellos fue el desafío de *Destrozando objetos extraños con una aplanadora*, en el que aplastaron diversos objetos como pollos de plástico, balones de basquetbol y hasta una sandía. Este reto les permitió aprender sobre energía, presión y resistencia, y también descubrieron el interior de televisores antiguos. Además, pudieron comprobar que los celulares viejos son más resistentes que los modernos. Pero lo más curioso fue que el reto también nos dio esperanza de que Lesslie encontraría al amor de su vida, ya que su pastel de bodas fue destrozado, pero la figura de los novios quedó casi intacta.

DESTROZANDO OBJETOS EXTRAÑOS CON UNA APLANADORA | LOS POLINESIOS RETO

ExtraPolinesios
16.2 M de suscriptores   Suscribirme   401 K   Compartir   Descargar   Clip   ...

99

... Me dejó preocupada

Después del susto que me llevé con el reto *Globos gigantes "challenge"*, llegó el de *Si te ríes, mueres "challenge"*, y vaya que este reto me dejó aún más sacada de onda. En el video, Rafa se veía realmente mal debido a su reciente cirugía para tener una nariz coreana perfecta, con un color raro de piel y con la mirada perdida, demostrando estar mega incómodo. Incluso llegué a pensar que no era él, sino un actor disfrazado de Rafa. Lo coloco en esta lista porque estos hermanos, especialmente Rafa, cumplen todo el tiempo el *challenge Sufre o cúmpleles a los polinesios*. A pesar de estar prácticamente muriéndose, harán lo que sea por hacernos reír y entretenernos. ¡Qué dedicación tienen estos chicos!

PLATICAPOLINESIA.com

SI TE RIES MUERES CHALLENGE | LOS POLINESIOS RETO

ExtraPolinesios 16,2 M de suscriptores   Suscribirme

... Puso en riesgo la nariz coreana de Rafa

Durante muchos retos, Rafa demostró su valentía y arrojo, pero también su nuevo *look* con su barbilla, su pelo y su aspecto renovado. En el reto de la botella, Rafa se atrevió a destapar el envase con su nariz, pero el momento crítico del video llegó cuando le tocó a Lesslie abrir la botella con sus sandalias de pescado, y cuando lo hizo... ¡su chancleta salió volando y casi le pega a Rafa en la cara! Por suerte, el hermano mayor demostró sus reflejos y logró esquivar el zapato, que si le atina, le hubiera arruinado el perfil.

... Deben repetir

He notado que hay algunos retos que no han cumplido del todo y que, en nombre del *fandom*, queremos que repitan. En el video *#PolinesiosEnVivo y sus retos* les pedimos que comieran un huevo crudo y no lo hicieron. La acción de comer incluye deglutir, tragar... y en esa ocasión lo único que consiguieron fue hacer unas gárgaras de yema con clara. Pero la lista no para ahí. En el video *Polinesios en Twitcam. Parte 3 de 8*, en el minuto 4:40, los hermanos debían tomar un licuado de croquetas, y Rafa fue el único que le dio un traguito a esa mezcla, mientras que Lesslie hizo solo un buchecito y Karen se dedicó a observar. Seguro que los fans esperan con ansias que Polinesios se animen a hacer esos retos nuevamente y así verlos sufrir un poco más.

#CHALLENGES

Al seguir a Polinesios en su canal, he notado que muchos de nosotros nos hemos sentido inspirados a cumplir retos extremos sin siquiera darnos cuenta. Aunque no sean videos del canal, he creado algunos títulos divertidos para estas situaciones con las que, sin duda, los verdaderos polinesios nos identificamos.

#MANIQUÍ CHALLENGE POLINESIO

Al sumergirme en los videos de Polinesios, me encuentro tan absorta que puedo quedarme quieta en una posición durante horas. Incluso llegué a sentir dolor en el cuello después de haber permanecido en la misma posición durante demasiado tiempo, ¡como un maniquí! ¿Alguien más ha experimentado lo mismo?

#SI TE DUERMES Y NO VES A POLINESIOS… ¡PIERDES!

Cumpliste este reto si te dormías hasta las 12 de la noche por verlos.

#24 HORAS SIENDO REGAÑADO POR MI MAMÁ… ¡SIN HABLAR, NI VER!

Este reto de Polinesios nos llevó a recordar aquellas épocas en las que nos quedábamos sin datos móviles y el regaño que nos daba nuestra madre era descomunal. En el video *Reto: aguantar la regañiza de mamá*, Polinesios recrearon esta situación y nos recordaron que en ese momento lo mejor era mantener la boca cerrada y no levantar la cara, porque cualquier comentario podía empeorar las cosas. Sin duda, fue una situación incómoda pero que muchos de nosotros hemos vivido y nos hizo reír y recordar esos momentos familiares.

#BATALLAS ÉPICAS / MI GUSTO POLINESIO *VS.* FAMILIA

Este reto consiste en tener al menos un amigo o familiar que te agradezca porque les presentaste a Polinesios y ahora son fanáticos del canal. Yo lo logré con mi prima Ana, quien se había perdido de las últimas tendencias de YouTube y gracias a mí descubrió a los hermanos Polinesios. Ahora ella también está enganchada con Rafa, Karen y Lesslie, y juntas nos divertimos viendo los *challenges* y las bromas.

#EL QUE MÁS SE ABURRA… ¡GANA!

Seamos honestos, los videos de Polinesios nos han salvado en muchas ocasiones de aburrirnos en esas fiestas familiares a las que nuestros padres nos obligaban a ir. Lo siento, prima Jaqui, por no prestarte atención mientras bailabas en tu boda, pero estaba demasiado entretenida viendo cómo los Polinesios preparaban comida japonesa falsa.

#RETO DE VER A POLINESIOS EN CLASES… ¡SIN SER DESCUBIERTA!

¿Alguna vez te ha pasado que estás en clase o en una reunión aburrida y solo piensas en ver videos de Polinesios? ¡Yo sí! Y como muchos de ustedes he tenido que esconderme para poder verlos. ¿Quién no se ha sentido como un ninja sacando el celular disimuladamente para no ser descubierto? Si nunca te han pillado, ¡felicidades!, has superado este reto.

Polinesios, nos encanta que vean nuestros videos, pero es importante que no descuiden su educación y pongan atención en clases.

#REGLAS PARA HACER BROMAS Y CHALLENGES

En cuanto a las reglas para hacer bromas y *challenges*, Polinesios nos han enseñado algunas cosas importantes. Sin embargo, siempre queda la duda de si lo que hacen es real o no. Personalmente, he aprendido que es mejor no arriesgarse demasiado y siempre buscar el consejo de alguien más experimentado en caso de que algo salga mal.

- No vayan a demandarnos: si queremos hacer una broma a alguien, lo mejor es estar preparados y contar con la asesoría de un buen abogado, ya que las cosas pueden salirse de control y terminar en problemas legales.
- Si se trata de bromear con niños pequeños, lo ideal es contar con la ayuda de algún adulto de confianza que nos pueda apoyar y supervisar en todo momento.
- Polinesios nos han enseñado que sus bromas y retos extremos son supervisados y controlados por expertos, quienes les brindan capacitación en caso de ser necesario. Esto es importante si queremos evitar accidentes o lesiones innecesarias.
- Hacer bromas requiere mucha concentración y dedicación para que sean exitosas. Es importante ensayar y practicar antes de llevarlas a cabo, y también mantener una actitud seria para evitar ser descubiertos.
- Si perdemos en un reto o nos hacen una broma pesada, es importante no tomárselo demasiado en serio. En lugar de enojarnos, podemos planear nuestra venganza de forma creativa y divertida, al estilo Polinesios.

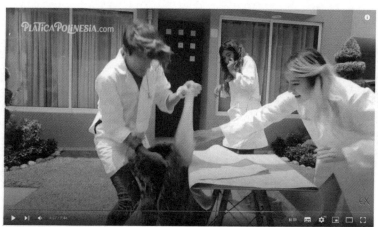

¡EXPLOSIÓN DE GLOBO GIGANTE CON MENTOS Y COLA! | RETO POLINESIO LOS POLINESIOS

 ExtraPolinesios
16.2 M de suscriptores
 Suscribirme

 1.4 M   Compartir   Descargar Clip ···

¿Qué hay en la caja? Reto polinesio. Los Polinesios.

No tomes la bebida incorrecta. Los Polinesios reto.

Probamos comida normal en fuente de chocolate.
Los Polinesios.

¿Qué tanto me conoces? Al parecer nada.
Todos perdemos. Los Polinesios.

Los ciegos challenge. Los Polinesios reto.

Si dibujas mal, te lo comes. Los Polinesios reto.

Competencias de esculturas en gelatinas. Los Polinesios reto.

Escapa del cementerio antes de que sea demasiado tarde. Los Polinesios reto.

Adivina el objeto con la boca. Los Polinesios reto.

Flechas con picos vs. hermanos. Los Polinesios reto.

Probamos comida a ciegas, mayonesa, ajo y comida exótica. Los Polinesios reto.

MUSAS

Para todos los que no me conocen, mi nombre es Emma Polinesia y como muchos de ustedes, soy fan del canal Musas. Este espacio lleno de contenido de belleza, moda, cocina y *DIY* se convirtió en una parte importante de mi vida desde que Polinesios lo abrieron en agosto de 2012. Recuerdo cómo las versiones minis de Karen y Lesslie me dieron la bienvenida y me explicaron todo lo que encontraría en el canal. Fue emocionante ver cómo crecían y evolucionaban con el tiempo. Lesslie comenzó con tutoriales de maquillaje y *outfits* de la serie *Pretty Little Liars*, mientras que Karen se adueñó de la cocina polinesia con sus deliciosas recetas, incluyendo su primer pastel de café. Y no podemos olvidarnos de Rafa, quien estaba detrás de la cámara y editaba los videos, además de ser el conejillo de indias para los experimentos de belleza de Karen y Lesslie.

Para conectarme con la temática de Musas, he preparado una receta que incluye todos los ingredientes que este canal añadió a mi vida: un toque de belleza con un maquillaje sencillo pero elegante, una pizca de moda con un *outfit* inspirado en los tutoriales de Lesslie, y por supuesto, algo dulce como el pastel de café de Karen. Y para darle el toque personal de Polinesios, agregaré un *DIY* para decorar mi espacio de trabajo mientras disfruto de mi creación.

3 mil litros de amor

Descubrí el encanto de Rafa en el video *Guacamole creeper* y empecé a seguir cada uno de sus movimientos en el canal. Me encantaba verlo cocinando y aprendiendo nuevas recetas de Karen. De repente, me encontré viendo todos los videos de Musas, creando mis propias diademas y disfraces de *Minecraft* y aprendiendo de cocina gracias a Karen. Me convertí en una fanática de Musas. Pero desafortunadamente, mi amor platónico con Rafa no pudo seguir adelante cuando apareció Santi, un niño de mi colegio, ja, ja, ja.

GUACAMOLE CREEPER | #RafaEnMusas | MUSAS

Musas · 15,1 M de suscriptores · Suscrito · 196 K · Compartir · Descargar · Clip ···

Una pieza de flojera machacada

¿Qué? ¿Yo queriendo experimentar en la cocina? No sabía cómo decirle a mi madre que quería cocinar algo más allá de un simple cereal con leche. Así que aproveché una de esas ocasiones en las que las mamás no saben qué cocinar para decirle: "¿Recuerdas a Polinesios? Ellos también cocinan... ¿qué te parece si preparamos juntas esta pizza?". Claro que mi madre conocía a Polinesios, ya que yo no paraba de hablar de ellos, pero no había visto muchos videos de recetas en su canal. Una vez que nos pusimos manos a la obra, mi mamá se sorprendió al ver lo fácil y delicioso que resultaba cocinar siguiendo las recetas de Karen y Lesslie en Musas. Desde entonces, nos convertimos en una mamá e hija polinesia, compartiendo momentos increíbles cocinando juntas y descubriendo nuevas recetas que nos dejaban más que satisfechas. Aprendí que podía hacer mucho más en la cocina que simplemente verter leche sobre mi cereal, y no solo eso, también aprendí a hacer mi propio *slime*, pero ese es otro ingrediente en mi lista.

¿Como hacer PIZZA CON ORILLA DE QUESO y PIZZA CON DEDITOS DE QUESO? Receta de pizza fácil

Musas ⊘
15,1 M de suscriptores   Suscrito ⌄   👍 366 K 👎   ↗ Compartir   ⬇ Descargar   ✂ Clip   ...

DONA GIGANTE RELLENA DE SLIME | KAREN POLINESIA MUSAS LOS POLINESIOS

Musas ⊘
15,1 M de suscriptores   Suscrito ⌄   👍 77 K 👎   ↗ Compartir   ⬇ Descargar   ✂ Clip   ...

CÓMO HICE EL PASTEL DE CUMPLEAÑOS DE LESSLIE | KAREN POLINESIA MUSAS LOS POLINESIOS

Musas ⊘
15,1 M de suscriptores   Suscrito ⌄   👍 82 K 👎   ↗ Compartir   ⬇ Descargar   ✂ Clip   ...

1 taza infinita de deseos de crear

La sensación que tuve al crear mi primer *slime* siguiendo las instrucciones de Less-lie en su tutorial fue distinta y especial. ¿Alguna vez te has preguntado si Polinesios eran reales o simplemente unos personajes de ficción? Yo también lo hacía, pero después de crear ese *slime*, me sentí como si estuviera en un mundo nuevo y muy mágico. Detrás de cada ingrediente utilizado en Musas hay un poder creativo que inspira a los demás a crear y materializar lo que hemos soñado, con solo atrevernos a usar nuestra imaginación. Nos sorprende lo que podemos lograr con nuestros propios recursos, manos y visión. Yo, que hace unos años estaba jugando con *slime*, hoy estoy escribiendo este texto. ¿Y tú? ¿A dónde quieres llevar tu creatividad e imaginación?

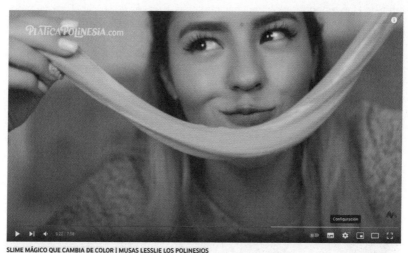

SLIME MÁGICO QUE CAMBIA DE COLOR | MUSAS LESSLIE LOS POLINESIOS

HAZ NIEVE FALSA EN SEGUNDOS | KAREN POLINESIA MUSAS LOS POLINESIOS

Amor propio a granel

Desde que comencé a seguir a Musas, me di cuenta de que no solo se trataba de un canal de entretenimiento, sino también de un espacio de cuidado personal. Al principio, no le daba mucha importancia a mi apariencia, pero cuando vi a Lesslie compartiendo su rutina de cuidado facial, algo cambió en mí. Me encontré buscando productos de belleza que ella utilizaba y me daba pena admitir que me importaba cómo me veía. Sin embargo, finalmente decidí experimentar con algunos de los consejos que compartían en Musas, y me sorprendí al ver cómo mi piel se sentía más suave y cómo me hacía sentir más segura de mí misma. Karen y Lesslie han demostrado que cuidar de nosotros es una muestra de amor propio y que es importante trabajar tanto en nuestra belleza exterior como en nuestra belleza interior. Han empoderado a muchas personas a través de su canal, enseñándonos que somos hermosos y únicos, y que debemos tener el coraje de probar cosas nuevas y de romper con los estándares preestablecidos para ser felices. Que es tan importante cuidar nuestra belleza interior como la exterior, que la vida es una y que debemos atrevernos a jugar con nuestro estilo, a probar tendencias y a romper esquemas con el único deseo de ser felices y de sonreír cuando nos veamos al espejo.

"Kit" multicolores

Este ingrediente representa la inclusión, un valor que se refleja en Musas, el canal de belleza y estilo de Polinesios. En este espacio no se discrimina a ninguna persona por su raza, edad, condición social, identidad de género, religión, apariencia física, preferencia sexual, discapacidad o cualquier otra etiqueta que pueda existir. Todos tienen el derecho y la libertad de disfrutar de Musas sin distinciones. Aunque los demás proyectos de Polinesios también son inclusivos, en Musas se hace más evidente este valor, ya que por mucho tiempo todo lo relacionado con el maquillaje, la moda, los peinados y las tendencias estuvo dirigido a un público femenino, pero el mundo, como Polinesios y Musas, ha evolucionado.

En resumen, Musas no solo es un canal de belleza y moda, sino que es una fuente de inspiración y empoderamiento para todos aquellos que queremos cuidarnos y querernos a nosotros mismos. Karen y Lesslie han creado una comunidad de polinesios que se apoyan mutuamente y que comparten el mismo deseo de ser felices y de disfrutar la vida al máximo. Gracias por tanto, chicas.

MI HERMANA ME MAQUILLA INTERCAMBIAMOS ESTILOS | MUSAS KAREN Y LESSLIE POLINESIA

PASTEL DE CUMPLEAÑOS PARA LESSLIE | MUSAS KAREN Y LESSLIE POLINESIA

DIBUJAMOS NUESTRA CARA EN PASTEL | FACE CAKE CHALLENGE

Musas ●
15,1 M de suscriptores

🔔 Suscrito ∨

👍 244 K   👎   ↪ Compartir   ⬇ Descargar

MUSAS LOS PON

MI HERMANO ME MAQUILLA | KAREN POLINESIA RAFA POLINESIO MUSAS LOS POLINESIOS

Musas ●
15,1 M de suscriptores

🔔 Suscrito ∨

👍 404 K   👎   ↪ Compartir   ⬇ Descargar   ✂ Clip   ⋯

Fotos Tumblr con tu bff. Karen Polinesia. Musas Los Polinesios.

Nos maquillamos con comida. Musas Los Polinesios.

Ashley se apodera de face cake challenge. *Musas Los Polinesios.*

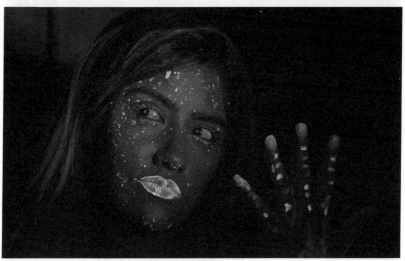

Neon addiction party. *Karen Polinesia. Musas Los Polinesios.*

Oreo gigante:1000 galletas. Karen Polinesia. Musas crazy week.

Mi hermano me maquilla. Karen Polinesia, Rafa Polinesio. Musas Los Polinesios.

100 capas de oro en mi cara. Musas Lesslie Los Polinesios.

Planetas comestibles. Musas Lesslie Los Polinesios. Lolli Pop. Avengers Infinity War.

Intento cocinar con shock eléctrico. Lesslie Polinesia. Musas Los Polinesios.

TAG de Musas

En este canal no solo encontramos tutoriales de belleza y moda, también nos encontramos con confesiones, *tags* y consejos para el amor. Por esta razón, he creado este *tag* para que podamos conocer mejor a Karen y Lesslie, así como también sus corazones y todo lo que hay detrás de sus divertidos videos.

Contesta este tag

- Video de Musas *fav*: _____
- ¿*Team* Lesslie o *Team* Karen? _____
- Mi video Musas que resultó un #fail cuando lo hice: _____
- Lo que más me gusta de mí físicamente: _____
- Frase para subirme el ánimo: _____
- Mi mejor cualidad: _____
- Famoso que quiero que me maquille: _____
- Me gustaría ver en el microscopio: _____
- Haría un 24 horas embarazada en: _____
- Mi frase ligadora: _____
- Mi cita ideal sería: _____
- En lugar de zapatos, como Lesslie, tendría una colección de: _____
- Prenda que usaré eternamente como la blusa de Karen: _____

- Video de Musas *fav*: *Contestando preguntas incómodas.*
- ¿*Team* Lesslie o *Team* Karen? *Karen!!!*
- Mi video Musas que resultó un #fail cuando lo hice: *Pastel de minion :/, tardamos horas haciendo ese video en la madrugada.*
- Lo que más me gusta de mí físicamente: *Mis cejas.*
- Frase para subirme el ánimo: *Disfruta el juego.*
- Mi mejor cualidad: *Divertirme ante la adversidad.*
- Me gustaría ver en el microscopio: *Polvo estelar.*
- Haría un 24 horas embarazada en: *Un parque de diversiones.*
- Mi frase ligadora: *Hola, bebé.*
- Mi cita ideal sería: *En Italia.*
- En lugar de zapatos, como Lesslie, tendría una colección de: *Hoddies.*
- Prenda que usaré eternamente como la blusa de Karen: *Hoddie de PPMarket.*

♡ ♡ ♡ *Less* ♡ ♡ ♡

- Video de Musas *fav*: Embarazada por 24 horas.
- ¿*Team* Lesslie o Team Karen? LESSLIE
- Mi video Musas que resultó un #fail cuando lo hice: Disfraces de intensamente.
- Lo que más me gusta de mí físicamente: Makeup.
- Mi prenda eterna: Las playeras de PPMARKET.
- Frase para subirme el ánimo: Está bien estar mal, confía en el proceso.
- Famoso que quieres que te maquille: Mario (Kardashian).
- Me gustaria ver en el microscopio: La piel de un bebé, la joven y una viejita; ver los diferentes procesos de la vida.
- Haría un 24 horas embarazada en: Japón.
- Mi frase ligadora: ¿Qué es lo que quieres tú, tú, tú, real, real?, real, no lo que quieren los demás.
- Mi cita ideal sería: Una buena plática de más de seis horas hablando del universo, hahaha.

LOS POLINESIOS

Quiero compartirles uno de los motivos por los que abrimos este canal: para callar a nuestros haters. Con el tiempo he aprendido a tomar los comentarios negativos como algo constructivo y el canal de Los Polinesios nació para compartir nuestro día a día y mostrarles que hacemos mucho más que solo bromas.

Este canal se abrió el 16 de diciembre de 2012 y es el lugar donde Los Polinesios comparten su día a día, sus aventuras y sus reflexiones. A lo largo de más de una década, Rafa, Lesslie y Karen han construido una comunidad enorme de polinesios que, como yo, han sido testigos de su crecimiento y evolución. Y es que, sin duda alguna, Polinesios han logrado mucho en estos años: desde sus primeros videos de retos y bromas hasta sus giras internacionales, pasando por la creación de un imperio mediático con diferentes canales y marcas propias. Pero más allá de sus logros profesionales, lo que más admiro de Polinesios es su autenticidad y su compromiso con sus seguidores. Siempre han sido fieles a su estilo y sus valores, y han utilizado su plataforma para difundir mensajes positivos y motivar a sus seguidores a perseguir sus sueños.

Como Karen, también soy una persona que piensa mucho en los números y las estadísticas. Así que hagamos algunas cuentas tomando como referencia una década: Diez años equivalen a 87 mil 600 horas, que resultan cinco millones 256 mil segundos. Un solo segundo tiene el poder de definir el destino de una persona, en ese breve instante puedes decir una palabra que fortalezca o destruya a alguien, basta un segundo para tomar una decisión que te llevará por uno u otro camino y que abrirá una avalancha de diferentes posibilidades. Un abrazo, un gesto, una sonrisa puede durar este lapso y Polinesios nos han compartido millones de esos instantes en su vida, mismos que han tocado de manera distinta a cada polinesio... Si hasta mayo de 2023 éramos 25.7 millones de seres suscritos únicamente al canal Polinesios... ¿se imaginan las posibilidades infinitas en las que estos hermanos nos han cambiado la vida en una década?

Por esa razón, para hablar del canal Polinesios, no solo quiero enlistar esos videos entrañables para mí —y que seguramente lo son para algunos de ustedes—, sino también de las lecciones que Polinesios me han enseñado en todo este tiempo en el que hemos sido sus compañeros de viaje.

Lección 1: ESTAR ORGULLOSOS DE NUESTRO PASADO

Como muchos de nosotros, a veces me avergüenzo de fotos o momentos de mi pasado y quisiera que nunca hubieran existido, pero Polinesios me han enseñado a tener orgullo de mi pasado. En lugar de ocultar o borrar los videos de sus primeros años en YouTube, Polinesios los han mantenido disponibles para sus fans, y han compartido fotos en sus redes sociales de cuando eran niños. Ellos entienden que el pasado es parte de quienes somos hoy y que nuestras raíces no se pueden cortar si queremos seguir creciendo.

Pero la lección de Polinesios no es solo sobre tener orgullo de nuestro pasado, sino también sobre evolucionar y explorar nuevos caminos abriendo la mente y el espíritu. Ellos han tomado decisiones valientes, como mudarse solos o tatuarse, y han cumplido sus sueños personales. Es importante recordar que la evolución es parte de la vida y que no podemos quedarnos estancados en el pasado. Como Polinesios, debemos tener el coraje de perseguir nuestras metas y sueños, incluso si eso significa dejar atrás viejas costumbres o hábitos. Por eso, es importante pasar de los comentarios negativos y en cambio tomarlos como parte del camino hacia nuestra transformación.

Lección 2: SER AUTÉNTICO

Recuerdo que una vez fingí ser vegana para impresionar a alguien que me gustaba, mi *crush*, que sí lo era, y terminó en un caos porque, al final, no puedes mentirte a ti mismo. Gracias a Polinesios reflexioné y he aprendido que para ser feliz hay que ser sincero y leal contigo y no tratar de cambiar nuestra esencia para agradar a los demás. Debemos abrazar nuestras cualidades únicas y especiales y mostrarlas al mundo sin esperar nada a cambio. En toda esta década de *vlogs* y vivencias, Rafa, Karen y Less nos han demostrado que ser auténticos y no temer mostrar quién eres puede llevarte muy lejos. ¿Alguna vez han visto a Rafa preocupándose por lo que los otros piensan de su deseo por tener siete o trece hijos? ¿A Lesslie tratando de contener las lágrimas para que no la molesten? ¿A Karen dejando de decir lo que piensa solo para agradar a los demás?

Lección 3: AMAR A NUESTRAS MASCOTAS

Gran parte del contenido de Los Polinesios está dedicado a los AKK, y deseo que todas las muestras de amor que hemos visto entre RKL y sus compañeros peludos durante toda esta década resuenen en el corazón de muchos polinesios, como sucedió conmigo.

Un día, mientras caminaba por un parque cerca de mi casa, encontré a unos niños arrojándole piedras a un perrito perdido. Me quedé impactada al ver esta crueldad, pensé que esa mentalidad ya no existía en pleno siglo XXI, pero desafortunadamente no es así. Los pequeños delincuentes salieron corriendo cuando fui a rescatar a ese pobre perro, una *poodle* blanca desnutrida, enferma y sin hogar. ¿Qué podía hacer? ¿Llevarla a casa? ¿Qué pasaría si mi mamá me corría de la casa con todo y cachorra? Entonces, una vez más, Polinesios entraron en acción en mi mente para que pudiera tomar la decisión correcta. Así que agarré entre mis brazos a ese ser indefenso y me lo llevé. ¿Podría tener un vínculo como el que tienen Polinesios con sus mascotas? Sí, y es genial.

Estoy segura de que Boni me eligió de la misma forma en que Koco escogió a los papás de Polinesios para ser la sorpresa de Navidad de 2017. ¿Se dieron cuenta de cómo ese chihuahua de cuatro meses se instaló entre las piernas de Lesslie mientras ella abría los regalos? Nuestras mascotas son la familia peluda que elegimos, y estamos vinculados a ellas en un nivel espiritual. Son cómo nuestros guardianes: Rafa tiene una conexión muy fuerte con Aria, definitivamente Kler defiende a Karen y Koco cuida de Lesslie, y aunque Koco ya no está en este plano, él sigue cuidando de ella desde el lugar donde se encuentre.

Boni, Chiqui, Luna, Rocky, Jack o como se llamen sus mascotas, merecen tener una vida llena de energía positiva, y eso depende de nosotros. Besémoslos como si no hubiera un mañana, enseñémosles a tener sesiones de amor de cinco minutos cada cinco minutos, comprémosles *outfits* geniales como hace Lesslie, sigamos los consejos de Rafa y Karen si sufren de Síndrome de Abandono, y si es hembra, seamos sus parteros amorosos cuando den a luz a sus cachorritos, como Polinesios lo hicieron con Kler. Mi deseo hoy es tener más lecciones de amor entre todas las personas y sus mascotas y menos perritos maltratados, abandonados en las calles y asoleados en las azoteas...

Polinesios con los hijos de Kler, Kalon, Akiva y Kumi.

Rafa con Kalon bebé.

Karen con Kumi bebé.

Aria Polinesia.

Rafa Polinesio en una fiesta de
cumpleaños AKK.

Kler Polinesia.

Lesslie Polinesia con Koco.

Koco Polinesio.

Karen con dos de los cachorros
de Kumi y Kalon.

Karen en Halloween con
Kler Polinesia.

Karen Polinesia con Aria, de los miembros
más antiguos de los AKKs.

Lección 4: VENCER NUESTROS MIEDOS

¿Qué cosas en la vida están dejando de hacer por culpa del miedo?

Durante esta década de *vlogs* aprendí mucho sobre la valentía y el coraje gracias a Ana Karen. Anteriormente, ella tenía miedo a las alturas y a las caídas libres, pero lo pongo en pasado porque ha logrado vencer esos miedos en diferentes ocasiones. Los polinesios de corazón recordarán ese viaje a Baja California Sur en el que Karen se aventó desde un acantilado sujetada por un arnés para tener la experiencia del péndulo, una aventura que muchos aventureros adoran, y aunque salió temblando y llorando, se atrevió a hacerlo.

ME LANZARON AL VACÍO (MI PEOR MIEDO) | LOS POLINESIOS VLOGS

ME LANZARON AL VACÍO (MI PEOR MIEDO) | LOS POLINESIOS VLOGS

También podemos recordar cuando los hermanos se quedaron en unas cápsulas colgantes en el Valle Sagrado de los Incas, en Perú, las cuales están colocadas en las laderas de una montaña a unos 500 metros de altura. Para llegar allí, no hay otra forma más que escalar sobre roca y, en ciertos tramos, caminar sobre una cuerda metálica. ¿Se pueden imaginar la sensación de vértigo al voltear hacia abajo mientras caminan por ahí? Pero Karen desafió sus miedos aventándose de un paracaídas y demostró que podía hacerlo. Esta hazaña final fue una forma de agradecer a sus hermanos por ayudarla a superar sus límites. Así que, aunque es normal tener miedo, intentemos vencerlos para ampliar nuestras oportunidades. En la vida hay momentos en los que todo parece perdido, y uno se siente atrapado en un ciclo interminable de emociones negativas. En mi caso, la pandemia me tenía atrapada, y no sabía cómo salir de la rutina que me estaba consumiendo. Afortunadamente, en esos momentos de desesperación, RKL estuvieron allí para ayudarme a encontrar una salida. Aprendí que la familia es lo más importante que uno puede tener en la vida, y que debemos luchar por ella sin importar las circunstancias.

Lección 5: A CREER QUE LA FAMILIA ES LO PRIMERO

En un viaje a Chile, Polinesios vivieron una experiencia única que los dejó marcados para siempre: presenciar la lluvia en el desierto de Atacama. A mí me ocurrió algo similar cuando vi un video de Polinesios en plena pandemia. Estaba luchando por mantenerme a flote en un mar de emociones negativas, y sus *vlogs* me dieron la fuerza para seguir adelante. Me di cuenta de que, aunque no podemos controlar lo que ocurre en el mundo, sí podemos controlar nuestra respuesta a ello. Y la mejor forma de hacerlo es manteniendo a nuestra familia cerca, porque es lo único que realmente importa.

La pandemia nos ha enseñado muchas cosas, pero quizá la lección más valiosa de todas sea la importancia de la familia. Polinesios lo saben muy bien, y han hecho todo lo posible por mantenerse unidos a pesar de las circunstancias. Cuando RKL se encontraron atrapados en México y sus padres en Canadá, no se dieron por vencidos. En su lugar, buscaron la forma de reunirse, pero no había forma de entrar a Canadá desde México, así que los hermanos viajaron a EUA para intentar cruzar la frontera de esa forma, pero tampoco lo lograron. Cuando el anhelo por verse de nuevo se estaba esfumando, Karen y Lesslie se enteraron de que existía una frontera sin muros, un punto en el que los territorios de Estados Unidos y Canadá están divididos únicamente por una estaca color naranja. Con los ojos vendados llevaron a Rafa hasta ese lugar donde ya los esperaban sus papás (si buscas en Google Maps las coordenadas 49°00'08.5"N 122°27'46.2"W encuentras este sitio). Fue una muestra de amor y respeto hacia su familia que me llegó al corazón y me hizo reflexionar sobre lo importante que es estar unidos en los momentos difíciles. Gracias a su perseverancia lograron tener un cumpleaños inolvidable en el que pudieron estar juntos.

Ese día entendí como nunca lo había hecho el propósito que RKL tienen al mostrarnos sus *vlogs*. Polinesios no quieren que pensemos que ellos son los mejores hermanos del mundo o que la señora Vero y su esposo son los papás más *cool* del planeta. Por el contrario, RKL desean que creamos que nuestra familia es el mejor regalo que la vida nos pudo haber dado, aunque no sea perfecta.

VOLVEMOS A VER A NUESTROS PAPÁS | POLINESIOS VLOGS

LosPolinesios ⊘
25,7 M de suscriptores   Ver ventajas   🎙 Suscrito ⌄   👍 269 K   👎   ⇄ Compartir   ⬇ Descargar   🏆 Gracias   ···

VOLVEMOS A VER A NUESTROS PAPÁS | POLINESIOS VLOGS

LosPolinesios ✓
25,7 M de suscriptores
Ver ventajas 🔔 Suscrito ⌄
👍 269 K 👎 ↪ Compartir ⬇ Descargar ⓢ Gracias ...

VOLVEMOS A VER A NUESTROS PAPÁS | POI

LosPolinesios ✓
25,7 M de suscriptores
Ver ventajas 🔔 ...mpartir ⬇ Descargar ⓢ Gracias ...

LISTA DE IMPERDIBLES EN EL CANAL LOS POLINESIOS: "PIZZA TIME"

Este es un estilo especial de videos de Polinesios donde los tres se sientan frente a la cámara para tener una plática casual, me gusta porque siento una cercanía como si estuviera con ellos platicando. Lo más interesante es que nos da un vistazo más profundo a los videos de los hermanos porque cuentan detalles que omiten en algunos de sus videos pero que aún recuerdan y los quieren compartir con nosotros. Para sumarle a la experiencia, me gusta verlos con una rebanada de pizza, cada vez busco un sabor diferente para que sea única cuando que veo un *pizza time*.

NUESTRAS CARTAS

Desde que supe de Polinesios, siempre tuve el anhelo de conocerlos en persona y aparecer en uno de sus videos, ya fuera para hacer una broma con Rafa, preparar una receta con Karen o hacer un *DIY* con Lesslie. Fue entonces cuando vi un video que me acercó un poco más a ellos: *Sus cartas y reunión con Polinesios*. Ese día experimenté una montaña rusa de emociones.

Al ver a Polinesios abriendo cartas de sus fans, me pregunté cómo era posible que les llegaran cartas y regalos, y sentí un poco de envidia al pensar que ellos no estaban leyendo una carta mía. Sin embargo, rápidamente me llené de felicidad al pensar que tal vez podía conseguir la dirección de su apartado postal y llevarles mis cartas, dibujos, regalos y dulces. Le pedí a mi mamá que me ayudara a investigar la dirección y la encontré en la caja de descripción de uno de sus videos: "Apartado postal C.O.M. 223, Ciruelos 3, Colonia Los Cipreces, Coyoacán C.P. 04831, D. F., México".

Sin embargo, la felicidad se convirtió en decepción cuando mi mamá me explicó que un apartado postal era un buzón gigante donde la gente recibía su correspondencia y que Polinesios no vivían en la dirección que les había dado. Aun así, no perdí la esperanza y fui a comprar materiales para hacer mi carta a Polinesios. Me desvelé haciendo dibujos de los tres hermanos, Aria y Raniux, y aunque nunca supe si recibieron mi carta, continué viendo sus videos de cartas con la esperanza de ver la mía. Lamentablemente no podría intentarlo de nuevo, jamás les llegaría porque este apartado postal ya no está disponible.

NOS ENVIAN MUÑECOS DE BRUJERIA VOODOO | LOS POLINESIOS VLOGS CARTAS

LosPolinesios
25,7 M de suscriptores
Ver ventajas | Suscrito

Botanas Japonesas en nuestro correo | Sus cartas | Los polinesios Vlogs

 LosPolinesios
25.7 M de suscriptores

Ver ventajas   Suscrito ∨   20 K   Compartir   Descargar   Gracias   ...

132

LOS CUMPLEAÑOS

Los cumpleaños de los Polinesios son como una fecha especial para los que somos fans, como la Navidad o el Día de San Valentín; esperamos con gran emoción ver cómo festejan estos hermanos cada año. Como bien lo dicen ellos, se superan año tras año y siempre nos sorprenden. A Rafa una vez le hicieron un pastel de crema de afeitar que fue un festejo épico, y también nos encantó su fiesta hawaiana en Nueva York y su vuelo en un simulador de caída libre. Todos quisimos ser parte del *fandom* que le cantó Las Mañanitas a Karen en los Kids Choice Awards México 2015, ir a su fiesta neón o unirnos en su experiencia chamánica en Yucatán. Lesslie no se queda atrás, a ella la han consentido con detalles como su *party* estilo *vintage* en la que parecía haber viajado a Europa del siglo XVIII, en las montañas de Yose-mite; en California también tuvo un cumpleaños en el crucero de Disney y en el barrio coreano en Nueva York, ¿se acuerdan de esa aventura? Siempre se inspiran en sus personalidades cuando planean estas celebraciones: para Rafa deportes extremos y muchas actividades en la naturaleza, y con Karen muchas experien-cias genuinas y con corazón en aldeas o tribus; a Lesslie le encantan las cuidades y las experiencias en donde se sienta con ganas de expresar su alma (le encantan los regalos y que la consientan).

EL CUMPLEAÑOS DE RAFA | LOS POLINESIOS VLOGS

LosPolinesios ⊘
25.7 M de suscriptores

Ver ventajas   🔔 Suscrito ∨

👍 265 K   👎   ↗ Compartir   ⬇ Descargar   💗 Gracias   ...

Rafa, Karen y Less en la celebración maya del cumpleaños de Karen.

Disfruto mucho ver cómo se preparan para la celebración, las notas que se dejan entre ellos como pistas, y verlos vendados de los ojos esperando la gran sorpresa. Aunque a veces los festejados se estresan por no saber qué harán los organizadores de la fiesta, se nota el gran amor que se tienen y cómo se esfuerzan por hacer que el día sea especial. Gracias a la inspiración de RKL yo me he hecho la promesa de no permitir que mi sonrisa y mi esencia desaparezcan con el tiempo, quiero serme fiel a mí misma siempre. Hacer que cada vuelta al sol nos encuentre unidos con los seres que amamos y agradecidos por lo vivido es una de las lecciones que RKL nos han compartido año con año. Y por supuesto, cada 30 de enero, 18 de abril y 15 de agosto, enviémosles vibras positivas a los festejados, deseándoles que toda la luz que nos han dado en el universo se les devuelva en felicidad y amor. ¡Feliz cumpleaños!

Cumpleaños de Lesslie en el crucero Disney.

Festejando en el lago el cumpleaños de Rafa.

Festejo de cumpleaños de Lesslie en pandemia.

¡LAS CLASES DE MANEJO!

Para mí, los videos de *Clases de manejo* y *Viaje mortal Lesslie al volante* de Polinesios son una motivación. A pesar de que solo tengo experiencia moviendo el auto hacia adelante y hacia atrás, estos videos me han enseñado mucho sobre la conducción en general. Rafa es un excelente maestro y, gracias a sus consejos, ya sé que el pie izquierdo no se mueve, que es importante revisar los tres espejos y que la P en la palanca de cambios significa *parking* (estacionarse), no *pausa* como Karen pensaba.

Sin embargo, todavía me falta mucha práctica para conducir en las vías rápidas o estacionar de reversa, pero espero convertirme en una conductora experimentada algún día. Ver los videos de Polinesios me ha hecho soñar con tener aventuras en mi auto, como llevar a mi hermana de copiloto, tal como Karen lo hace a veces, o pasear a mis mascotas en el bosque. Me encantaría cumplir retos como el *drive thru* o alquilar una casa rodante para viajar por el mundo. Incluso sueño con girar en una carretera congelada rodeada de barrancos, como lo hicieron Polinesios en su viaje al bosque de árboles secuoyas en California. La camioneta blanca, el coche rojo de la montaña y la casa rodante con la imagen de un perrito en la puerta, que han sido asignados varias veces, parecen tener personalidades propias y se me hace raro que no tengan nombres como Nero o Milo. En definitiva, mientras Polinesios sigan compartiendo sus aventuras en la carretera, yo seguiré acompañándolos, aunque el camino a veces esté lleno de baches o congestión emocional.

LOS VIAJES

Polinesios, si hablamos del canal Los Polinesios, deberíamos tocar el tema de los viajes, pero como sé que muchos de ellos han movido las emociones de RKL de manera relevante, le dediqué un capítulo especial.

ZORRO SALVAJE ME ATACA | LOS POLINESIOS VLOGS

LosPolinesios

JUXIIS

Este canal fue creado el 16 de octubre de 2012 para jugar videojuegos y probar cosas tecnológicas, pero su primer video fue subido el 21 de noviembre del siguiente año. En este video, Rafa nos cuenta una historia de *Minecraft* y nos da la bienvenida al universo Polinesio. Si bien, en su canal también se pueden encontrar videos sobre productos tecnológicos, la mayoría de los videos son *gameplays* de diferentes juegos. Polinesios nos invitan a sumergirnos en su mundo virtual y a disfrutar de uno de sus pasatiempos: los videojuegos.

MARIO ES UN T-REX EN SÚPER MARIO ODISSEY GAMEPLAY | JUXIIS LOS POLINESIOS

Juxiis
5.31 M de suscriptores

Suscribirme

239 K   Compartir   Descargar   Clip

START THE GAME

Polinesios: "Future is Now" es el título del videojuego que he imaginado y que, sin duda, sería un éxito. A través de una narrativa épica, RKL deben recuperar la fuente de energía que permite a los seres humanos soñar y evolucionar, robada por un villano despiadado llamado Minibebé de plástico, quien busca venganza porque nunca lo llevaron a pasear. RKL seguirán las instrucciones de Mr. Clark para completar la misión, justo como Elohim lo hace en el juego *The Talos Principle*.

En cuanto a los gráficos, no tengo dudas de que nuestros Polinesios se verían increíbles en cualquier estilo, ya sea como personajes fashionistas, guerreros de *Genshin Impact* o en un videojuego de 8bit, al estilo de los videoclips de *Adicto a volar*. Y si hablamos de otros personajes, definitivamente no pueden faltar los AKK, con Aria, Kler y Koco realizando algún emprendimiento como Canela y Candrés en *Animal Crossing*. ¿Y qué tal si Raniux tiene un papel protagónico en esta historia, al estilo de uno de los personajes de *The Wolf Among Us*?

En cuanto a los mapas, podríamos tener aventuras en lugares tan diversos como la selva, la casa de la montaña, el fondo marino o incluso en otros universos, como el planeta Ashley. Un mundo abierto en el que podríamos entrar a muchas tiendas de ropa, para personalizar nuestro personaje con *skins* estilo PPMarket. ¡Estoy segura de que *Polinesios: Future is Now* sería un éxito rotundo en el mundo de los videojuegos!

ENTRA AL MUNDO "JUXIIS"

En el mundo de los videojuegos, Polinesios también se destacan como creadores de contenido que realizan *gameplays*. Si tú también quieres unirte a esta partida y ser como ellos, aquí te dejo algunas reglas que debemos seguir.

1. En primer lugar, no debemos clavarnos en los videojuegos. Los hermanos nos enseñan que no se trata de lograr el puntaje más alto o el nivel más difícil, sino de pasar un rato divertido sin hacer un drama por cualquier contratiempo que pueda surgir. Si algo sale mal, lo mejor es reírse de la situación y seguir adelante. ¡Disfruta el juego!

2. Otra regla importante es que no necesitamos ser jugadores profesionales para disfrutar de los videojuegos. Si observamos con atención, veremos que muchas veces RKL juegan un juego sin haberlo probado, lo que hace que su reacción sea más auténtica y divertida. Por ejemplo, cuando jugaron por primera vez el mapa *Airship* de *Among Us*. Así que no te estreses si no sabes de qué se trata un juego, es normal sentirse perdido al principio. Como dice Rafa: "¿Qué es esto? ¡No entiendo!".

3. Otra clave para disfrutar de los videojuegos es elegir lo que nos gusta. Lesslie prefiere los juegos de terror, mientras que Karen prefiere los juegos de simulación social o los clásicos como *Mario Bros*. Rafa, por su parte, juega de todo. No es necesario seguir las modas, lo importante es elegir los juegos que a nosotros nos gusten. Si quieres inspirarte, mira algunos *gameplays* de Juxiis y verás todas las opciones que hay.

4. Tampoco necesitas tener la consola más avanzada o el celular más moderno para disfrutar de los videojuegos. Este es un principio que Polinesios han seguido durante todos estos años. Rafa y Lesslie jugaron *Outlast* en una laptop vieja después de perder una partida de *Slither.io* porque no tenían un mouse sin botones. Y si hay una sola consola, hay que compartir. Como cuando Polinesios nos enseñaron las novedades del *Fortnite 5*, aunque Rafa quería jugar, le dio la oportunidad a su hermana menor.

5. Finalmente, no debemos ser tóxicos en los juegos. Es normal ser competitivo y celebrar cuando se logra algo importante, pero no es lo mismo ser un jugador malintencionado y tóxico que insulta a los demás y usa trucos ilegales. ¿Te has fijado que por más clavados que estén Polinesios en un juego, nunca insultan a nadie? Sigamos su ejemplo y juguemos con respeto y honestidad.

MATAMOS A TODOS LOS JUGADORES EN AMONG US | JUXIIS LOS POLINESIOS

Juxiis
531 M de suscriptores

Suscribirme

👍 717 K   👎   ↗ Compartir   ↓ Descargar   ✂ Clip   ...

JUGANDO FORNITE POR PRIMERA VEZ | JUXIIS LOS POLINESIOS

 Juxiis
5,31 M de suscriptores

Suscribirme

👍 61 K   👎   ↗ Compartir   ↓ Descargar   ✂ Clip   ...

PRIMERA VEZ EN FALL GUYS. SOY MASTER | JUXIIS LOS POLINESIOS

 Juxiis
5,31 M de suscriptores

Suscribirme

👍 41 K   👎   ↗ Compartir   ↓ Descargar   ✂ Clip   ...

CAPÍTULO 4

JUNTOS HASTA EL FIN DEL MUNDO

Los viajes

Me encontraba en la casa de mis abuelos cuando, de repente, me sorprendí al ver a Karen sentada en las jardineras. No podía creerlo, ella lucía igual a sus primeros años como creadora, con una camisa a cuadros, *brackets* y lentes. Incluso estaba cargando a Aria. ¿Qué hacía aquí?

Resultó que mi tía Lulú la había invitado y estábamos esperando a Lesslie para ir a comprar comida. Recordé que Rafa estaba enseñando a Lesslie a manejar, por lo que asumí que Yadid pasaría por nosotras para ir de compras. Sin embargo, Lesslie no llegaba.

—¿Qué tal si mejor nos vamos en bici? —le propuse a Karen con naturalidad como si ella fuera mi mejor amiga de toda la vida. En la casa de mis abuelos siempre había bicicletas disponibles para los niños que íbamos de visita.

—No, mejor llevemos este carrito del supermercado —respondió Anita, arrastrando el vehículo con ruedas hasta la calle. ¿De dónde lo habría sacado?

Me subí al carrito sin pensarlo dos veces, Karen me entregó a Aria y comenzamos a rodar a toda velocidad por la avenida principal del pueblo. En medio del ruido ensordecedor del carrito, apenas pude escuchar a Anita gritar que también debíamos encontrar a Rafa. Ella iba concentrada en sujetarme fuertemente a las varillas metálicas para evitar que nos cayéramos ante la vibración intensa del carrito.

Después de un rato, logramos encontrar a Rafa y a Lesslie y pude finalmente conocer a los tres en persona. Fue emocionante verlos tan cerca y poder platicar con ellos, fue una experiencia única e inolvidable. Rafa y Lesslie me contaron anécdotas de sus videos y *gameplays*, y me dieron consejos sobre cómo hacer videos de calidad. También me hablaron sobre su vida fuera de la pantalla, sus gustos y aficiones. Fue genial darme cuenta de que, además de ser excelentes creadores de contenido, son personas muy cercanas y amables. Sin embargo, nuestra reunión se vio interrumpida por la alarma de mi celular que sonó en el momento menos oportuno.

Estuve impresionada por cómo mi subconsciente sabía combinar lo que veía de Polinesios con mi realidad. Mis padres solían llevarnos de viaje con frecuencia a la casa de mis abuelos, quienes vivían en un pueblito cercano a mi ciudad. Me gustaba pasear en bicicleta y comer helado en el kiosco de la plaza. Recordaba que en los primeros *vlogs* de Polinesios solían utilizar carritos de compras en sus grabaciones. Durante una semana estuve obsesionada con ese sueño sin final.

Durante mucho tiempo, ese extraño sueño que tuve en el pasado se había mantenido oculto en algún rincón de mi mente. Sin embargo, cuando vi el video de Polinesios titulado *Nada tiene sentido en Japón*, el recuerdo de mi sueño regresó con fuerza. El contenido me parecía tan desconcertante como el título, ya que había soñado con Polinesios en el cruce peatonal más grande del mundo, en Shibuya, Tokio, años antes de que ese viaje realmente tuviera lugar. Me pregunté qué significaba ese sueño, por qué lo había tenido y por qué ese lugar era tan importante para Polinesios y para mí.

Comencé a investigar la cultura japonesa y descubrí cosas increíbles como *Naruto*, *One Piece*, *cosplay*, OFFICIAL HIGE DANDISM, los monos de nieve de Jigokudani y mucho más. Pero había una leyenda que llamó mi atención en particular: la leyenda del hilo rojo. Esta historia mágica asegura que las personas que están destinadas a estar juntas están unidas por un hilo rojo invisible que nace en su dedo meñique. No importa cuán lejos estén esas personas o cuán diferentes sean sus vidas, el hilo rojo es interminable e inquebrantable, y ellas terminarán por encontrarse en el camino. En mi sueño, Polinesios y yo habíamos cruzado caminos en lo que parecía Shibuya, en Tokio.

Recordé mi sueño y quise darle un final adecuado: mientras Lesslie y Rafa agitaban sus manos para que Karen y yo nos acercáramos, pude ver que de los dedos meñiques de los tres hermanos salieron unos diminutos hilos rojos que se conectaron con mis manos y con las de miles de personas que estaban en ese lugar. Ese punto de la ciudad de Tokio se transformó en una red gigantesca de hilos rojos, todos conectados gracias a tres hermanos que nos han cambiado la vida, ya que todos estamos entrelazados por el amor.

No creo que sea una casualidad que la familia de creadores de contenido más grande del mundo haya estado en el cruce peatonal más grande de todo el planeta, donde caminan treinta millones de personas en un mes. Estoy segura de que cada una de las travesías de Polinesios por el mundo tiene un propósito, un mensaje, una enseñanza o una metáfora que mostrarnos. Polinesios en Shibuya, además de mi sueño, dejó en mi mente la idea de que no importa lo que pase, la familia Polinesia estará siempre unida en un tejido color rojo eterno e imposible de romper, como lo dice la tradición japonesa.

¿En qué lugares han estado RKL?, ¿qué otros propósitos o mensajes nos quieren dejar en cada uno de los destinos que han visitado?

POLINESIOS EN EUROPA

Hasta junio de 2022, el canal de Los Polinesios tenía quince videos en la lista de reproducción de Londres, 5 en la de París, cinco más en la de Europa y nueve para Alemania. No es difícil entender por qué Europa es uno de los continentes favoritos de los hermanos, ya que a lo largo de sus travesías han podido descubrir y compartir con su audiencia algunas de las ciudades más icónicas y fascinantes del mundo. Desde los lugares históricos y monumentos impresionantes hasta la gastronomía y cultura, cada video de Polinesios en Europa es una invitación a explorar y conocer más de cerca este continente lleno de historia y diversidad.

Europa les enseñó que en algún momento de su historia en la tierra, los idiomas ayudaron a las personas a organizarse de maneras diferentes, y eso los llevó a crear culturas. Entonces, ¿Polinesios pertenecen a la cultura mexicana?, ¿a la latinoamericana?, ¿cuál es su cultura? Tienen una cultura polinesia que gira en torno al amor, la familia y la naturaleza.

Polinesios en Europa

Lo más *top* de... Polinesios en Europa

🔺 Mi visita a The Making of Harry Potter, en Londres, fue lo mejor de mi viaje. Allí se grabó mi saga favorita y fue increíble ver el Gran Comedor, el lugar que siempre había visto en las películas y que alguna vez soñé con poder visitar. No pude contener las lágrimas al estar allí y sentí que finalmente podía compartir una cena con mis compañeros de Gryffindor. Al entrar a la oficina de Dumbledore en Hogwarts, sentí que estaba en problemas por alguna travesura que había cometido, pues siempre he sido el que se salta las reglas en busca de una aventura o simplemente por diversión. Me encantó ver cómo se hacen las películas y los trucos de cine que se utilizan, esto me da ideas para mejorar mis propias creaciones en los videos de Polinesios.

♛ ¿Manejar?, para nada. Las ganas se me quitaron al ver que los carros traían el volante del otro lado, que los cruces y carriles están en sentidos opuestos y que las calles van en zigzag.

♛ Cuando vayan a Londres, no dejen de subirse a un bus tradicional de dos pisos y recorran el río Támesis en barquito. Eso sí, si ven por ahí una cabina telefónica... ¡no se metan!, huelen feito. Entren a un *pub* después de las 6:00 p. m. para conocer personas, vayan al museo The London Dungeon, que es de terror y está debajo de un puente.

Rafa en Inglaterra visita los Warners Bros Studios en The Making of Harry Potter.

Rafa en el gran comedor de Hogwarts.

Londres

Lesslie haciendo la señal polinesia enfrente del London Eye, en Londres.

Karen en su viaje a Londres.

Lesslie en su viaje a Londres.

Rafa Polinesio frente al Big Ben.

153

Polinesios en las calles de Londres.

Familia Polinesia en su visita a Londres.

Rafa en su último viaje a Londres.

Karen y Rafa paseando por Londres.

155

París

Durante mi viaje a París, quedé asombrado por la ciudad en sí misma, cada esquina parecía ser una obra de arte con estatuas, fuentes y grabados en los edificios y señalamientos de las calles. Los monumentos y construcciones grandes también estaban llenos de detalles sorprendentes. Siempre quise conocer el Palacio de Versalles, y una vez allí, me di cuenta de lo imponente que era, pensé que solo se trataba de una construcción grande y muy bonita, pero su tamaño era gigantesco, estuvimos todo el día recorriéndolo y aún así no logramos ver todo lo que tenía para ofrecer. Con más de ocho kilómetros de jardines, lugares secretos, lagos y casas, comprendí que para hacer algo tan majestuoso se requería de tiempo y muchos aliados.

♕ ¿Qué haría si en estos momentos estuviera en París? Estaría tomando un café en Montmartre, el barrio de los pintores, o evadiendo a turistas que, como yo, quieren ver más de cerca a la Mona Lisa en el museo de Louvre. ¿Sabían que es muy pequeña?

♦ Regresaría a París para recorrer las calles y las orillas del río Sena, pero esta vez no lo haría a bordo de un *scooter*, me gustaría hacerlo caminando de la mano de una persona especial. Quizá pueda recuperarme del síndrome de París y descubra que esa ciudad sí es tan romántica como había soñado. Todos, incluso París, merecemos una segunda, tercera o cuarta oportunidad... la próxima vez que vaya quiero ir en modo romántico.

Lesslie haciendo la señal polinesia enfrente de la Torre Eiffel, en París, Francia.

Rafa Polinesio en su primer viaje a París.

Rafa Polinesio en las calles de París.

Karen Polinesia intentando alimentar palomas en París.

Rafa Polinesio en su último viaje a París.

Lesslie Polinesia frente al Arco del Triunfo en París.

Karen en la entrada del metro de París.

Alemania

🔺 Durante mi visita a Alemania, quedé impresionado por la animada escena de las tabernas, donde los alemanes hablaban fuerte, chocaban sus tarros y brindaban con desconocidos. Me recordaba a las escenas de tabernas en *El Señor de los Anillos*, donde todos disfrutaban y se peleaban mientras las demás mesas continuaban su vida como si nada. En esas tabernas me sentí alegre y cómodo, era como estar en casa, donde no hay reglas y cada uno simplemente es. También recuerdo que me hubiera gustado visitar el Castillo del Rey Loco, en Füssen, el cual inspiró a Walt Disney para crear su mundo de cuento de hadas, pero lamentablemente no pudimos entrar. Al estar fuera del castillo y ver los gigantes bloques de piedra, me pregunté cómo habían llevado todas las rocas a lo alto de la montaña para construirlo. Este viaje me enseñó que cuando los humanos nos proponemos algo, podemos lograrlo.

Me gusta recordar ese pequeño fragmento del muro de Berlín que quedó levantado, para esforzarme cada día en evitar que haya barreras entre nosotros. No podemos permitir que los errores de nuestro pasado se repitan.

¿Se imaginan estar esperando un tren (que jamás iba a pasar) en una estación desolada, a las 12 de la noche, con un buen de frío, sin hoteles cercanos y sin mucho dinero en la cartera? Me quedo con la experiencia que nos dejó Quelinburg, porque descubrí que existen ángeles en la tierra que también se presentan en formas extrañas, como el taxista gritón que nos salvó esa noche.

Rafa, Karen y Less en Berlín, Alemania.

ESTA ES LA VERDADERA CIUDAD DE PINOCHO ROTHEMBURG ALEMANIA | POLINESIOS VLOGS

LosPolinesios ✔
25,7 M de suscriptores

Ver ventajas   🔔 Suscrito ⌄

👍 224 K   👎   ↪ Compartir   ⬇ Descargar   ✂ Clip   •••

Lesslie con traje tradicional en Rothemburg, Alemania.

Rafa, Karen y Lesslie en Rothenburg, Alemania.

Familia Polinesia en Rothenburg, Alemania.

Praga

EN ESTE PAIS SE INSPIRARON PARA CREAR HARRY POTTER | POLINESIOS VLOGS

LosPolinesios

EN ESTE PAIS SE INSPIRARON PARA CREAR HARRY POTTER | POLINESIOS VLOGS

LosPolinesios

Polinesios en Praga, 2018.

Visitar esta ciudad fue como viajar al pasado, porque sus construcciones, como el Castillo de Praga, están en perfecto estado. Fue alucinante visitar los sótanos donde se escondían los alquimistas de los soldados para continuar creando sus brebajes con plantas y elementos de la tierra. ¿Por qué quienes descubren algo que puede ayudar a los demás son perseguidos?

Me encantó el reloj astronómico de Praga que se construyó en la época medieval. Cuenta la leyenda que no se puede parar porque eso trae mala suerte. A lo mejor si tuviera uno así sería más puntual, ja, ja...

Ese país es como estar en una película de brujas y magos antiguos. Las construcciones, la comida, la ropa tradicional, todo parecía estar lleno de magia.

El reloj astronómico me hizo pensar en que al tiempo le dejamos todo lo que realmente queremos hacer en nuestra vida. Yo no dejo todo ello a un reloj porque, si se llegara a detener en algún momento, sentiría que mi vida se paró, cuando en realidad solo tomó un pequeño descanso.

Hello polinesios. How are you?

Hallo polinesios, wie geht´s?

Bonjour polinesios, Comment ça va?

Ei polinesios, como estão?

Ahoj polinesios, Jak se máte?

Ciao polinesios, come va?

Propósito de Polinesios en Europa: compartir con quienes amas

Europa es un continente muy especial para Polinesios, ya que fue en ciudades europeas donde realizaron su primer viaje en familia. Además, en ese viaje compartieron juntos una de las fechas más importantes para ellos, la Navidad, y lo hicieron nada más y nada menos que en Londres y París. ¡Fue una experiencia inolvidable! Personalmente, sueño con conocer la Torre Eiffel y ver la reacción de mis padres al verla por primera vez. También me encantaría sacar *selfies* con mis hermanas y tomar fotos de todas las cosas interesantes que encontremos en Brujas. Me encantaría ayudar a mi madre a superar su miedo a las alturas y llevarla a subir al London Eye, tal como los Polinesios lograron hacer con la señora Vero.

Familia Polinesia en su viaje a Europa, 2018.

Primera celebración Navideña lejos de casa

Mamá Polinesia y Lesslie en el London Eye.

Además de viajar con sus padres, Polinesios también han explorado este continente con amigos, su familia elegida. Viajar con amigos nos ayuda a conocernos mejor, ya que podemos ver cómo cada uno se divierte fuera de su zona de confort, cómo tratan a las personas y cómo afrontan el estrés. Esto nos ayuda a saber si realmente vale la pena tener a ciertas personas cerca de nosotros.

La vida es un gran viaje que debemos disfrutar con buena compañía, tal como lo hace Polinesios. Es importante elegir bien con quién compartimos nuestro viaje. Debemos darle un pasaporte vigente a esas personas que se sienten orgullosas de nosotros y nos impulsan a alcanzar nuestras metas. Sin embargo, también es importante recordar que los amigos deben ser una brújula que nos ayude a encontrar nuestro rumbo cuando nos sentimos perdidos. Debemos mantener la calma cuando un verdadero amigo nos hace ver que estamos en un mal camino. Aunque a veces pueda doler, es importante alejar a las personas que quieren cortarnos las alas, que nos dañan y nos hacen dudar de nuestro valor. Si alguien no nos deja volar, lo mejor es dejarlos atrás y seguir adelante para alcanzar nuestros sueños.

◈ Propósito de Polinesios en Europa, según Lesslie: saber que una promesa es para siempre

La Polinesia olvidó mencionar algo muy importante: nuestros polinesios han sido los mejores compañeros de viaje durante esta década y estoy segura de que así será por siempre. No olvido la promesa que hicimos en París en 2017, cuando Karen, Rafa y yo dejamos un candado en el Pont Neuf con el mensaje "Familia Polinesia forever". En ese momento, dijimos que teníamos un compromiso con ustedes y que era para siempre. Hoy quiero renovar esa promesa con los nuevos integrantes de esta familia e invitar a todos los demás a formar parte de ella. Gracias por querernos incondicionalmente y hacer crecer la familia polinesia cada día más.

Nuestro candado original ya no está en el Pont Neuf, ya que removieron todos los candados del puente por seguridad del mismo, sin embargo, esa promesa existe y existirá siempre en nuestro corazón.

Polinesios con luchadores de sumo en Japón.

 # POLINESIOS EN JAPÓN

Polinesios en casa tradicional japonesa.

El primer país de Asia al que fueron ¡debe estar en este listado!

Polinesios han visitado Japón en dos ocasiones, una en noviembre de 2016 y la otra en octubre de 2019. La tierra nipona los recibió con tanta emoción que en su primer viaje tembló y para el segundo un tifón que deseaba estar cerca de ellos les dio la bienvenida.

Japón está en la lista de destinos más asombrosos de Polinesios, ya que es un lugar lleno de cultura, historia y tecnología que, estoy segura, les ha dejado grandes enseñanzas y recuerdos inolvidables.

Nueve cosas que aprendimos de Polinesios en Japón

1. Las monedas japonesas se llaman yenes y algunas de ellas tienen un agujerito en medio, como una tuerca muy delgada. Es una curiosidad que llama la atención.

2. En Japón no se puede entrar a ningún lugar con zapatos, ya que es una costumbre cultural. Se debe tener cuidado con los calcetines rotos.

3. La mayoría de los templos en Japón son sintoístas o budistas, que son las dos religiones predominantes del país. Es impresionante conocer más sobre ellas.

4. En Japón es común dormir en el piso sobre colchonetas o futones, lo que puede parecer extraño para algunos, pero en realidad puede ser beneficioso para la salud. Ya saben lo que dicen: cama rígida, cuerpo flexible; cama suave, cuerpo rígido.

5. En las casas u hoteles tradicionales en Japón, la regadera y el WC están en cuartos separados.

6. El baño en Japón es todo un ritual que se divide en dos partes: primero se debe lavar el cuerpo (enjabonarlo, tallarlo y enjuagarlo), y después se puede entrar a la tina o ducha. Es un proceso de limpieza muy completo.

7. En Japón existen los baños públicos llamados *sentos*, que son aquellos en lugares cerrados, y *onsen*, que son baños termales al aire libre a los que se entra desnudos y se dividen por género.

8. El atuendo tradicional en Japón se llama *yukata* y está hecho de algodón, es una prenda cómoda y fresca para el verano.

9. En este país existe una filosofía minimalista: vivir solo con lo esencial.

ASÍ SON LOS BAÑOS PÚBLICOS EN JAPÓN SIN 🛁📱 | POLINESIOS VLOGS

ASÍ SON LOS BAÑOS PÚBLICOS EN JAPÓN SIN 🛁📱 | POLINESIOS VLOGS

ASÍ SON LOS BAÑOS PÚBLICOS EN JAPÓN SIN 🛁📱 | POLINESIOS VLOGS

Lo más *top* de Polinesios en Japón

⬥ Uno de los aspectos más curiosos de Japón es que algunos baños no tienen tazas, sino que el WC está a nivel del piso. Aunque parece extraño, resulta que esta forma de ir al baño es más saludable para el cuerpo, y hasta en los hoteles más lujosos encontramos este tipo de baño.

En Tokio, una de las ciudades más futuristas en las que hemos estado, la frase *Future is now* toma un significado especial Viajar en el tren bala y ver en vivo al robot Asimo en el museo Miraikan fue una experiencia increíble que demuestra cómo Japón está a la vanguardia en tecnología.

Durante nuestra primera visita a Japón nos quedamos en una casa donde había un solo baño para siete personas. Esto significaba que el que se levantaba primero tenía más tiempo para asearse, mientras que el último tenía que correr para no perderse las aventuras de la mañana.

Japón es conocido por ser uno de los países con mayor esperanza de vida, por lo que decidí adoptar algunos de sus hábitos saludables, como comer alimentos frescos y evitar la comida procesada, dormir en un tatami en el suelo para mejorar mi postura y calidad de sueño, meditar y tener momentos de introspección, y tomar baños de agua fría y caliente para estimular diferentes sensores de mi cuerpo.

♛ *Japón tiene cosas muy locas como nosotros. Creo que si mis hermanos y yo fuésemos atracciones de Japón, seríamos un restaurante exótico como Kawaii Monster Cafe.*

Modifiqué parte del itinerario en Tokio por andar cazando pokémon, pues era el juego de moda cuando fuimos.

Aunque mi cámara viejita tenía un rollo caduco y Rafa me arruinó mi última foto, tomé unas pics increíbles de Japón. Es más, aquí les dejo una selección de mis favoritas.

◇ Estábamos en Japón cuando Koquito lindo, mi amor, se enfermó de su riñón y mi mamá tuvo que llevarlo al hospital. Seguro imaginan cómo me puse, ya me quería regresar. Si ya saben cómo soy, para qué el Universo me sale con esas cosas.
Les cuento que en algunos templos de Japón puedes conocer tu destino por medio de unos papelitos llamados omikuji.
Se me ocurrió sacar uno y mi suerte decía que: "iba a perder algo importante en mi vida"... Para cambiar mi suerte repetí el ritual y me salió el mismo papelito. ¡Me puse muy mal!
Caminar por sus ciudades ancestrales en yukata me hizo viajar en el tiempo y admirar el hecho de que Japón mantiene sus tradiciones intactas a pesar del paso del tiempo. Les confieso que es mi país favorito en el mundo hasta ahora.

Rafa en cuarto tradicional japonés.

Karen Polinesia en una tienda de cámaras vintage.

Propósito de Polinesios en Japón: que todos seamos... ¿samuráis?

Cuando visitaron Japón, vivieron algunas experiencias sorprendentes que los dejaron con el corazón palpitando. Rafa nos contó que en las estaciones de tren en Tokio no hay torniquetes o barras de acceso, lo que significa que cualquier persona podría entrar sin pagar. Y aunque parecía un caos, no había necesidad de esas barreras porque los japoneses son tan honestos que siempre pagan por su transporte público.

Lesslie también tuvo una experiencia increíble cuando perdió su cámara fotográfica en el aeropuerto de Narita y alguien se la devolvió dos días después. En un mundo donde la honestidad no siempre es la norma, fue una lección inspiradora sobre la gente de Japón.

Pero la verdadera historia de samurái para Polinesios fue cuando conocieron a Yuma, un desconocido que les ayudó a llegar a su autobús a pesar de la barrera del idioma. Yuma les dedicó unos minutos de su tiempo para asegurarse de que los hermanos con el cabello teñido llegaran a su destino a tiempo. Fue un verdadero acto de servicio y protección, tal como lo define la palabra samurái que significa "aquellos que sirven o protegen".

Aprendimos que no se necesitan armaduras ni espadas para ser samuráis en la vida cotidiana. Ser honestos, no tomar lo que no es nuestro y ayudar a otros sin esperar nada a cambio, puede ser suficiente para cambiar el mundo. Debemos emular el espíritu de los japoneses y practicar la honestidad y el servicio. Aunque quizás sin calzado tradicional japonés, como lo intentó Rafa en Kusatsu.

♛ Propósito de Polinesios en Japón, según Karen: estar preparado para cualquier desastre

En Plática Polinesia sabemos que nuestros viajes tienen un propósito, aunque no siempre lo planeamos de antemano. En Japón nos enfrentamos a los peligros naturales del país. Cuando Rafael gritó que estaba temblando, salimos corriendo a la calle con miedo, pero nos dimos cuenta de que en Japón, a diferencia de otros países, quedarse dentro de las casas es seguro. Pero luego se anunció una alerta de tsunami que nos hizo temblar de terror. Afortunadamente, todo quedó en un susto. En nuestro segundo viaje, nos sorprendió un tifón, lo que nos obligó a buscar refugio de inmediato, aunque no tuviéramos suficiente comida o no pudiéramos grabar contenido para compartir con ustedes. El propósito de este viaje fue aprender que no podemos controlar todo lo que sucede a nuestro alrededor, como las tormentas o las pérdidas. A veces, simplemente debemos estar preparados para lo que venga y enfrentarlo con valentía.

Polinesios en medio del tifón en Tokio.

Lesslie Polinesia en Kusatsu, Japón.

Rafa Polinesio en el cruce de Shibuya.

Karen en Shirakawago, Japón.

Polinesios en el museo interactivo Team Lab, Japón.

Lesslie en hotel cápsula en Tokio.

POLINESIOS EN PERÚ

Polinesios en el lago Humantay, Perú.

Polinesios en Machu Picchu, Perú.

Según mi archivo de memoria y lo que he encontrado en YouTube, Polinesios han visitado Perú en tres ocasiones. La primera fue en mayo de 2016, cuando fueron a Lima a dar una conferencia en el Primer Encuentro de Jóvenes de la Alianza del Pacífico. La segunda vez fue en abril de 2018, cuando llevaron su Gira Polinesia a ese país y recibieron su botón de diamante por los 10 millones de suscriptores en el canal Los Polinesios. Querían celebrar, así que tomaron un vuelo de Lima a Cuzco, y luego visitaron Machu Picchu. En agosto de 2021, RKL regresaron a Perú para celebrar el cumpleaños de Karen. Esta vez se divirtieron con actividades extremas, turismo comunitario y paisajes naturales únicos. Como dicen, uno siempre vuelve a los lugares donde ha sido feliz... ¿no es así?

Nueve cosas que aprendimos de Polinesios en Perú

1. Descubrimos que en Perú le llaman choclo al maíz, torta al pastel y crema volteada al flan.

2. En las zonas andinas vimos alpacas y llamas, y aprendimos que las alpacas son más peludas y tienen el cuello más corto que las llamas.

3. Para evitar los efectos de la altura en las zonas altas del país, como en Cuzco, los peruanos toman mate de coca, una infusión con hojitas de coca.

4. Aprendimos que la bandera inca es similar a la de la comunidad LGBTIQ+, pero no son iguales. La peruana tiene los siete colores del arcoíris, mientras que la otra solo tiene seis, sin el color azul claro.

5. Las playas de Lima no tienen arena fina, sino piedras enormes del tamaño de los pies adultos.
6. Descubrimos que muchas construcciones en la ciudad de Cuzco tienen cimientos de la época de los incas.
7. Encontramos perros sin pelo llamados viringos, parecidos a los xoloitzcuintles de México.
8. Nos sorprendimos al conocer los grafitis y galerías de arte en el Centro Histórico del Callao.
9. Descubrimos que muchas de las imágenes que vemos de la Montaña de Siete Colores tienen Photoshop, por lo que es mejor visitarla para conocer los tonos verdaderos.

Lo más más *top* de Polinesios en Perú

Perú, para mí, es un lugar que nos invita a reflexionar sobre nuestro pasado y a descubrir lo que hemos perdido en el camino, una gran sabiduría que deberíamos recuperar y aprender. Machu Picchu es uno de esos lugares que nos muestra el ingenio y la creatividad de los antiguos incas, que construyeron su ciudad en la cima de una montaña sin la ayuda de las herramientas y máquinas que tenemos hoy en día. Pero ¿qué pasará en el futuro cuando una computadora haga todo el trabajo y perdamos el conocimiento para construir? Convivir con la comunidad campesina de Huilloc fue una experiencia enriquecedora, que me enseñó la importancia de respetar y valorar las diferentes formas de vida y culturas. Compartir sus actividades y portar su traje típico me hizo sentir parte de su legado. Y Huacachina, un oasis en medio del desierto, es otro ejemplo de lo que podemos lograr cuando nos unimos como humanos. Estos lugares surrealistas nos recuerdan que todo es posible si nos esforzamos juntos. Perú es una ventana al pasado y al futuro, y nos muestra que hay sabiduría y conocimiento que aún podemos recuperar y aprender.

♛ *Olvidé mi celular en la camioneta cuando ascendimos la Montaña de los Siete Colores y, aunque en un inicio me preocupaba haberlo perdido, decidí abandonar esos pensamientos para concentrarme más en disfrutar la belleza del paisaje que estar pendiente de mis redes sociales. Esa lección la llevé al skylodge en la montaña, donde me quedé dormida mirando las estrellas. De mi celular ni me acordé.*

Siempre he dicho que conoces a un país por su comida, y no podía dejar de lado que amo la cocina peruana, el sabor de su ceviche hace que se me cierren los ojos en automático y mi piel se erice. En ese país, también llevé mis gustos culinarios al extremo y probé la alpaca y el cuyo o conejillo de indias. Estaban muy sabrosos.

El desierto es uno de mis biomas favoritos, y el de Ica me hipnotizó y me hizo desear quedarme ahí para siempre. Sigo sin entender cómo el estar en uno de los lugares más áridos del mundo puede darte tanta vida.

◈ En nuestros viajes siempre tenemos un *shot* de adrenalina, pero en Perú nos pasamos. Viajar en *buggy* a toda velocidad por el desierto, hacer *sandboarding* en las dunas y una escalada extrema para llegar a las cápsulas colgantes de Urubamba fue por mucho de las cosas más extremas que hemos hecho.

Camino a la Laguna de Humantay me sentía fatal por la altura, y tenía miedo de arruinar el pícnic que habíamos preparado para mi hermana. Valió la pena el malestar por la recompensa de esa laguna, la cual mostraba toda una gama de tonos azules.

Lograr que tu espíritu y cuerpo se unan en armonía y paz es algo que buscan muchos de los rituales peruanos, y yo amé que hicieran en mí el "llamado de ánimo" y me guiaran a dejar a un lado mis tristezas y preocupaciones, algo en lo que trabajo todos los días.

Karen en las dunas de Huacachina, Perú.

Rafa Polinesio haciendo dune-bashing en el desierto de Huacachina, Perú.

Rafa Polinesio en los andes peruanos.

Rafa en la Montaña de Siete Colores, Perú.

Karen en la cima de la Montaña de Siete Colores, Perú

Karen, Rafa y Lesslie en el sendero
Sagra

Propósito de Polinesios en Perú:
conocer y conectar con la Pachamama

En su visita a Perú, Polinesios encontraron una conexión profunda con la Pachamama, que significa madre tierra en quechua, y que ahora forma parte de su vocabulario. Este país cuenta con una variedad de ecosistemas impresionantes, desde la costa hasta los glaciares, y la cordillera más alta de los trópicos. RKL nos han transmitido la importancia de cuidar y amar a la Pachamama como hijos suyos, y han dedicado tiempo para contemplar sus maravillas.

Karen tuvo un encuentro mágico con la Pachamama en su cena de precumpleaños en el desierto, donde disfrutó de un atardecer entre dunas. Anita se disculpó con los demás Polinesios para disfrutar del regalo que la Pachamama le estaba dando para celebrar un año más de vida. La belleza del paisaje naranja la dejó impresionada.

Rafa, Karen y Lesslie viendo el atardecer en el desierto de Huacachina.

Rafa, Karen y Lesslie jugando en las dunas, Perú.

Polinesios con los miembros de la comunidad Huilloc en Perú.

Rafa también encontró calma y paz en la Pachamama, descansando sobre la tierra en la montaña Vinikunka. Despertar en una obra maestra de la naturaleza le hizo sentir que seguía soñando. Lesslie hizo lo suyo en la escalada al campamento elevado en las montañas, y Yiyi se detuvo a maravillarse con la vista que la Pachamama había puesto frente a ella durante una escalada peligrosa en *Durmiendo en cápsulas a 500 m de altura*. Todos ellos han aprendido a disfrutar de la belleza y la energía que la Pachamama ofrece.

Lesslie en una cápsula a 500 metros de altura.

Propósito en Perú, según Rafa:
ser un humano responsable

🔺 ¡No te pases, Ana Karen! Ja, ja, ja. La conexión con los polinesios es tan grande que parece que nos leen la mente, todo
lo escrito arriba es totalmente cierto. En Perú conectamos muy
fuerte con la Pachamama. Descubrimos su grandeza e importancia para todos los que somos parte de ella, dejamos que su
belleza nos impactara hasta llorar, y nos enseñó que siempre
está lista para llenarnos de amor a través de nuestros sentidos.
A mis hermanas y a mí nos queda claro que, como humanos,
tenemos un compromiso con la Pachamama: nos está pidiendo a
gritos que la cuidemos, que le ayudemos a respirar, a recuperarse del daño que le hemos hecho. Tal vez por eso escogió
a la familia más grande del mundo para llevar su mensaje de
ayuda y, a través de nuestro amor, poder recuperarse.

Karen se hizo una pregunta en la laguna de Humantay:
"¿Cuál es la responsabilidad del ser humano en el mundo?".
Considero que entre todos podemos obtener la respuesta y
actuar en favor de ella. ¿Qué tal si aquí abajo escribes tu
respuesta y después hacemos una dinámica entre todos para
llegar a una conclusión?

Nuestra conexión con la Pachamama debe ir más allá, en nosotros
está la responsabilidad de cuidar nuestro entorno. Las culturas
ancestrales de América, entre ellas las de Perú, nos dejaron evidencia de que podemos lograr una armonía con la naturaleza sin
dañarla, tal como lo hicieron ellos en Machu Picchu: aprovecharon
las laderas de las montañas para cosechar.

Karen frente al lago de Humantay.

🔺 ¡Hagamos lo mismo! Cuidemos los recursos que nos da, no desperdiciemos agua, cambiemos los combustibles, no contaminemos los mares, lagunas y ríos, reciclemos, coloquemos la basura en su lugar para que pueda ser reutilizada, reforestemos nuestros bosques, respetemos la fauna... Cada uno en su comunidad encuentre la manera de regresar a la Pachamama algo de lo que nos ha dado, y que muchas veces no hemos sabido corresponder ni agradecer.

Polinesios en Yucatán, México.

POLINESIOS EN MÉXICO

Rafa, Karen y Lesslie aprendiendo cómo se
hace el chocolate en Oaxaca.

Polinesios en la grabación del especial de Día de Muertos en Oaxaca.

RKL son ciudadanos del mundo, sin embargo, México siempre será su hogar. A pesar de haber explorado diferentes países y culturas, encontraron en su tierra natal cosas que no se encuentran en ningún otro lugar y que los hacen sentir únicos, tal y como son ellos: irrepetibles.

Bitácora

Han visitado lugares turísticos como Los Cabos, donde disfrutaron del sol, la playa y las olas; en Valle de Bravo se aventuraron en un globo aerostático para apreciar la vista panorámica de la región. Además, han paseado por los coloridos callejones de Puebla y Querétaro, donde han disfrutado de la deliciosa gastronomía mexicana. En Oaxaca, han conocido la cultura y las tradiciones indígenas, mientras que en Chihuahua se han maravillado con la imponente Barranca del Cobre. También han disfrutado de las playas de Acapulco, el malecón de Veracruz, la frontera de Tijuana y la arquitectura colonial de Mérida, entre muchos otros destinos turísticos que ofrece México.

Polinesios en México...

No cabe duda de que serían unos excelentes guías de turistas: mientras nos cuentan datos curiosos sobre cada lugar nos llevarían a probar los platillos típicos de cada región y nos mostrarían sus tradiciones y costumbres.

Cargarse de energía en Teotihuacán, México

Polinesios nos llevaron en uno de sus primeros *vlogs* a conocer una zona arqueológica muy importante: Teotihuacán. Este sitio es uno de los más destacados en Mesoamérica, ya que comenzó a ser construido hace más de dos mil años, alrededor del año 100 a. C. Además, forma parte del Patrimonio Mundial de la Unesco, lo que significa que es un tesoro cultural de la humanidad que debemos preservar.

Karen Polinesia en su primer vuelo en globo aerostático en Teotihuacán.

También en Teotihuacán pudimos volar en globo ae-rostático. En uno de mis cumpleaños, mis hermanos me dieron la sorpresa de viajar así y ver desde arriba las pirámides del Sol y la Luna. Y aunque tuvimos que levantarnos muy temprano y casi aterrizamos sobre un terreno lleno de nopales, valió la pena.

En tren por las Barrancas del Cobre, Chihuahua

RKL se aventuraron a vivir una experiencia única en el famoso tren El Chepe, que une a los estados de Chihuahua y Sinaloa a través de las Barrancas del Cobre que son, además, las más grandes del mundo y el recorrido en tren por ellas es considerado uno de los viajes en ferrocarril más espectaculares del planeta. Los Polinesios disfrutaron de vistas impresionantes y la formación geográfica de barrancas más extensa a nivel mundial.

 Además de eso, también podríamos hacer un tour por teleférico y, si les gusta la adrenalina, sería padrísimo que nos lanzáramos por la tirolesa más larga del mundo o cruzáramos el puente más largo del planeta. También los llevaría a Creel, uno de los pueblitos donde para El Chepe, y que parece una locación de película del viejo oeste.

Explorando la Riviera Maya, Quintana Roo

Existe una gran variedad de opciones de entretenimiento y aventura en los hermosos escenarios naturales del Caribe. Desde las playas de color turquesa, donde se puede disfrutar de una refrescante sesión de natación, hasta la densa selva, que ofrece una amplia gama de emocionantes actividades para los amantes de la aventura. Además, también es posible explorar los fascinantes ríos subterráneos y realizar el increíble *Sea Trek*, que nos permite tener una vista de cerca de los majestuosos peces y las graciosas mantarrayas. Si eres un amante de los animales, podrás disfrutar de un paseo con los flamencos, entre otras actividades. Además, para garantizar la tranquilidad de los viajeros, es muy probable que esta travesía incluya un seguro de viaje, para cualquier eventualidad que pudiera presentarse durante la exploración de la selva, como le sucedió a Karen en su vehículo anfibio.

Polinesios en parque ecológico en México.

*Rafa Polinesio en un cenote,
Quintana Roo, México.*

Lesslie Polinesia en una tirolesa en
Quintana Roo, México.

Rafa, Karen y Lesslie en parque de actividades
extremas, México.

Rafa, Karen y Lesslien en la Chona, vehículo
usado para subir las grande montañas.

Polinesios con el colectivo Mujeres del Barro Rojo.

Polinesios disfrutando de la comida oaxaqueña, México.

Polinesios viendo el horizonte desde un mirador en los Valles Centrales, México.

Rafa Polinesio preparando tamales de guajolote.

Lesslie en el taller familiar Manos que Ven, en Oaxaca, México.

Polinesios ayudando a poner una ofrenda en una casa en Oaxaca, México.

Karen aprendiendo a hacer velas en el taller.

Rafa, Karen y Less en la cima de la montaña al sur de Oaxaca, México.

Polinesios en Yucatán.

💎 A favor de La Polinesia, aunque aprovechando, yo me los llevaría al estado de Yucatán para que conozcamos y nademos en muchos cenotes... ¿sabían que ese estado tiene la mayor cantidad de estos en el mundo? Después de nadar libremente en el cenote no nos caería nada mal una sopita de lima, unos taquitos de cochinita pibil y una agüita de piña con chaya. Pura deliciosura.
¿Sabían que cerca de Mérida cayó el meteorito que extinguió a los dinosaurios?
Por eso se hicieron los cenotes.

Propósito de Polinesios en México: ser turista en tu país

Para hablar sobre el propósito en México, les invito a ver el video *El que parpadea pierde* y luego regresar aquí para compartir mis pensamientos al respecto. Personalmente, creo que es genial tener grandes aspiraciones y sueños, como viajar a lugares exóticos y lejanos. Sin embargo, como Polinesios, también debemos disfrutar de lo maravilloso que tenemos cerca de nosotros. En el video vemos a Rafa, Karen y Lesslie explorando un destino que les tomó solo dos horas y media llegar, mucho menos tiempo que el que solemos pasar viendo contenido en TikTok. Me encantó ver la emoción de Lesslie al aventurarse en el parapente y disfrutar de la sensación de libertad en el velero, como si estuvieran en un lugar paradisíaco como las Bahamas o Ibiza. Creo que debemos aprender a valorar lo que tenemos cerca y aprovechar al máximo cada oportunidad que se nos presente.

Polinesios, les quiero hacer una pregunta muy importante: ¿han visitado algún lugar turístico icónico de su ciudad o país? Les pregunto esto porque muchas veces los turistas conocen mejor nuestros propios lugares que nosotros mismos. Les cuento que en mi caso, estoy loca por conocer las líneas de Nazca, ¡daría lo que fuera por verlas! Si eres de Buenos Aires, me encantaría ver una *selfie* en la Casa Rosada o en el Obelisco. Y si estás en Quito, Ecuador, no te pierdas de conocer el templo neogótico más grande de América. En Madrid, el Museo del Prado es un lugar que no te puedes perder, en especial si quieres ver *Las Meninas* y las esculturas de Camillo Torreggiani. En fin, independientemente de en dónde vivas, te invito a explorar tu país y conocer esos lugares mágicos que están más cerca de lo que crees. Seguramente hay un destino turístico cerca de ti que otros mueren por conocer. ¡Atrévete a descubrirlo!

Propósito de Polinesios en México, según Karen: abrazar tus orígenes

 Viajar por mi país me ha dado respuesta a muchas preguntas existenciales: ¿quién soy?, ¿a dónde voy?, ¿de dónde vengo? En Oaxaca encontré una parte de mi origen, sus artesanías, zonas arqueológicas y comida ancestral me mostraron cómo eran las tradiciones de mis antepasados. En México, las festividades del Día de Muertos son una parte fundamental de nuestra cultura, y sin ellas, nuestro país no sería lo mismo. Es importante que cada uno de nosotros respete y conecte con nuestras raíces, abrazando nuestras tradiciones para que no se pierdan. Además, es fundamental que no discriminemos a los indígenas o grupos étnicos de nuestro país, ya que son un tesoro invaluable para la humanidad, y su sabiduría y riqueza son infinitas.

POLINESIOS EN CHILE

Polinesios en Lago Verde en Atacama, Chile.

Hay muchos polinesios chilenos, y Rafa, Karen y Less llevaban mucho tiempo esperando para explorar más este territorio. Por eso y más, démosle la bienvenida a este destino.

Bitácora

En junio de 2017, Polinesios viajaron a Santiago, Chile, para asistir al Segundo Encuentro de Jóvenes de la Alianza del Pacífico. Durante su visita, recibieron el reconocimiento Embajadores de la Iniciativa por los Jóvenes y tuvieron la oportunidad de explorar la vibrante ciudad. Además, también visitaron Valle Nevado, un centro de *ski* ubicado a unos setenta kilómetros al este de Santiago.

En marzo de 2018, Polinesios llevó su Gira Polinesia a Chile, presentándose en el teatro Caupolicán los días 17 y 18 de marzo. A pesar de que fue el primer país fuera de México al que llevaron su show, el trío pasó la mayor parte del tiempo ensayando y no tuvieron la oportunidad de recorrer los lugares turísticos de la ciudad.

En marzo, el *Jump World Tour* de Polinesios llegó al Movistar de Santiago. Después de sus presentaciones, tomaron unos días para explorar San Pedro de Atacama y sus alrededores, una región conocida por su belleza natural y su rica historia. Esta fue una oportunidad para que Polinesios disfrutaran de algunos de los increíbles paisajes que ofrece este hermoso país.

Siete cosas que aprendimos de Polinesios en Chile

1. En Chile, la moneda oficial es el peso chileno, y los precios pueden variar en comparación con otras monedas. Una bolsa de almendras puede costar alrededor de 1,600 pesos chilenos, lo que equivale a unos 1.94 dólares.

2. Los billetes chilenos suelen tener imágenes relacionadas con la naturaleza y los animales. En el billete de 1,000 pesos, por ejemplo, se puede ver las Torres del Paine y dos guanacos, animales que habitan en la cordillera de los Andes.

3. Algunos restaurantes en Santiago tienen horarios intermitentes, abriendo solo durante unas horas al mediodía y volviendo a abrir a las siete de la noche para la cena.

4. En su visita a los géiseres del Tatio, Polinesios aprendieron que estos fenómenos son causados por la actividad volcánica subterránea, lo que produce una gran presión de agua y vapor que sale a la superficie.

5. También aprendieron sobre la flotación de objetos en agua salada, mientras visitaban las lagunas de Baltinache. Rafa mencionó un experimento con un huevo en agua salada y agua dulce, que llamó la atención de sus seguidores.

6. La NASA ha utilizado el desierto de Atacama para probar robots y explorar las condiciones similares a la superficie de Marte. Además, la NASA ha investigado plantas que sobreviven en el desierto para aprender cómo resisten a la falta de agua.

7. En su aventura por el Valle del Arcoíris, Polinesios aprendieron que esta hermosa formación geológica tiene 75 millones de años de antigüedad, lo que los dejó impresionados por la historia natural del lugar.

Lo más más *top* de Polinesios en Chile

La fauna chilena es de las pocas que me han atacado en alguno de nuestros viajes. Un pececito casi me arranca un dedo en un restaurante al que ni siquiera entramos porque no tenían servicio. Y ni hablar del Pin Pon, el zorro que me dejó los colmillos clavados la mi mano.

Nuestro guía nos dijo que cuando llueve en el desierto, es un regalo de los dioses, y nosotros tuvimos la suerte de estar en el desierto de Atacama para disfrutar de ese momento único, tan único que las construcciones de ahí no están diseñadas para la lluvia, y a los negocios, hoteles y casas se les metía el agua por las ranuras de los techos como si fuera cascada.

Si tuviera que elegir la vista más impactante de Chile, me quedo con el espejo de agua frente a las montañas que rodean al volcán Láscar. Quería llorar de la emoción y hasta aventarme al lago porque parecía un portal a otra dimensión. Ese desierto, su gente, música y cultura me permitieron conocer Chile de una forma más auténtica y se convirtió en uno de mis países favoritos.

Saber que estuve en las lagunas de agua salada, un lugar donde pudo haberse originado la vida, es demasiado surrealista para mí.

No acostumbro llorar, pero ver el cráter del volcán Láscar fue un momento muy emotivo para mí porque me costó mucho trabajo llegar a él.

Una forma que he encontrado de hacerle ver a mi cuerpo que lo amo es regalándome masajes. En Chile no fue la excepción, y después de uno, me relajé tanto que me quedé dormida. Mis hermanos me estaban buscando y yo no contestaba el celular.

◈ Es una locura llegar a Chile, porque es uno de los países donde hay más polinesios hermosos esperándonos en el aeropuerto. La última vez que estuvimos ahí me encantó porque firmé muchos libros y pude conocer a varios de ellos.

Tuve que quedarme un día en el hotel por protocolo de seguridad por la COVID-19, pero no quería perderme ni un segundo para recorrer Santiago. Por suerte, todo salió bien y pudimos seguir adelante con nuestro plan.

Estar en un lugar en el que los expertos aseguran que es muy parecido a Marte, hizo que mi cabeza no captara tan rápido que lo que estaba viendo era real y me tomó más de un momento asimilarlo.

Polinesios en Volcán Aguas Calientes, Chile.

Karen y Rafa en viaje en cuatrimoto por el desierto, Atacama, Chile.

Vicuña salvaje en el Valle Antofagasta, Chile.

Rafa, Karen y Less en el Volcán Láscar, Chile.

Polinesios viendo el atardecer en Chile.

Propósito de Polinesios en Chile:
el amor es la fuerza más grande que nos une como humanos

En 2022, Polinesios viajaron a San Pedro de Atacama para celebrar el cumpleaños de Lesslie. Aunque esta escapada fue una sorpresa total para ella, en un principio, la cumpleañera tuvo algunos problemas con la ropa, ya que no llevaba la adecuada para el clima y las actividades extremas que estaban por realizar. Sin embargo, después de conseguir el *outfit* correcto y pasar varios días aclimatándose a la altura del lugar, Polinesios quisieron hacer algo espectacular para cerrar su itinerario chileno, así que decidieron escalar el volcán Láscar.

Cabe destacar que escalar un volcán de 5,600 metros de altura es un reto épico, ya que el *trekking* de alta montaña lleva a tu cuerpo al límite para hacer cosas en condiciones totalmente adversas. Polinesios estaban subiendo una montaña sin tener suficiente oxígeno para respirar debido a la menor presión atmosférica que se produce a mayor altura. Todos los síntomas del llamado mal de montaña los afectaron, especialmente a Lesslie, quien varias veces estuvo a punto de rendirse. Sin embargo, en uno de los momentos más difíciles del ascenso, Gary, su guía, reconoció su valentía al intentar conquistar la cumbre del volcán y los impulsó a seguir adelante tomando como principal motivación el amor que se tienen.

Para Rafa, Karen y Less, llegar a la cima del volcán Láscar fue un logro increíble y una experiencia transformadora. Yiyi, quien la pasó mal durante el ascenso, nos enseñó que solo el amor puede transformar la frustración y el enojo en energía para no rendirse, y las lágrimas en serenidad para no perder la fe en uno mismo. Lesslie, por su parte, destacó que el amor es la fuerza más grande que nos une como seres humanos. Polinesios demostraron que el amor y la fuerza de voluntad son capaces de superar cualquier obstáculo.

Además, el hecho de que celebraran el cumpleaños de Lesslie en el volcán Láscar no fue una casualidad. Según Wikipedia y el sitio volcanochile.com, el volcán hizo erupción el 18 de abril de 1993 y volvió a tener actividad eruptiva en la misma fecha, pero del año 2006. No es casualidad que el cumpleaños de Lesslie también caiga en esa misma fecha. Para Polinesios, todo en el universo está conectado y hay un propósito detrás de cada experiencia.

Propósito de Polinesios en Chile, según Lesslie:
descubrir tu fuerza interna

 Me encantó el desafío que nos impuso La Polinesia al elegir Chile como uno de los destinos más desafiantes para nosotros, y sí, un poquito más para mí. Pero no les voy a mentir, polinesios, en algunos momentos de este viaje me sentí enojada y frustrada, y el motivo de mi drama en Atacama fue que estaba muy cansada.

Antes de nuestro viaje a Chile, estuvimos entrenando durísimo para JUMP y llevábamos más de la mitad de las presentaciones. Cada función significaba un desgaste físico y mental demasiado intenso, quizá mi cuerpo ya lo estaba resintiendo. Sin embargo, entre más pasaban los días en esta localidad, más me cuestionaba si podría ser capaz de llegar a la cumbre del volcán Láscar, pero afronté el reto del ascenso. Con cada paso que daba, nuevos y más intensos malestares aparecían, pero no quería decepcionar a mis hermanos. Me concentré en ellos para seguir adelante y logré la cumbre del volcán. Logré la cumbre y, como un volcán activo, exploté en emociones indescriptibles. En el ascenso repetía una y otra vez la letra de nuestra canción *Más fuerte*:

Soy más fuerte que un huracán,
siempre me vuelvo a levantar,
I feel stronger que el mismo mar
Más fuerte que lo que creí.

Fue una experiencia indescriptible que me demostró que la fuerza está dentro de ti. Desafíense a sí mismos, no tengan miedo de descubrir lo que son capaces de hacer, se darán cuenta de que son casi invencibles. En ese viaje aprendí mucho sobre la fuerza: está dentro de ti.

⬟ NUESTROS VIAJES FAVORITOS

Nueva York es la ciudad que más ha marcado mi vida, ya que siempre está en constante cambio y renovación. Esta ciudad nos ha enseñado que si no nos renovamos, nos quedaremos en el camino.

Cada vez que visito Nueva York, encuentro algo nuevo para mí y estoy en constante búsqueda de innovación para mantenerme actualizado y con energía.

En un momento importante de mi carrera, estaba en Times Square con mis hermanas y tuvimos una discusión sobre varios proyectos que llevábamos a cabo y no nos estaba dando la vida para realizarlos. A pesar de que soy alguien a quien no le gusta dejar pasar las oportunidades, vi a mis hermanas quebrarse y me di cuenta de que teníamos que ser selectivos y dejar de llevar a cabo proyectos solamente por cumplir. Desde entonces decidimos tomar solamente aquellos que nos apasionarán.

Después de un tiempo, Lesslie quiso reconciliarse con Times Square porque había pasado algo fuerte en nuestras vidas allí. Regresamos al lugar, pero ya no era lo mismo para mí. Lo veo ahora desde otra perspectiva, como si pudiera ver detrás del escenario y descubrir lo que hay detrás del lugar. Nueva York y Times Square me enseñaron a contemplar nuestro interior y descubrir lo que nadie puede ver a simple vista.

Rafa en Nueva York con nuevo look.

Rafa frente al Empire St

Karen Polinesia en su viaje a Montepulciano, Italia.

Italia es un lugar muy especial para mí. He tenido la oportunidad de visitarlo dos veces y ambas han sido experiencias increíbles. La primera vez que fui fue para reunirme con el Papa Francisco, lo cual fue una experiencia única.

La segunda vez, necesitaba tomarme un respiro, estaba agotada y necesitaba alejarme de todo. Decidí quedarme en Italia por un mes, paseando por el país y conociendo diferentes lugares. Fue una experiencia que me permitió conectarme conmigo misma y encontrar la paz que necesitaba.

Cuando me siento confundida o necesito encontrar la calma, siempre pienso en un momento muy especial que tuve en Italia. Fue en el Lago di Como, en Lombardía, donde encontré un rincón muy significativo. Era una casa abandonada con un balcón lleno de flores y una pared de tabiques rojos que se reflejaba en el agua del lago. Había un pequeño puentecito y todo estaba rodeado de rocas, ahí podías podías nadar. Fue un momento de paz y tranquilidad que congelé en mi mente y que siempre recordaré. De hecho, quiero compartirles una foto que tomé en ese lugar. Espero que les guste y les transmita la misma paz que a mí.

💎 Mis países favoritos son Corea y Japón, lo sé, lo he mencionado antes. Siempre he sentido fascinación por la cultura coreana y en especial por el K-beauty. Desde que pisé las calles de Seúl, todo parecía un escenario de uno de mis doramas favoritos. Pero mi momento más mágico en Seúl sucedió en el Gwanghwamun Square. En ese momento, caminaba con mis hermanos y sentía una paz inmensa, incluso sentí que ya había estado ahí en alguna vida. Estaba agradecida por encontrarme allí con ellos, agradecida por haber viajado a mi lugar soñado y ver cosas que jamás imaginé. Mis hermanos estaban viviendo su momento y yo el mío. Fue una experiencia que me permitió disfrutar de verdad y darme cuenta de que a veces, en nuestros viajes, nos enfocamos tanto en crear contenido que no nos detenemos a disfrutar el momento.

Lesslie Polinesia en Corea.

Lesslie en las calles de Japón.   *Lesslie en un centro ceremonial japonés.*

¡A hacer las maletas!

En cada viaje que realizan, Polinesios siempre se aseguran de empacar elementos esenciales que les permitan tener una experiencia más cómoda y completa. Si queremos seguir sus pasos y recorrer el mundo como ellos, debemos considerar llevar estos elementos básicos en nuestra maleta. Además del pasaporte, la cámara fotográfica y ropa limpia, Polinesios sugieren incluir lo siguiente.

Maleta para meter los grandes sueños

Para Rafa, visitar Egipto era un sueño que parecía inalcanzable, mientras que Karen anhelaba conocer Hawái, y Lesslie siempre quiso descubrir por sus propios ojos si París era tan majestuosa como le habían contado. Hoy en día, RKL no solo han visitado esos destinos, sino que han explorado muchos más. Con cada viaje que comparten con nosotros, nos están motivando a descubrir que hay demasiado mundo esperándonos allá afuera. Nos recuerdan que es demasiado hermoso como para verlo únicamente desde una pantalla de celular y nos inspiran a salir de nuestra zona de confort.

Hoy es un buen momento para soñar despiertos con esos lugares increíbles que deseamos conocer. Pero no basta con solo soñar, es necesario esforzarnos y trabajar duro para lograrlo. Siguiendo el ejemplo de Polinesios, podemos planear nuestros viajes, ahorrar dinero, aprender sobre nuevos lugares y culturas, y estar abiertos a nuevas experiencias es un gran inicio. La emoción por seguir descubriendo el mundo está latente en cada uno de nosotros, solo necesitamos permitirnos vivirlo. ¿Qué esperas para hacer las maletas y explorar el mundo como Polinesios?

Capacidad de asombro

En los videos de viajes de Polinesios, es común escuchar frases como: "Wow, está superpadre", "Está increíble" o "¡Qué locura!". RKL no dejan de asombrarse por todo lo que ven cuando viajan. Recuerdo cuando Lesslie vio la enorme estatua de Ramsés II en el museo Mit Rahina, en Egipto (1:44 del video *No nos dejan entrar a las pirámides por ser youtubers*), o al contemplar esos invernaderos gigantes en forma de esferas futuristas que existen en Seattle, Washington (0:36 del video *Así son las tiendas del futuro*). Son momentos que quitan el aliento.

Pero Polinesios no solo encuentran encanto en lo gigantesco y colosal. También saben apreciar los pequeños detalles como descubrir que existen paletitas de hielo en forma de flor (7:33 de *La versión coreana de Disneyland*) o ganar algo en una máquina de juegos (8:52 de *Café japonés imprime tu cara*).

Me parece importante mantener siempre la capacidad de asombro y, como RKL, quedarnos sin aliento al disfrutar de esas cosas poco habituales que nos tenga preparado el destino. Es parte de agradecer a la vida por regalarnos esos instantes. Como bien dicen Polinesios: el mundo es demasiado hermoso como para no disfrutarlo al máximo.

CAFÉ JAPONÉS IMPRIME TU CARA | POLINESIOS VLOGS

LA VERSIÓN COREANA DE DISNEYLAND | POLINESIOS VLOGS

Cargador de pila

Cuando se viaja hay que estar dispuestos a enfrentar todo tipo de situaciones y retos, desde la falta de sueño hasta las enfermedades comunes del viajero. Viajar no es una tarea fácil, para hacer turismo hay que atravesar retos como desvelarse, dormir poco, pararse de madrugada y manejar; pasar horas en aviones, trenes, taxis y furgonetas; manejar el *jetlag* por los cambios de horario, cambios de temperatura según el lugar a donde vayas, el mal de montaña, insectos locales, diarrea del viajero; y cargar nuestro equipaje personal de un lado para otro. Además, si eres creador de contenido como los Polinesios, parte de viajar implica cargar con el equipo necesario para grabar contenido: cámaras, tripiés, baterías, micrófonos... RKL no solo viajan por placer, es parte de su trabajo y de compartir con su audiencia todas sus experiencias y aunque resulta retador, no olvidan que hay que vivir cada momento con intensidad y sin arrepentimientos: disfrutar el juego.

Prohibido llevar intolerancia

Una de las cosas más importantes al viajar es tener una actitud abierta y respetuosa hacia las distintas culturas y formas de pensar de los lugares que visitamos. Rafa, Karen y Lesslie han demostrado a través de sus viajes que la diversidad es una de las cualidades más increíbles de la humanidad. Al entrar a lugares de culto como la catedral de Notre Dame en París, lo hicieron con todo el respeto y la tranquilidad que el lugar merece. Además, en Japón, se sintieron honrados de vestir *yukatas* y realizar el ritual de purificación antes de entrar en los templos. Tener una mente abierta y respetar las costumbres y tradiciones locales en lugar de juzgar y ser intolerantes ayuda a llevar respeto y amor a esos espacios y a las personas y seres vivos que los habitan.

NOS CONVERTIMOS EN JAPONESES POR UN DÍA KIOTO | LOS POLINESIOS VLOGS

Exceso de calma

Siempre he admirado la actitud de Rafa, Karen y Lesslie cuando viajan, parece que siempre están dispuestos a disfrutar de cualquier situación, incluso si es inesperada o desafiante. Han enfrentado todo tipo de problemas, desde pérdida de vuelos hasta enfermedades en medio de sus viajes, pero siempre han mantenido la compostura y han logrado superarlos con paciencia y perseverancia. Es evidente que estos hermanos no se rinden con facilidad y están dispuestos a hacer lo que sea necesario para explorar el mundo. Personalmente, creo que su actitud es una inspiración para todos los viajeros y debemos seguir su ejemplo de mantener la calma y disfrutar de la aventura, incluso cuando las cosas no salen según lo planeado.

La Polinesia tiene razón, sí que nos han pasado cosas random y las que solo pasan una vez cada tanto, como tifones, temblores, lluvias...

En uno de nuestros roadtrips se desbordaron las aguas negras del WC de nuestro camper, y se inundó con fluidos que ni siquiera eran nuestros. Tuvimos que limpiar todo y yo metí la mano a la taza.

Por andar distraído arriba de un kayak tiré una Go Pro en el lago Arenal en Costa Rica, y tuvimos que llamar a un buzo para ver si lograba sacarla.

Le rompieron los vidrios a nuestra camioneta en un intento de robo en San Francisco, California. ¡No se pasen!

En un viaje a Lisboa, Portugal, me equivoqué al comprar unos boletos de avión, y no podía arreglar el problema porque la aerolínea estaba en huelga.

Por no tener la vacuna de la fiebre amarilla, no nos dejaron volar de Brasil a Colombia. Teníamos que llegar a un evento importantísimo y si no nos presentábamos... ¡nos iban a demandar!

Yo ya estaba en Perú, y mis maletas andaban por otras latitudes. Lo único que me preocupaba era que no tenía calzoncillos limpios para la mañana siguiente.

En un parque de diversiones de París, ¡nos robaron nuestra cámara! Hice el coraje de mi vida.

Estuve a dos de provocar una pelea épica en un karaoke de Nueva York, debido a un malentendido en el que estuvieron involucrados un coreano golpeado por su novia, un bartender defensor de la paz mundial, unos salvadoreños chismosos, un Rafa enfiestado y una Lesslie dispuesta a pelear para defender a su hermano. Historia completa en el video Casi me golpean en mi cumpleaños.

Y lo más importante, queridos lectores: Por un incidente o situación random que les suceda en un viaje, siempre habrá MILES de cosas buenas de las cuales disfrutar.

CAPÍTULO 5

EL SUEÑO DE SER RECONOCIDO

Los logros de tres hermanos

Así como mi mamá guarda con orgullo los logros de sus hijos, seguramente los padres de Polinesios han seguido cada uno de sus pasos y celebrado cada uno de sus triunfos. Aunque sean pequeñas cosas como cartitas, dibujos y manualidades, mi mamá las ha guardado como si fueran un gran tesoro. Quizás para alguien más estas cosas no sean relevantes, pero para mi madre significan un paso más para lograr nuestros sueños. En el caso de Polinesios, me imagino que sus padres son los más orgullosos, han formado una familia unida y amorosa que siempre se apoya en cada paso que dan. No dudo que los padres de Polinesios deben sentirse muy orgullosos de sus hijos, y que cada logro, por pequeño que sea, es una muestra del esfuerzo y dedicación que RKL han puesto en todo lo que hacen. Es maravilloso que puedan compartir juntos estos momentos de felicidad y crecimiento, y que sigan siendo un ejemplo de perseverancia y humildad para todos sus seguidores.

Puedo imaginar que el orgullo de los padres de RKL debe ser inconmensurable, viendo cómo sus hijos han logrado tantas cosas a lo largo de su carrera de más de diez años. Quizás Papá Polinesio quiso comprar todas las bolsas de papas fritas con las imágenes de sus hijos, mientras que Mamá Polinesia se emocionaba al ver sus rostros en las portadas de importantes revistas o en productos como patines y mochilas. La emoción debe de haber sido enorme al estar en las pantallas de toda Latinoamérica presentando una importante entrega de premios, o cuando RKL fueron nominados por primera vez en los premios YouTube en 2014 como Mejor Canal, demostrando que estaban construyendo su camino hacia el éxito.

Como miembro de esta familia Polinesios, me siento muy orgullosa de ser una parte de su carrera, contribuyendo al éxito de mis ídolos votando una y otra vez para que ganen un blimp o reproduciendo sus videos. Desde la primera vez que fueron nominados en los premios YouTube, he estado celebrando cada una de sus metas alcanzadas. Mi habitación en México es una especie de altar personal dedicado a ellos, donde tengo productos de PPMarket, pósteres, cojines, mochilas, camisetas y álbumes de fotos de RKL. Es mi lugar favorito, mi lugar de paz, donde puedo sentir su espíritu y presumir sus éxitos.

Ahora, si tuviera que elegir un reconocimiento que ocupara el sitio de honor, ¿sería el cereal con la moneda dorada que les dio boletos para ir a *JUMP*?, ¿o tal vez el boleto del primer *show* de la Gira Polinesia? Con tantos logros en su carrera, seguro que es difícil elegir uno solo. Pero lo importante es que RKL siguen inspirando a sus fans a soñar en grande y trabajar constantemente para alcanzar sus metas, por eso...

Les presento... el MIP

O mejor dicho ¡el Museo Internacional Polinesio! De mi propia invención en mi imaginación, yo me encargaría de la gestión de todo y podría usar la chamarra oficial de Plática Polinesia como uniforme. Me imagino que en ese museo se encontrarían los elementos más emblemáticos de la carrera de Polinesios, como el primer video que subieron a YouTube, los premios que han ganado, los libros que han publicado, los productos que han sacado al mercado y los proyectos en los que han colaborado. También estarían las fotos más significativas de sus viajes y presentaciones, así como los trajes y *outfits* que han usado en eventos, *shows* y películas y objetos que aparecen en sus videos más famosos. Sería impresionante ver todo esto reunido en un solo lugar y poder apreciar de cerca la historia de uno de los canales de YouTube más exitosos en Latinoamérica.

Inauguración de las figuras de cera, Museo de Cera, México.

Para la creación de mi museo polinesio ideal, propondría una disposición de salas que reflejen sus mayores logros y proyectos de la siguiente manera:

1. La Sala de Premios, donde se exhibirían todos los reconocimientos obtenidos a través de su arduo trabajo (premios Blimp, botones de plata, oro y diamante de YouTube, diplomas y las invitaciones a los Rewind de YouTube, etcétera).
2. La Sala de Exhibición de Proyectos, en la cual se presentarían aquellas colaboraciones que RKL han hecho realidad y que les han dado una gran satisfacción personal y profesional (colección de muñecas Barbie, edición especial de Cheetos, portadas de revistas importantes y documental *Polinesios Revolution* en Disney+).

Mis interacciones

En este museo, lo más valioso para mí serían las interacciones que he tenido con los Polinesios a través de las redes sociales. Como parte de su *fandom*, puedo decir que no hay nada más emocionante que recibir una reacción de tus ídolos. Para mí, cada *like*, comentario o RT que me han dado en Twitter, Instagram o cualquier otra plataforma, es un tesoro. Recuerdo con mucho cariño cuando Less dio *like* a uno de mis comentarios, o cuando Karen compartió una de mis publicaciones. Incluso Rafa agradeció una sugerencia que le hice en un video. Esas pequeñas interacciones significan mucho para mí y las he enmarcado en mi habitación, como si fueran obras de arte. En mi museo, serían una parte importante de la exhibición.

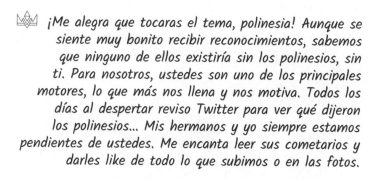

¡Me alegra que tocaras el tema, polinesia! Aunque se siente muy bonito recibir reconocimientos, sabemos que ninguno de ellos existiría sin los polinesios, sin ti. Para nosotros, ustedes son uno de los principales motores, lo que más nos llena y nos motiva. Todos los días al despertar reviso Twitter para ver qué dijeron los polinesios... Mis hermanos y yo siempre estamos pendientes de ustedes. Me encanta leer sus cometarios y darles like de todo lo que subimos o en las fotos.

Botones de YouTube

En el museo que imagino, uno de los lugares más especiales estaría dedicado a los botones de YouTube. Es innegable que esta plataforma fue el origen del éxito de RKL, por lo que su colección de botones merece un sitio de honor. En los primeros videos de Plática Polinesia, podemos ver que la familia exhibía su colección en el Salón de Premios de su casa, pero en mi museo, estaría expuesta la colección completa de botones, para que todos los fans puedan admirarlos. Eso sí, durante el recorrido no está permitido consumir alimentos ni bebidas, tampoco utilizar *flash* y mucho menos tocar las piezas de exhibición. Les presento con orgullo la espectacular colección de botones de YouTube de Polinesios.

🔎 El primer botón en la colección es el Botón de Plata, que Polinesios recibieron en 2014 por haber llegado a los 100 mil suscriptores de los canales Plática Polinesia, Musas y ExtraPolinesios. Posteriormente, en ese mismo año, recibieron el Botón de Oro por tener un millón de suscriptores en los canales de Musas, Plática Polinesia, Los Polinesios y ExtraPolinesios.

- Juxiis, por su parte, recibió su botón de 100 mil en 2016 y, en el mismo año, Los Polinesios recibieron su segundo Botón de Plata por haber llegado a los 200 mil suscriptores en su canal principal.
- En 2017, Juxiis también recibió el Botón de Oro por haber alcanzado el millón de suscriptores en su canal, lo que significó otro logro más para la familia. Además, ese mismo año recibieron el tercer Botón de Plata por llegar a los 400 mil suscriptores en su canal principal.
- Ya en 2018, Los Polinesios recibieron el Botón de Diamante por haber alcanzado los 10 millones de suscriptores en su canal principal, un reconocimiento que llenó de emoción a la familia y que se convirtió en uno de los mayores logros de su carrera en YouTube.
- En 2018, los Botones de Diamante se sumaron a la colección por su millón de suscriptores en Musas, ExtraPolinesios y Los Polinesios. Es impresionante el crecimiento que han tenido en su carrera y el reconocimiento que han recibido por parte de la plataforma de videos más grande del mundo.
- Por último, en 2020 recibieron el certificado oficial de Guinness World Records por la mayor cantidad de Botones de Diamante de YouTube logrados por miembros de una familia, gracias a los canales Los Polinesios, ExtraPolinesios y Musas. Este es un logro que seguramente quedará en la historia y que demuestra el impacto que han tenido en la plataforma de videos.

Rafa con los cuatro botones de un millón de seguidores en sus canales de YouTube.

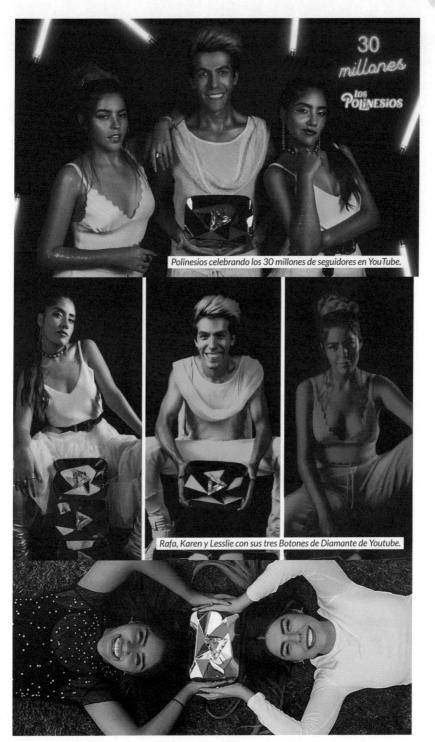

30
millones

los
POLINESIOS

Polinesios celebrando los 30 millones de seguidores en YouTube.

Rafa, Karen y Lesslie con sus tres Botones de Diamante de Youtube.

Lesslie y Karen con su primer Botón de Diamante para el canal de Musas.

◈ Este récord es algo increíble. Pienso en nosotros como tres personas que empezaron en YouTube con la idea de compartir anécdotas y bromas, y ver en lo que se ha convertido hoy, ¡es impresionante! Este certificado es de la familia polinesia, que aunque no es de sangre, siempre vamos a sentirla así. Ver que las personas crecen contigo y tienen una conexión que no se puede explicar, es hermoso.

Curiosidad

En cuanto a cifras, resulta impresionante el impacto que Los Polinesios han logrado en la plataforma de YouTube. Hasta mediados de 2022, los canales de Los Polinesios, ExtraPolinesios y Musas sumaban más de 70 millones de suscriptores. Esta cantidad es tan abrumadora que puede ser difícil imaginarla, pero para darnos una idea, podemos decir que equivaldría a llenar 633 veces el Estadio Azteca, en la Ciudad de México, que tiene una capacidad de 87 mil personas. O incluso, 550 veces el estadio Melbourne Cricket Ground de Australia, uno de los más grandes del mundo que puede albergar a más de 100 mil personas. Sin duda, estas cifras son un reflejo del éxito y popularidad de RKL, y demuestran el alcance que han tenido en todo el mundo.

△ Si hablamos de reconocimientos, creo que los más importantes sí serían los Botones de Diamante, porque son la representación de la conexión que tenemos con millones de personas que decidieron ser parte de nuestra familia, es una relación de amor, en la que damos lo mejor a la otra parte; queremos verlos felices y entregamos nuestro cariño. La actitud y ganas que le metemos a los videos es por ellos; no hacemos solo lo que nosotros queremos, ni lo que se nos antoja grabar, es lo que los polinesios nos piden y quieren ver.

♛ Yo sí hago lo que quiero porque sé que a los polinesius les va a gustar XD.

Rewind

Se trata de la recopilación que YouTube realizaba cada año desde 2010 y hasta 2019. En 2020 no se llevó a cabo debido a la pandemia, y en 2021 cuando se anunció la suspensión definitiva. Cada año se hacía un video con la participación de los creadores de contenido más sobresalientes de la plataforma durante ese periodo, acompañados por las canciones tendencia, los *challenges* de moda, las celebridades del momento y mucho más. Era un video muy esperado e inspirador que los fans de todo el mundo deseábamos con ansias. Polinesios comenzó a participar en ello en...

Karen en la grabación de su primer YouTube Rewind, México, 2015.

2015

Fue el año en que Polinesios comenzó a participar en los Rewind de YouTube, y lo hizo de manera espectacular. El video se llamaba *YouTube Rewind: Now Watch Me 2015* y en él participaron junto a otras personalidades como PewDiePie, Zoella, Miranda Sings y Tyler Oakley, entre otros. Fue muy emocionante para la familia verlos en la pantalla de la plataforma en un proyecto tan importante y reconocido a nivel internacional. Lamentablemente fue en ese evento que Less tuvo una herida en la mano al agarrarse de algo para evitar caerse.

2016

Disfrutaron de la experiencia al máximo y hasta grabaron un video detrás de cámaras para mostrar el ambiente entre los creadores de contenido y cómo se realizan esas grandes producciones. En este Rewind, RKL grabaron una parte en Tepoztlán, un hermoso pueblo mágico de México.

Rafa en grabación de su primer YouTube Rewind, México, 2015.

2017

En el 2017, el Rewind estuvo cargado de emotividad debido a los eventos trágicos que habían ocurrido ese año. RKL participaron en el video y nos conmovieron con su tributo a las víctimas del atentado en el concierto de Ariana Grande en Manchester. También rindieron homenaje a las personas afectadas por el terremoto del 19 de septiembre en México, momento en el que los chicos demostraron su compromiso y solidaridad con su país. La mano de la hermandad fue un símbolo de unidad que inspiró a muchos de sus fans a mantener la fe en los momentos más difíciles.

Polinesios en su segunda aparición en YouTube Rewind, Los Angeles, 2017.

2018

En el 2018, el video de Rewind mostró algunas referencias populares del momento, como el videojuego *Fortnite*, del cual hicieron varios *gameplays* en Juxiis. Además, en ExtraPolinesios se disfrazaron y bailaron con sus mejores pasos, ¿quién no recuerda a Karen con su traje de Vegetta? También participaron en el *In My Feelings Challenge* de Drake, haciendo el tradicional corazón con las manos. En resumen, Los Polinesios seguían destacándose entre los millones de creadores del mundo y esto era algo digno de resaltar en el MIP.

Rafa, Karen y Lesslie en su tercera aparición en YouTube Rewind, Los Angeles, 2018.

♔ *Uy, qué recuerdos, definitivamente Vegetta es uno de mis personajes favoritos, incluso colecciono figuras de él.*

🔺 Los Rewind nos emocionaban mucho, esperábamos a que llegara septiembre u octubre para recibir la llamada de YouTube. Siempre era en un lugar diferente, nadie sabía quiénes tomarían parte y lo que grabaríamos, hasta el día del rodaje. Estuvimos desde el primero y hasta el último que se grabó en Latinoamérica, era padrísimo ser parte de esas producciones en las que estaba involucrada gente de un montón de países. A nosotros nos encantaba porque sentíamos que llevábamos la bandera de Latinoamérica. No sé, era muy icónico y reconfortante estar ahí y, además, siempre te desafiaba, porque nuestra meta era estar en el siguiente. Lo malo es que ya no se hacen esos videos y los extraño muchísimo.

👑 Al final del año decíamos: "¡wow, estamos en el Rewind, lo logramos!", era un estímulo para seguir haciendo bien las cosas. De hecho, nos gustan mucho los proyectos que nos permiten conectar con personas que hacen lo mismo que nosotros, pero con otro enfoque. En el Rewind nos encontrábamos con gente que nos entendía, hasta podías llegar con algún youtuber y decirle: "tuve esta crisis, pasé por esta situación, ¿tú qué hiciste, cómo lo manejaste?". No éramos los únicos inventando formatos o tratando de resolver las producciones. Saber que alguien más hacía este trabajo con pasión y alegría, nos reconfortaba.

Yo me sentía muy nerviosa por ir a estos eventos... ¡me apanicaba pensar si lo iba a hacer bien! Después pensaba que hay momentos que no se repiten, y que seguro me iba a arrepentir por haber estado más preocupada por no equivocarme, que en disfrutar. Ahí fue cuando empecé a entender que lo mejor es vivir el momento... ¡y me liberé! Los Rewind fueron algo increíble y de esas cosas que se te quedan en el alma, experiencias que agradeces.

¿Cómo sería tu *rewind*?

La experiencia de Polinesios en los Rewind de YouTube nos muestra que la vida tiene sus altas y bajas, momentos de felicidad y tristeza, y en mi caso, no fue la excepción. En 2017 tuve que enfrentar la dolorosa enfermedad y posterior fallecimiento de mi abuelito, una situación muy difícil para mi familia y para mí. Pero, inspirada por la escena del Rewind de ese año en la que Polinesios se toman de las manos y miran con compasión a la cámara, decidí recopilar todos los videos que habíamos grabado con mi abuelito y armar un video lleno de anécdotas y recuerdos. Este video me permitió encontrar un poco de paz y ayudó a mi familia a recordar los momentos felices y aprendizajes que tuvimos con él.

Además, ese mismo año tuvimos momentos de alegría y satisfacción en familia, como la graduación de mi hermana, la promoción de mi papá en su trabajo y mi primer novio oficial (ya me siento como Yiyi contando mis noviazgos oficiales, no tan oficiales y los que no existen). Sin duda, mi *rewind* personal incluiría estos momentos divertidos y días no tan buenos, como parte de mi propia historia.

Si tú, querido lector, te animas a armar un *rewind* personal, te recomiendo que incluyas momentos con tus amigos más cercanos, los recuerdos de tus años en la escuela, los momentos más divertidos en las exposiciones y tus días de arduo trabajo para lograr tus objetivos.

Recuerda incluir las tardes viendo películas divertidas con tu familia, como aquella vez en que alguien derramó salsa picante y las palomitas de maíz salieron volando por toda la sala. También sería genial recordar ese primer beso, esa primera cita, o incluso el momento en que te atreviste a tomar de la mano a tu crush mientras patinaban juntos.

No te olvides de aquel día que te sorprendió una tormenta al salir de la escuela y te quedaste empapado de pies a cabeza, riéndote a carcajadas con tu mejor amigo o amiga. Incluso podrías poner ese momento difícil cuando alguien te rompió el corazón, recibiste una mala noticia, o perdiste a una mascota querida.

No puede faltar algo sobre videojuegos, moda y belleza.

¿Qué canción te gustaría usar para musicalizar tu *rewind*?

Todos estos instantes han hecho de ti la persona que eres hoy. Aprende a valorar los buenos momentos, y aceptar y superar los malos. Tu *rewind* personal estará lleno de emociones, aventuras y aprendizajes. Manténlo cerca de tu corazón.

Gira Polinesia

Recuerdo la Gira Polinesia como uno de los momentos más emocionantes de mi vida. No puedo creer que haya pasado tanto tiempo, pero todavía siento esa emoción que me invadió cuando vi las siluetas de Rafa, Karen y Lesslie sobre el escenario, detrás de una cortina blanca. No puedo describir con palabras la adrenalina que sentí cuando finalmente pude ver a los Polinesios ahí, parados frente a mí (aunque en realidad mis asientos estaban bastante lejos del escenario). Los gritos de los fans me impedían escuchar mis pensamientos, pero estaba llena de emoción, con el corazón latiendo con fuerza y sin poder respirar. Me sentía como en un sueño: allí estaban ellos, tan cerca de mí, respirando el mismo aire que yo. Era un momento mágico e inolvidable, algo que siempre había soñado: estar en el mismo lugar que ellos. Tenía la certeza de que Rafa me miraba directamente a los ojos cuando volteaba hacia la parte alta del teatro. Fue como si el mundo desapareciera y solo existieran ellos y yo, nadie más. Cuando escuché el icónico saludo: "¡Hola, polinesios!, ¿cómo están?", me emocioné aún más. Empecé a gritar sus nombres, "Rafa, Karen, Lesslie", tratando de llamar su atención, como si necesitara confirmar que eran reales y no solo personajes en una pantalla. Sentí una conexión fuerte e invisible con ellos, pero ahora, en persona, esa conexión se sentía como electricidad en todo mi cuerpo. Grabé algunos instantes del *show* con mi celular, pero como no dejé de saltar y bailar, la grabación es un poco movida y solo se escuchan mis gritos. Aunque fue una noche llena de emociones, no creo que pueda describir con palabras lo especial que fue la Gira Polinesia.

Polinesios dando las gracias a su público en su primer show *en vivo.*

La Gira Polinesia marcó un hito en la historia del entretenimiento, no solo en la vida de Polinesios y de sus fans, sino en el panorama mundial del entretenimiento. Por primera vez, unas estrellas digitales se aventuraban a realizar un espectáculo que incluía todo lo que se puede ver en YouTube: los AKK, las bromas, el *slime* y la magia de los videos, todo eso en un escenario con olores, sabores y la deseada interacción con ellos; incluso algunos afortunados espectadores eran seleccionados de forma aleatoria para compartir el escenario con Rafa, Karen y Less. La Gira Polinesia no era un concierto, tampoco una obra de teatro, ni un *show* de bailarines, ¡era algo completamente nuevo y diferente! Polinesios crearon algo que no existía y se materializaba ante nuestros ojos. La gira pronto dejó tierras mexicanas para conquistar el mundo.

Rafa cumpliendo un reto en la Gira Polinesia, 2018.

Lesslie en el reto de las cajas en la Gira Polinesia, 2018.

Aparición de los AKK en la Gira Polinesia, 2018.

Rafa, Karen y Lesslie interactuando con su público en la Gira Polinesia, 2018.

Polinesio participando en el reto de los cupcakes, Gira Polinesia.

Gira Polinesia, reto de los globos gigantes.

Karen Polinesia saludando al público, Gira Polinesia.

Lesslie gritando "los amo", Gira Polinesia.

Rafa dirigiendo parte del show, Gira Polinesia.

👑 ¡Perfecto, polinesia!, no lo pudiste explicar mejor. La gira se creó, literal, por el deseo que teníamos de estar cerca de ustedes de una forma distinta, ya que siempre estábamos en contacto a través de videos, entonces pensamos: "hay que hacerlo en vivo, pero, ¿cómo?". Recuerdo que fuimos al teatro a ver la obra *Hoy no me puedo levantar*, y quedamos maravillados, fue algo mágico y le dije a Rafa: "Estaría increíble que pudiéramos hacer algo aquí y que nuestros polinesios estuvieran con nosotros". En ese tiempo, el productor de ese musical era Diego Cárdenas, de Los Rulés, y entonces él, tras bambalinas, nos dijo: "¡Yo les produzco su show!". ¿Quééé? Fue como, o sea, ¿es verdad? No sé, son de esas cosas que traes en la cabeza y de repente te encuentras a alguien que puede volverlas realidad. Solo pudimos decir: "hagámoslo".

◈ Con Diego y Jorge Anzaldo nos pusimos a platicar y a plasmar nuestras ideas en papel. La sesión creativa fue muy divertida, nos reímos mucho y la pasamos increíble. Nos dimos cuenta de que si nosotros nos divertíamos creando el show, la gente que lo fuera a ver también se iba a divertir. Así que en una sola noche teníamos el concepto y todo lo que queríamos transmitir. Después, Joserra Zúñiga, el director, se encargó de darle forma a lo que habíamos imaginado y hacer que nuestras locuras fueran coherentes. Así nació la Gira Polinesia. A pesar de la planeación, retos y ensayos, confieso que estaba nervioso para la primera función. Pero al final, el miedo se transformó en emoción y conecté con el público de una manera única. Es una experiencia increíble ver a la gente disfrutando y conectando contigo en vivo, es diferente a lo que se siente en internet y me motiva a darlo todo en el escenario.

♦ Nos decían que el *show* era "un hijo un poco conflictivo", porque no nació como normalmente lo hacen los proyectos de teatro, así que tenía problemas con la producción, los insumos, los tiempos y sí, ¡era un dolor de cabeza para los productores!, pero el amor y las ganas de ver a los polinesios en vivo nos hizo seguir adelante. Recuerdo la primera vez que nos presentamos, sentía nervios, sobre todo en el momento en el que miré nuestras siluetas en las pantallas y escuché los gritos. Después, mis hermanos y yo nos tomamos de las manos y pensé: "aquí estamos, juntos, y vamos a pasarla bien". Fue muy, muy, muy padre. Cuando caía el telón y veía las caritas de los polinesios, el miedo desaparecía y decía: "ya, está todo bien". Es una sensación tan inolvidable, que estar en el escenario lo haría una y una vez más.

Algunos de los mitos que rompió la Gira Polinesia

🎙 Algo que preocupaba a RKL era el hecho de que su contenido en internet era gratis, así que empezaron a preguntarse si alguien pagaría por verlos en un *show* en vivo.

🎙 Pronto tendrían la respuesta: la plataforma encargada de vender los boletos tenía apenas media hora dando servicio cuando ¡se cayó!, colapsó porque fue saturada por polinesios que querían conseguir entradas.

🎙 Incluso recuerdo el tuit que lanzó el director de la gira avisando que en solo cinco horas se habían agotado las entradas para el *show* del 20 de mayo de 2017 en CDMX. Esa fue una gran señal; posteriormente se abrieron fechas para ciudades como Guadalajara y Monterrey, en México. Rafa se preguntaba si serían capaces de atraer gente de esos estados del país, y decía "aunque no se llene, pues damos el *show*, ¿no?". Miles de polinesios morían por verlos en persona.

🎙 Poco tiempo después los estaban llamando para contratar el *show* en diferentes puntos de Latinoamérica, porque los polinesios están en todos lados, no solo en México.

🎙 Los chicos lograron que la Gira Polinesia llegara a Argentina, donde tuvieron un *sold out* en el icónico teatro Gran Rex.

🎙 De hecho, en Perú, fue más gente a ver a RKL que a la mencionada norteamericana. Incluso, muchas personas se quedaron afuera del Jockey Club con la ilusión de verlos, pero ya saben que ellos son demasiado modestos como para aceptar o mencionar este hecho, así que no les digan que les conté.

🔺 Por supuesto, los AKK fueron una parte crucial de la Gira Polinesia, pero también presentaron un desafío adicional, ya que Kler y Aria son seres vivos y llevarlos a cada presentación nacional e internacional fue un reto. Pero queríamos que también pudieran saludar a los polinesios y ser parte del espectáculo. La verdad es que Kler y Aria se comportaron como divas, pero eso es comprensible. Incluso contratamos a una persona para que se encargara exclusivamente de cuidarlas, alimentarlas, sacarlas a pasear y mantenerlas entretenidas sin estrés.

💎 Quiero hablarles sobre el tema de llevar a nuestras perritas Aria y Kler en la Gira Polinesia. No nos gustaba la idea de que viajaran en la bodega de los aviones, así que las llevábamos en la cabina, pero tenían que pesar menos de nueve kilos, y Aria era una glotona que pesaba más de lo permitido. Así que antes del tour, pusimos a Aria a dieta para que perdiera peso, lo que no fue fácil, ya que era una ladrona de comida. Durante la gira, las polinesios reconocían a nuestras perritas y les pedían fotos, lo que las hacía sentir como divas. Pero los paseos se volvieron un poco caóticos y a veces las perritas se ponían nerviosas.

👑 Durante la Gira Polinesia también hubo momentos difíciles, como cuando ocurrió un incendio en el escenario en Argentina. Una chispa cerca del telón del Gran Rex provocó un fuego real, lo que puso en peligro a todos en el teatro. La producción se movilizó rápidamente para apagar el fuego, incluso dejando de hacer otras cosas que tenían que suceder en el escenario. Mientras tanto, la encargada del vestuario me persiguió para cambiar mi ropa en medio del caos. Afortunadamente, todo terminó bien, gracias a la rápida acción del personal del teatro. Podría hacer solo un libro de todas las anécdotas locas que pasaron en la gira.

Barbies

Durante mi infancia tuve una muñeca a la que le corté el pelo e hice de todo, incluso la llevé a la escuela para jugar con mis amigas. Jugábamos a ser adultos exitosos, con una vida profesional y personal llena de aventuras y logros. Sin embargo, ninguna figura marcó tanto mi vida como la colección Barbie Signature Los Polinesios, lanzada por Mattel con la imagen de Rafa, Karen y Lesslie.

Más allá de ser un simple objeto de colección, Polinesios me enseñó una gran lección con este sueño hecho realidad. En el video en el que presentan a los muñecos, Rafa dijo: "Lograr los sueños es posible, pero no es fácil porque se requiere pasión, amor y sobre todo creer en ti mismo". Sin quererlo, RKL nos estaban dando el Manual Polinesio para hacer realidad los sueños, sin importar cuáles fueran.

Su decálogo de consejos para lograr tus sueños es poderoso

1. Debes soñar con lo que nadie más se atreve.

2. Detrás de cada historia de éxito, hay una de tropiezos y la forma de levantarse.

3. Debemos seguir adelante hasta ver materializado nuestro sueño.

4. Si tú quieres lograr algo, por más loco que suene, primero tienes que creer en eso y saber que puedes conseguirlo.

5. Necesitas trabajar mucho en ello.

6. Debes ser muy constante.

7. Dedícale todo tu tiempo a tu sueño.

8. Practica, trata de ser mejor cada día.

9. No escuches a quienes te dicen que no vas a lograrlo.

10. Y, sin importar lo que pase, nunca te rindas.

Realmente me conmovió la historia detrás de la creación de las muñecas Barbie Signature Los Polinesios. Al terminar de ver el video, no pude evitar derramar algunas lágrimas. Sentí un cambio en mí, me sentí más fuerte y decidida a abrazar mis sueños y a ser yo misma, sin importar si el mundo me aceptaba o no.

En el video, RKL nos llevaron a través del proceso de más de un año que tomaron para materializar las muñecas. Desde la selección de *outfits* hasta la toma de cientos de fotos para lograr la mayor similitud posible, todo estaba ahí. El concepto de RKL, la esencia y un pedacito de su historia se encontraban en cada detalle, incluyendo la presencia de la corona de Karen, las prendas *fashion* de Lesslie y el mensaje futurista de Rafa en los empaques.

Karen compartió una anécdota de su infancia en la que una amiga sufría burlas por la forma de sus ojos y su color de piel. Con su muñeca, Karen quería mostrar el orgullo que sentía por sus raíces y el amor que le inculcaron sus padres por aceptarse a sí misma y ser única.

Viendo cómo las Barbies de RKL tocaron el corazón de millones de niños, no pude evitar pensar en cómo sería mi propia muñeca. Sería una Barbie estudiante mexicana en Corea, con un *outfit girly*, tenis y una *hoodie* de PPMarket. Me encantaría que tuviera un monociclo eléctrico, una *laptop* con estampitas *cute*, un *smart watch* y un celular con la *app* Kakaotalk. Y, por supuesto, unos miniproductos básicos de *skincare*, incluyendo un desodorante potente para evitar espantar con mi aroma a un posible Ken coreano.

Es sorprendente cómo lo que parecería una simple muñeca puede inspirarnos a creer en nosotros mismos y perseguir nuestros sueños.

Promocional de las Barbies edición Diez Años de Polinesios.

Decidí adquirirlas de inmediato, aunque no fue tan fácil como pensé debido a que en varios lugares estaban agotadas. Hoy en día, las muñecas de la colección Barbie *Signature* Los Polinesios se encuentran en mi habitación, en una ubicación especial para recordarme que soy única y especial, así como también para inspirar a otros soñadores que saben que son diferentes y que tienen algo que ofrecer al mundo. Karen fue enfática al expresar que su muñeca busca inspirar a los demás, algo que resuena en mí y que me recuerda la importancia de nunca olvidar mi valor como individuo.

🔺 Yo todavía sigo sin creerlo. Mattel es una marca super rigurosa con sus proyectos. Morí al saber que dijo que quería trabajar con nosotros, sacar varias figuras, ¡y hacer una colección! Tener una edición especial de nosotros es muy emocionante.

👑 Barbie me sigue explotando la cabeza, todavía no dimensiono lo que pasó. Cuando veo los muñecos me pregunto: "¿es real esta muñeca que tengo en mis manos?". Recuerdo que cuando nos las llevaron para que las viéramos por primera vez... ¡fue algo shockeante! Estábamos en el departamento de Rafa, ¡y no cabíamos de la emoción! No eran juguetes, éramos nosotros, fue impresionante.

💎 Yo jugaba con mi hermana a las Barbies, y ver que yo soy una... ¡es irreal! Me emociona el impacto positivo que estas figuras han tenido en la vida de los demás, pues llevan un mensaje: "Ser tú es lo mejor que te puede pasar y es sensacional". Este proyecto tardó cerca de tres años en realizarse, requirió de muchas fotos y moldes de nuestros rostros, elegir el color de ojos y la ropa que usarían las figuras... ¡cada cara se realizó a mano! Fue una experiencia muy padre y, como siempre se los decimos, los sueños se vuelven realidad, todo es posible.

Figuras de cera

La celebración de la #décadapolinesia fue una experiencia única e inolvidable para mí y para todos los polinesios. El 16 de julio de 2021 en el Museo de Cera de la Ciudad de México, se develaron las figuras de cera de Rafa, Karen y Lesslie, inmortalizando su legado y reconocimiento como las primeras estrellas digitales en Hispanoamérica en lograr tal distinción. Recuerdo haber visitado el museo antes y haber visto a celebridades emblemáticas del cine mexicano, expresidentes y famosos cantantes, pero esta colección se sentía diferente y personal. La emoción de poder estar a centímetros de mis ídolos, abrazar y tocar sus figuras de cera fue indescriptible. Al entrar a la sala donde estaban expuestas, me quedé impactada por lo realistas que parecían, y me sorprendió aún más la amabilidad del personal que nos invitaba a verificar sus manos, peinados y hasta el color de sus ojos. Me senté junto a Less en el icónico sillón y cambié de posición varias veces, disfrutando de la sensación de estar cerca de ella y de RKL. Tomé muchas fotos y una de ellas la usé durante meses como mi imagen de perfil en redes sociales.

Debo confesar que una vez yo fui de incógnita al Museo de Cera, después de que develamos las figuras, y no podía creer lo que vi: todas las personas se tomaban fotos con nosotros, o sea, ¡hasta un señor que venía solo! Me impresionó ver que a lo mejor no todos los que van al museo ven nuestro contenido, pero sí nos conocen. Mucha gente hace fila para sacarse una selfie con nosotros, sentí superbonito, pues el hecho de que las personas puedan tomarse una foto conmigo sin que sea realmente yo, ¡es genial!... Es como si tuviera un clon. Algún día podré decirles a mis hijos y nietos: "Yo estoy en el Museo de Cera, ¡wow!", somos muy afortunados por tener esas figuras. Me encanta ver sus fotos cuando van a conocerlas. Si van, etiquétennos con el hashtag #PolinesiosDeCera.

PPMarket

La forma en que RKL se vestían siempre me pareció peculiar, auténtica y con estilo propio. A menudo, me preguntaba cómo sería tener algo así en mi armario. Karen era una genio de la moda y parecía como si supiera exactamente lo que estaba pensando. Así que, cuando lanzaron su primera colección de ropa en línea, PPMarket, no podía estar más emocionada. Me pareció increíble poder adquirir ropa de mis youtubers favoritos y usar prendas que reflejaran su estilo y personalidad en mi día a día. PPMarket es el resultado de su pasión y creatividad, y no puedo esperar a ver qué más nos tienen preparado en el futuro.

Lanzamiento de PPMarket, 2020.

👑 Me gusta mucho el fashion y que a través de la de forma en que te vistes puedas mostrar tu identidad. La ropa es una carta de presentación que deja ver lo que piensas y lo que eres, por eso quise crear una marca de ropa que tuviera la identidad de Polinesios, algo alternativo, prendas que los fans pudieran usar sin que sintieran que eran de Plática Polinesia, ¿saben? Además, también ponemos a la venta la ropa que ya no usamos, dándole así un segundo uso. La encuentran en la sección que se llama MyCloset... El reciclaje de ropa es parte del concepto de PPMarket.

🔺 Durante la pandemia, todo mundo hizo un switch a las prendas que usaba, todos nos movimos a los pants, a la ropa cómoda pero urbana. Y PPMarket es una marca mexicana que está generando una opción para esta nueva generación global. La gente se está vistiendo de una manera similar en muchísimos países como China, India, Latinoamérica... El mundo está creando una nueva cultura global a través de internet, tomando lo mejor de cada cultura, creencia, hábitos e incluso el fashion. Me emociona ser parte de esta era y que a Karen se le haya ocurrido lo de PPMarket para expresar esta nueva etapa del mundo.

👑 PPMARKET para mí es el lugar donde encuentras lo que necesites como polinesio, desde artículos genuinos que se usaron en los videos, hasta ropa reciclada. Yo veo el futuro de PPMARKET como el mercado más grande con el ADN y filosofía de Polinesios.

Premios y reconocimientos

A lo largo de su carrera, RKL han recibido innumerables premios y reconocimientos por su talento y trabajo en el mundo del entretenimiento digital. Es imposible mencionarlos todos, pero voy a destacar algunos de los más significativos.

2017

Dos blimps de los Kids' Choice Awards México como Youtuber Favorito y Youtuber Favorita.

Eliot Awards como Líder Digital del Año.

Tour del Año en los Tú Awards por la Gira Polinesia.

Embajadores para Chile, Colombia, México y Perú en el Segundo Encuentro de Jóvenes Alianza del Pacífico.

2015

Vlogger del Año en los Eliot Awards. MTV Miaw por DIYer del Año, con Musas.

2016

Styler del año MTV Miaw con Musas.

Premio del Taco, concurso de youtubers. Los integrantes del equipo decidieron que Karen y Lesslie se lo quedaran, por ser las únicas mexicanas.

Premio Trágame Tierra en los Tú Awards.

2018

Karen y Less forman parte de la lista de las 100 mujeres más influyentes de México, según la revista Forbes.

Blimp como Estrella Latina Favorita de Internet de los Kids' Choice Awards de Estados Unidos.

Fueron conductores de los Kids' Choice Awards México y se llevaron dos blimps.

2019

El 19 de febrero de ese año, Polinesios recibieron un reconocimiento del alcalde de Los Angeles, Eric Garcetti, por su labor fomentando el turismo en la ciudad, lo que ha generado un impacto positivo en la economía de esta. Es la primera vez que un creador de contenido recibe un galardón de este tipo, demostrando la enorme influencia que Polinesios tienen alrededor del mundo y del impacto positivo que su contenido genera en sus millones de suscriptores en YouTube.

en esa ocasión fue un desafío para mí. Estaba pasando por un momento difícil debido a una difamación, pero sabía que no podía derrumbarme frente al público que había venido a vernos. A pesar de sentirme triste, dije: "el show debe continuar". Cuando todo terminó, lloré mucho, pero luego me di cuenta de que cuando haces algo de corazón, siempre hay una recompensa.

Cuando nos dijeron que íbamos a salir en Forbes, admito que me sorprendió un poco. Pensé que esa revista era solo para personas mayores o para aquellos con una trayectoria profesional impresionante. Pero ver nuestro nombre allí fue un gran honor y una confirmación de que estábamos haciendo algo significativo y entregando un mensaje valioso. Sin embargo, ser anfitriona de una entrega de premios

2022

Eliot Silver Award por su trayectoria en YouTube.

Ganaron reconocimiento de los KCA como el mejor documental, y *travel vlogger*.

Sesión de fotos de la primera colección roja C-000 de PPMarket.

Mochilas, juegos de mesa, botanas... los proyectos más *cool*

Rafa, Karen y Lesslie estaban cada vez más presentes en el mundo real y su presencia se extendía más allá del ámbito digital. Era común ver sus rostros en jugueterías, tiendas departamentales y en productos como juegos de mesa, el clásico UNO, o en artículos escolares como cuadernos y mochilas. Me emocionaba cada vez que veía el comercial de Cheetos en televisión abierta en donde ellos aparecían. Incluso, intercambiaba estampas para mi álbum con amigos que compartían mi gusto por los Polinesios. Cada vez que compraba algún artículo de su colección de *merchandising*, me sentía más cerca de ellos y por eso, estos artículos tendrían un lugar especial en mi propia colección personal y en mi Museo Internacional Polinesio, como una muestra de que cualquier cosa es posible si se cree en uno mismo, como tener una atracción en un parque de diversiones con tu nombre o ver tu rostro en un cojín decorativo.

Recuerdo cómo en los primeros años en YouTube tuvimos que buscar apoyo para ampliar nuestro sueño. Un grupo de personas se encargaba de contactar a las marcas y explicarles quiénes éramos y qué hacíamos como creadores de contenido. Al principio era difícil hacerles entender lo que era esto y nos decían que preferían trabajar con actores o cantantes en lugar de con nosotros. Fue un proceso largo y difícil, pero finalmente comenzaron a entender lo que hacíamos y empezaron a buscarnos para colaborar juntos en campañas publicitarias o lanzamientos de productos. Ser la imagen de Cheetos fue un gran logro para nosotros, porque nos permitió transmitir nuestro mensaje a través de otros medios y llegar a más personas.

👑 *Y lo mismo pasó con Disney. Siempre habíamos dicho en forma de broma que algún día Disney nos iba a comprar y existiría el pueblo Polinesio en los parques. Y aunque no ha sucedido aún, nuestra familia es parte de ese mundo mágico. Realizar el documental Polinesios Revolution es lo más loco y lo más padre que nos ha pasado. Cuando empezamos a hacer videos teníamos un chat entre nosotros que se llamaba Disney, donde poníamos las cosas que queríamos grabar o lo que se nos ocurría, y le pusimos así porque ninguna otra palabra ejemplificaba los sueños, la magia y la imaginación. Años más tarde, ¡somos parte de ello!*

 ## Aún queda más Polinesios por explorar

Tengo claro que Polinesios aún tienen mucho por recorrer y que su creatividad e ingenio los llevará a explorar nuevos horizontes, compartir su visión del mundo y nuevas formas de entretenimiento que los llevarán a niveles más altos. Sé que aún queda mucho por descubrir de estos hermanos y que seguirán expandiendo su familia de fans a nivel mundial. Estoy ansiosa por ver cuál será su próximo proyecto, qué innovaciones nos presentarán y quiero ser parte de ello. Siempre estaré ahí, apoyándolos incondicionalmente, sin importar lo que el futuro les depare.

 ## Triunfos personales

RKL son personas muy inquietas, creativas y trabajadoras que siempre están en busca de nuevos retos y proyectos para seguir creciendo. Además de todo lo que han logrado como equipo, también han encontrado la forma de destacar individualmente. Cada uno de ellos tiene metas y situaciones personales que explorar, y no dudan en buscar nuevas oportunidades para lograrlo. Es admirable ver cómo no se conforman con lo ya conseguido y siempre buscan ir por más.

 ## No te pases, Rafa *Ninja-Go*

Qué sorpresa tan emocionante recibió Rafa, una carta al más puro estilo de Harry Potter, que lo invitaba a participar en el *casting* del doblaje de *Lego Ninjago*:

La película. Una distribuidora internacional de películas reconocía su trayectoria como uno de los máximos representantes del entretenimiento en 2017, pero no significaba que ya tenía un personaje dentro de la historia, ¡debía competir y ganárselo! Rafa aceptó el reto y se preparó para entender el mundo del doblaje, tomó cursos y trabajó incansablemente. Con perseverancia y dedicación, Rafa logró interpretar al protagonista de la historia, Lloyd Garmadon, en toda Latinoamérica. Este logro fue el resultado del esfuerzo y la tenacidad de Rafa, quien siempre busca nuevos desafíos en su carrera artística.

ASÍ LOGRE DOBLAR UNA PELÍCULA | LOS POLINESIOS VLOGS

LosPolinesios
25,7 M de suscriptores

Ver ventajas

Suscrito

621 K

Compartir

Descargar

Gracias

Recuerdo cuando empecé a tomar clases de doblaje y me encantó lo artístico y minucioso que era. La primera vez que fui a la sala de grabación estaba la directora, a quien no conocía, pero rápidamente conectamos y empezamos a trabajar. Pensé que haríamos algunas pruebas primero, pero no, ¡empezamos a grabar la película de inmediato! Después de un par de correcciones, ¡la escena quedó lista en el tercer intento! Me puse un poco nervioso porque pensé que sería solo un ensayo, pero la directora me tranquilizó y empecé a disfrutar los diálogos.

Karen en *Un amigo abominable*

En el año 2019, Karen también incursionó en el mundo del doblaje, lo que resultaba perfecto para ella, dada su personalidad valiente y decidida. Karen aseguró que tuvo que hacer *casting*, y después de dos meses de espera, se enteró de que había sido elegida para ser la voz de Yi, la protagonista de la película *Abominable*. En un video, Karen explicó que tuvo que hacer ejercicios de respiración, estiramiento y relajación para realizar el trabajo de doblaje. Para ella, esta experiencia fue una oportunidad de aprendizaje y diversión, ya que tuvo que gritar, pujar y hacer todo tipo de sonidos para darle vida a su personaje. A pesar de lo intenso de la labor, la película quedó lista en solo cinco días de arduo trabajo.

SERÉ LA VOZ DE LA NUEVA PELÍCULA ABOMINABLE | POLINESIOS VLOGS

LosPolinesios ⊘
25,7 M de suscriptores   Ver ventajas   Suscrito ⌄   👍 409 K   👎   Compartir   ⬇ Descargar   Gracias   ...

Me encanta hacer este tipo de proyectos
que me saca de mi zona de confort. Hacer
doblaje me encantó, siento que aprendí mucho
y me divertí en el proceso, esos son dos
indicadores muy importantes para mí y que
me hacen decir que fue un buen proyecto.
Sin duda lo volvería a hacer.

No saben lo orgullosa que me siento de mis hermanos, de hecho, *Ninjago* y *Abominable* son de mis películas favoritas. Escuchar las voces de mis hermanos me genera tanta felicidad que no cabe dentro de mí, eso me ha inspirado tanto que quiero que llegue el día en el que yo también pueda doblar una película (mi deseo es una película de princesas).

Lesslie y su romántico sueño

Lesslie es una persona muy sensible y romántica, por lo que no sorprende que haya incursionado en el mundo de la literatura, lanzando una colección de novelas de amor que ella misma escribió. *Tres Promesas* fue la primera novela que publicó en 2019, seguida por *Finalmente soy yo*, en 2020. Estas historias marcan un antes y un después en su vida, ya que le permitieron sanar emociones y crecer artísticamente. El proceso creativo de escribir estas novelas la llevó a un nuevo nivel de madurez y fortaleza. En un acto para celebrar el lanzamiento de su segunda novela, Lesslie saltó en paracaídas, marcando el nacimiento de una nueva mujer, fuerte y decidida, que estaba emergiendo de la tierna y sensible Yiyi.

Lesslie en las oficina de Penguin Random House con su primer libro, Tres Promesas.

Me encanta ver mis libros en las librerías y firmar un ejemplar para que alguien lo lleve autografiado. Es increíble ver que he podido hacer realidad uno de mis sueños al tener dos libros con mi nombre. Aunque al principio estaba nerviosa por hacer un proyecto sin mis hermanos, me siento orgullosa de haberlo logrado y esperaba que ellos también lo estuvieran. Con la publicación de estas historias, di la bienvenida a la nueva Lesslie que no teme hacer cosas extremas y tomar sus propias decisiones.

Y muero de ganas de hacer mi tercer libro, de hecho, estoy trabajando en él, solo que ahora estoy tratando de dar otro enfoque, uno que marcó un antes y un después de Lesslie. Quiero que mis futuros libros ayuden a las personas.

Amo ver a mi hermana menor desafiarse a ella misma y ser valiente al tomar decisiones que la llevan a convertirse en la mujer que siempre ha querido ser.

CA
PÍ
TU
LO

ESTO
"NO ME GUSTA"
El otro lado de la fama

A lo largo de su carrera, Polinesios han enfrentado diferentes crisis y dificultades, que aunque no han sido publicadas en detalle, se sabe que han tenido que lidiar con momentos complicados. Como en cualquier profesión, llevar una vida pública tiene sus riesgos y desafíos, como la exposición constante a las críticas y el odio en línea, así como los rumores y chismes que pueden afectar su reputación. Sin embargo, han demostrado ser fuertes y resilientes ante estas adversidades, y han sido un ejemplo para muchos de nosotros de cómo enfrentar y superar los momentos difíciles en la vida. Personalmente, ver cómo Polinesios han afrontado estos retos me ha ayudado a aprender a manejar mejor mis propias crisis y a encontrar la fortaleza para rebasar cualquier obstáculo que se presente en mi camino.

CRISIS 1: HABLEMOS DE *HACKERS*

Cuando mi padre anunció que íbamos a la playa por dos semanas, mi mente se llenó de emoción por la idea de descansar y disfrutar del mar, pero enseguida me invadió la preocupación por mi proyecto único y especial. Este libro, este documento es una compilación de escritos que he acumulado a lo largo del tiempo, con fotos, ilustraciones, memes y todo lo relacionado con Polinesios. No tenía idea de dónde podría guardarlo de manera segura durante mis vacaciones. No podía permitir que se dañara o se perdiera, ya que era algo muy importante para mí y no existe una copia. Empecé a pensar en diferentes opciones que pudieran garantizar su seguridad en caso de algún accidente, robo o desaparición.

OPCIÓN A: *Llevarlo conmigo*

Al inicio pensé en la opción de guardar el proyecto en mi mochila y llevarlo conmigo a todas partes, pero quizás no estaría seguro de ese modo: lo tendría junto a mí en el avión, lo llevaría en mi mochila mientras caminaba por las calles del pueblo, y lo mantendría conmigo mientras me lanzaba en paracaídas. Pero al imaginar la última parte, también podía visualizar cómo se salían volando por el viento las hojas de mi proyecto. Enseguida pensé: "¡No, esto no es una buena idea!", así que me quedé considerando otras opciones. Mi proyecto era mucho más importante, no podía arriesgarme a perderlo.

Recorrí la casa de arriba abajo y no encontré ningún lugar seguro. Debía analizar la siguiente alternativa.

OPCIÓN B: *Alquilar una caja de seguridad*

Como mi proyecto era muy importante para mí, decidí buscar una opción más segura. Entonces, se me ocurrió la idea de guardar el documento en una caja fuerte, donde nadie podría acceder a él sin mi autorización. Pero después de investigar un poco, me di cuenta de que la compra o renta de las cajas fuertes eran muy costosas y además tendría que pagar un seguro de robos.

Seguía sin encontrar un lugar protegido para mi preciado proyecto, así que decidí pedirle consejo a mi abuela, quien siempre había sido mi pilar en momentos difíciles. Ella me sugirió que guardara el documento en una casa de seguridad, donde alquilan espacios con clima controlado y sistemas de seguridad avanzados. Pensé que era una excelente opción, pero cuando revisé los precios, se me volvió a caer el alma a los pies. Parecía que no había nada que pudiera hacer para proteger mi proyecto.

OPCIÓN C: *No ir a la playa*

Se me ocurrió decirle a mis padres que se fueran de vacaciones sin mí, pero luego recordé que estas serían las últimas vacaciones que pasaríamos juntos antes de que me fuera a estudiar a Corea. No podía faltar a esta última oportunidad de disfrutar en familia y de crear recuerdos inolvidables. Entonces, decidí que llevaría conmigo mi proyecto, pero debía asegurarme de que estuviera protegido.

EL ROBO A POLINESIOS

Durante casi un año, estuve dedicada en cuerpo y alma a mi proyecto polinesio, sin importar si era un día normal o fin de semana, si me sentía bien o mal, mi energía estaba enfocada en esta labor. No permitía ni siquiera que pasara por mi mente la idea de que algo malo pudiera sucederle a mi documento, estaba determinada a protegerlo a toda costa. Incluso había entrenado mi mente para que rechazara cualquier pensamiento negativo que pudiera amenazar mi trabajo.

Ante este dilema, recurrí a Polinesios, me pregunté qué harían ellos si se encontraran en mi lugar y cómo reaccionarían si su obra maestra fuera destruida, arruinada o robada. En ese momento, recordé lo que les había pasado con el hackeo del canal de Musas en 2020.

El 8 de junio de 2020, los polinesios de todo el mundo empezaron a reportar algo extraño en el canal de Musas: estaban viendo un video y, de pronto, ya no podían reproducirlo. Al principio, no le di mucha importancia a los comentarios, pensé que podría ser algún error técnico, pero luego descubrí que habían hackeado el canal. Al igual que Lesslie, llegué a pensar que podría ser una broma, pero pronto me di cuenta de la gravedad de la situación.

HACKEARON NUESTRO CANAL | POLINESIOS VLOGS

LosPolinesios ✓
25,7 M de suscriptores
Ver ventajas   Suscrito ∨   👍 562 K   👎   ↪ Compartir   ↓ Descargar   🙏 Gracias   ...

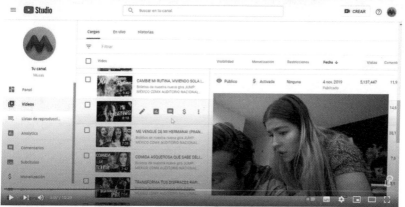

HACKEARON NUESTRO CANAL | POLINESIOS VLOGS

LosPolinesios ✓
25,7 M de suscriptores
Ver ventajas   Suscrito ∨   👍 562 K   👎   ↪ Compartir   ↓ Descargar   🙏 Gracias   ...

Confirmé que el canal de Musas había sido atacado por hackers cuando Polinesios lo revelaron en sus cuentas de Twitter. Rafa nos contaba que el canal había sido hackeado y que varios videos fueron borrados. El *hashtag* #FuerzaMusas se convirtió en una muestra de apoyo a RKL. El 10 de junio, Polinesios compartieron un video explicando lo sucedido. Recibieron notificaciones de seguidores informando de fallas en el canal y se les informó que habían sido hackeados y que habían borrado todos los videos de los últimos cinco meses, incluyendo los de ese año. Me impactó ver a Lesslie llorando, a Karen sentada con la mirada perdida y a Rafa, el más interesado en grabar siempre, cortando el video; sabía que la situación era grave. Afortunadamente, los videos fueron recuperados y están de vuelta en Musas.

Angelica Almendarez @Fandppteamkaren · Jun 8, 2020
Me siento muy Confundida y triste
Hackcaron musas 💀💀 están borrando y privando **los** videos 🙁
La gente que lo hizo cuanta maldad debe tener o envidia no puede ser que esten destruyendo tanto trabajo de años #fuerzamusas
@PPTeamKaren @PPTeamRafa @PPTeamLesslie @PlaticaPolinesi

¥Diego Sosa¥ @PPTeamDiego14 · Jun 8, 2020
Los hackearon o que??? Tengo miedo @PPTeamLesslie @PPTeamKaren
@PPTeamRafa @PlaticaPolinesi @PPTeamAria @PPTeamKoco
@PPTeamKler @papapolinesio

RAFA POLINESIO #JUMP ✔
@PPTeamRafa

Hackearon nuestro canal de musas y borraron varios videos.
Translate Tweet

8:17 PM · Jun 8, 2020

Ivan Polipepe ✦ @PPTeamIvn · Jun 10, 2020
Replying to @PlaticaPolinesi
Ya lo fui a ver veré todos los vídeos de musas de este año #FUERZAMUSAS
@PPTeamKaren @PPTeamRafa @ PPTeamLesslie **@PlaticaPolinesi**

Amo a PP 🖤🖤🖤 @Amo_a_ PP_ · Jun 10, 2020
Replying to @PlaticaPolinesi
Que bueno que ya pudieron recuperar todos los videos de musas
#FUERZAMUSAS @PPTeamRafa @PPTeamKaren @PPTeamLesslie

🔺 Quiero compartirles algunos detalles que no se vieron en el video del hackeo de Musas. Al principio, cuando nos dimos cuenta de que habían borrado todos nuestros videos, nos sentimos frustrados y pensé que íbamos a tener que empezar desde cero. Sin embargo, gracias a que Karen llamó a alguien de YouTube, pudimos recuperar los videos que habían sido eliminados uno por uno. Aunque recuperamos todo el contenido, no se restauraron las interacciones ni el número de vistas, comentarios y likes. Además, los videos no fueron recuperados en orden cronológico, lo que hizo que nos confundiéramos.

Lesslie fue la más afectada por el hackeo, ya que al principio no creía que fuera real y pensó que estábamos ocultando los videos. Pero finalmente, entendió que teníamos que dejar ir lo que había pasado y seguir adelante. Fue muy estresante para todos nosotros, pero tratamos de tranquilizarla y recordarle que poco a poco recuperaríamos todo el contenido y que eso era mejor que haberlo perdido por completo. Aunque nunca supimos cuál era el plan del hacker ni por qué hizo lo que hizo, seguimos adelante y recuperamos todo nuestro contenido.

PP AL RESCATE

Utilicé el hackeo de Musas como una experiencia de aprendizaje para entender cómo reaccionaría ante una crisis, en caso de que alguien destruyera o robara un documento importante para mí. Hice una tabla para explicar cómo debería actuar si no conociera a Polinesios y, por otro lado, cómo todos deberíamos reaccionar en una situación similar, siguiendo el ejemplo de nuestros PP.

PRIMERA REACCIÓN

Yo sin Polinesios

En situaciones de estrés o desesperación, cada persona tiene una reacción diferente. En mi caso, sin Polinesios, probablemente me sentiría muy frustrada y enojada, y es posible que desahogara esas emociones de manera poco saludable.

Todos siguiendo el ejemplo de PP

Rafa, Karen y Less estaban siendo testigos impotentes de cómo su trabajo realizado por años desaparecía poco a poco sin que pudieran hacer nada para evitarlo. Por supuesto que sintieron emociones como la impotencia, la frustración, el enojo y la tristeza ante una agresión así. Lo más tenso que vimos en el video fue cuando Rafa le preguntó a Lesslie: "¿Cómo va a ser una broma esto?" (esta frase se volvió muy viral como un meme, fue algo que también ayudó a que todo se sintiera no tan pesado) pero no perdieron la compostura ni los vimos reaccionando de manera histérica o violenta. Por supuesto, las situaciones estresantes pueden afectar a cualquier persona de manera diferente y cada uno tiene su forma de manejar la situación.

Yo sin Polinesios

Sin la presencia de mis queridos Polinesios, mi reacción ante una situación de pérdida o frustración sería caótica y desesperada. En lugar de mantener la calma y buscar soluciones, me dejaría llevar por la desolación y el pesimismo, sintiendo que todo está perdido. Me vería acurrucada en un rincón, quizás en mi habitación o en algún lugar donde me sienta segura, llorando y lamentándome por la situación.

Todos siguiendo el ejemplo de PP

Si estuviera en esa circunstancia, supongo que Karen me animaría a buscar una solución en lugar de quedarme lamentando lo sucedido. Ella y sus hermanos reaccionaron rápidamente y buscaron ayuda de Google, propietaria de YouTube, para arreglar el problema del hackeo de su canal de Musas en lugar de resignarse a perder todo el contenido y empezar de cero.

BUSCANDO CULPABLES

Yo sin Polinesios

Me culparía a mí misma por no haber tomado medidas para proteger mi trabajo y probablemente culparía a otros por no haberme advertido de los posibles riesgos. Es posible que culpara a mi familia por llevarme a unas vacaciones que me impidieran mantener mi proyecto seguro, y hasta culparía a mi perrito Chiki BB por no ser un perro entrenado para proteger mi trabajo. Envidiaría las habilidades de Aria para hacer compras en línea y probablemente estaría sintiéndome un poco impotente en ese momento.

Todos siguiendo el ejemplo de PP

¿Han visto alguna vez a Polinesios culpando a alguien más por los problemas que enfrentan? Yo no, y creo que es admirable. En el video en el que explicaron lo que había pasado con el hackeo a Musas, no vi a Lesslie culpando a Rafa, ni a Rafa culpando a Karen, ni a alguien del equipo de Mr. Clarck. Saben que no podemos controlar todo lo que sucede y que no tiene sentido buscar a alguien a quien culpar. En cambio, su enfoque es buscar soluciones para resolver el conflicto.

¿Y EL DELICUENTE?

Yo sin Polinesios

En caso de que algo así me sucediera, probablemente sentiría mucha rabia y frustración hacia la persona que dañó o robó mi trabajo. Podría pasar días enteros maldiciendo su nombre y desearle todo tipo de males.

Todos siguiendo el ejemplo de PP

En el mundo existen personas deshonestas, lo cual es un reflejo de nuestra compleja sociedad. El hacker de Musas es un ejemplo de estas personas. Es difícil entender cómo alguien puede utilizar sus habilidades para robar, eliminar y destruir el trabajo de alguien más, pero desafortunadamente eso ocurre. Sin embargo, RKL nos enseñaron que es posible perdonar y seguir adelante. Es posible que Polinesios hubieran podido hacer más para resolver el problema, como rastrear la dirección IP del delincuente y buscar justicia, pero ellos decidieron no desgastarse tomando ese camino.

SENTIMIENTOS POSDESGRACIA

Yo sin Polinesios

En situaciones difíciles, como la de tener que empezar de nuevo después de haber perdido algo en lo que hemos invertido tiempo y esfuerzo, es fácil sentirse desanimada y desmotivada y abandonar nuestros objetivos.

Todos siguiendo el ejemplo de PP

El hackeo del canal Musas pudo haber sido devastador para el ánimo y la creatividad de Polinesios, pero en lugar de rendirse, siguieron adelante. Aunque los hackers puedan borrar todos los videos de Polinesios y prohibir sus redes, nada podrá destruir la personalidad única y la creatividad que han construido. De la misma manera, cada uno de nosotros es único e irrepetible, y nadie puede hackear nuestra mente o nuestras ideas.

 Les tengo una anécdota inédita sobre cómo perdimos y luego recuperamos nuestra cuenta de Twitter de Raniux. Una vez, por error, liberamos la cuenta @ppteamraniux y al intentar recuperarla, nos dimos cuenta de que alguien más la había tomado. Decidí enviarle un mensaje al usuario para que nos la regresara, pero su respuesta fue inesperada: "La tengo y no la voy a devolver". Después de varios mensajes amables, le pregunté qué podíamos hacer para recuperarla, y para mi sorpresa, me pidió dinero a cambio. Descubrí que era de Argentina y aunque intenté hacer una transferencia directa, ella propuso una plataforma de pagos que tardaba varios días en validar la información. Quería hacerlo rápido, así que propuse usar PayPal pero ella puso sus condiciones, como hablar por Skype. Después de varias negociaciones y pagarle 50 dólares, ella no soltaba la contraseña. Tuve que darle lecciones de cómo usar PayPal pero finalmente logramos recuperar la cuenta y esperamos que Raniux desde el cielo pueda tuitear con libertad. ¡Síganla en Twitter @ppteamraniux!

Los Polinesios ✓
@PlaticaPolinesi

···

Hoy recuperamos la cuenta de @PPTeamRaniux del secuestro en que la tenían. Ya no volverá a suceder 🐨
Translate Tweet

4:45 PM · Feb 16, 2018

CRISIS 2: *BULLYING Y HATERS...*

Una día, al llegar a casa después de la escuela, me pareció extraño que nadie respondiera a mi saludo entusiasta. Chiki BB, mi perro, tampoco estaba allí para darme la bienvenida. Llamé de nuevo, pero no hubo respuesta. Fue entonces cuando mi madre me pidió que subiera a la habitación.

Noté de inmediato que algo andaba mal por el tono serio de su voz. Mi hermana menor, Clara, estaba sentada en la cama acariciando a Chiki, mientras mamá hablaba por teléfono con papá. Al escuchar la conversación de mis padres me enteré de que mi hermanita estaba siendo acosada en la escuela. Eso me rompió el corazón.

Mi hermana Clara era nueva en la escuela y conoció a un par de niñas que la manipularon y la bullearon de forma cruel. Le dijeron que un chico del colegio acostumbraba someter a las niñas y le pidieron que se uniera a ellas para que eso no le pasara. Pero lo que comenzó como una estrategia para evitar el acoso, se convirtió en lo contrario. La insultaban, la humillaban y un día la dejaron encerrada en el baño. Mi hermana tenía miedo de que siguiera escalando el nivel de abuso y por eso pidió ayuda a mi mamá.

Por suerte, el acoso no duró mucho tiempo. El chico que supuestamente acostumbraba a someter a las niñas se acercó a Clara para hacerle plática por ser nueva en la escuela, lo que le hizo correr a la dirección para contar el motivo de su miedo. Entonces, se descubrió que todo era una mentira. Esas chicas inventaron todo por el gusto de humillarla. Mi madre habló con los padres de los alumnos involucrados y se armó un escándalo. Exigieron a las autoridades del colegio que las acosadoras fueran expulsadas de la escuela, y así sucedió. Afortunadamente, Clara ahora está en un lugar donde se siente segura y respetada.

Durante un tiempo solo podía sentir rabia hacia esas dos chicas que habían acosado a mi hermana. Aunque yo misma había experimentado burlas y comentarios negativos por ser polinesia, en ese momento eso parecía insignificante comparado con lo que Clara había sufrido. Me indignaba pensar que alguien se atreviera a hacerle daño a quien tanto amo y protejo. No pude evitar sentir una furia interior que solo se calmó cuando mi mamá me aseguró que las acosadoras habían sido expulsadas del colegio.

#TodosSomosRKL

El caso de Clara cambió mi forma de ver el problema del odio en línea y el acoso que enfrentan RKL diariamente desde que comenzaron su carrera en la creación de contenido. Incluso nosotros, los fans de Polinesios, a veces contribuimos a este problema de manera inconsciente o incluso intencional. Me negué a citar en este documento ejemplos de comentarios de odio que han recibido los PP porque no quiero darles ninguna atención o reconocimiento a los haters. Pero si visitan perfiles dedicados a Polinesios en las redes sociales, encontrarán pruebas de este comportamiento desagradable. En lugar de eso, quiero ofrecer algunas herramientas que aprendimos de los expertos en *bullying* que consultamos, para lidiar con este problema en línea y en la vida real.

1. No lo normalicemos

En la sociedad actual parece que estamos inmersos en una cultura de la violencia y el odio, en la que el *bullying* y el *hate* se han vuelto comunes y hasta normales. Pero no deberíamos permitir que esto sea así. Debemos reconocer que la violencia no es normal y tomar acción para detenerla. En lugar de, por ejemplo, grabar peleas y buscar el mejor ángulo, debemos intervenir para detener la agresión y promover la paz. #HackAntiHate es una iniciativa que busca precisamente eso: frenar el odio en todas sus formas y promover el respeto y la tolerancia. Podemos unirnos a esta causa y hacer nuestra parte para poner fin al *hate*.

2. Rompamos el silencio

La psicóloga que trató a mi hermana nos explicó que los acosadores suelen ser muy hábiles en intimidar a sus víctimas para que guarden silencio, y así perpeturar el acoso. Por eso no debemos dar crédito a ninguna amenaza, por muy intimidante que suene, como la típica "más te vale que no digas nada o te arrepentirás", y todas sus variantes que incluyen amenazas de violencia física o emocional. #HackAntiHate: En momentos de dificultad, es importante contar con nuestras redes de apoyo, es decir, nuestra familia, amigos y personas cercanas. Si estás sufriendo de acoso, no dudes en hablar con tus padres, profesores, hermanos u otros adultos de confianza que puedan entenderte y ayudarte. Si necesitas asesoramiento sobre cómo lidiar con la situación, busca fundaciones o centros de apoyo especializados en combatir el *bullying* en tu país.

3. Fortalezcamos nuestra autoestima

Cada uno de nosotros es único y valioso, y tenemos que creerlo y recordarlo siempre. Si alguien nos ataca con comentarios negativos, no debemos dejar que nos afecte. Debemos ser conscientes de nuestra propia fortaleza y no permitir que nos hagan sentir menos. Sigamos el ejemplo de Polinesios y no consintamos que los *haters* nos intimiden. Confiemos en nosotros mismos y recordemos que somos capaces de superar cualquier obstáculo. #HackAntiHate

4. Busquemos la luz

Intentemos rodearnos de personas que nos apoyen y nos hagan sentir bien con nosotras mismas. A veces, puede ser difícil darse cuenta de si las personas que llamamos "amigos" son realmente positivas y no se convierten en *haters*. ¿Cómo podemos identificarlos? Si sentimos que cuando estamos con ellos no somos felices, nos hacen sentir menos, nos ridiculizan y critican de manera constante, entonces es mejor alejarnos. Es importante sentirnos valorados y respetados.

5. Rompamos mitos

Ser famoso no debería significar tener que soportar el odio y la violencia de los demás. Polinesios y todas las personas merecen llevar una vida libre de odio y violencia. Aceptar que ser acosado es "el precio que se debe pagar" por ser una figura pública es como aceptar que se nos acose por ser latinas, mujeres, tímidas o cualquier otra característica que nos hace únicas. Nadie merece ser objeto de odio y debemos luchar contra el acoso y la violencia en todas sus formas.

6. Ignoren

Una nueva canción de Polinesios ha salido al mercado y, como siempre, los *haters* están al acecho para insultar y ridiculizar a nuestros queridos creadores de contenido. Esos acosadores se disfrazan de críticos, comediantes o seudoinfluencers y nos hacen creer que sus muestras de odio son parodias o críticas constructivas. Detrás de ellos llegan más acosadores que lanzan comentarios agresivos que nos ponen furiosos. Los acosadores buscan poder y pretenden aumentarlo para ser reconocidos. Cada vez que respondemos a sus comentarios negativos, les damos el poder que buscan. #HackAntiHate: Lo mejor que podemos hacer es ignorarlos por completo y no permitir que su odio nos afecte.

7. Construyamos, no destruyamos

En la era digital, la violencia se ha expandido a través de las redes sociales, donde se crean estereotipos, se ridiculiza y se insulta a otras personas. Todos podemos ser víctimas de este tipo de agresiones, incluyendo a Polinesios y otros creadores de contenido. #HackAntiHate: Pensemos antes de publicar un comentario ofensivo y recordemos que nuestras palabras pueden dañar emocionalmente a otros. Tratemos a los demás con respeto, empatía y tolerancia, y ayudemos a crear un ambiente digital más amigable y saludable.

👑 *Por mi experiencia, una hater parece ser más un fan de clóset, es una persona que ve en ti algo que él quiere en él, por lo tanto, pensar esto me hace tener compasión por esa persona, ya que seguro no ha logrado sus metas y vive enojado con la vida. Es muy importante saber que hay una cultura muy grande de cancelación woke que es un círculo vicioso y que es difícil salir de él y cuando tú compartes hilos de Twitter o videos sobre woke, estás siendo parte e incentivando la cultura del odio. Mejor enfócate en ti y en convertirte en el ser humano que quieres ser.*

Los *haters* encuentran formas peculiares de expresarse. Si supieran de la existencia de este documento, estoy segura de que tratarían de acabarlo... Pero sinceramente, me tiene sin cuidado. Sé que criticarían mi amor por Polinesios, la forma en la que escribo, cómo dibujo... ¡en fin, todo! Imagino que leerían y releerían este trabajo buscando errores, faltas de ortografía, recortes mal hechos... Pero nada podrá arrebatarme la alegría que siento al dedicar mi tiempo, mis sentidos y creatividad a algo importante para mí.

♦ Qué tal, polinesia. La historia que quiero compartirles hoy es una que seguro muchos de ustedes han vivido también. Se trata de mi experiencia con el *bullying* en la preparatoria y cómo afectó mi vida. Nunca hablé abiertamente de esto antes, pero aquí les va.

Cuando estaba en la prepa, mis compañeros se enteraron de que hacía videos con mis hermanos y empezaron a burlarse de mí. Decían cosas como: "¿Prefieres hacer videítos tontos que nadie ve en lugar de salir de fiesta con nosotros?", y me hacían sentir mal. Al principio trataba de explicarles, pero luego preferí quedarme callada para evitar que me lastimaran más. Cuando nuestro proyecto en Plática Polinesia empezó a crecer, mis compañeras de escuela se pusieron celosas y resentidas, y se burlaban aún más de mí.

No me golpearon, pero me lastimaron verbalmente y también con sus acciones. Me amenazaban con decirles a los profesores que tenía un canal en YouTube y, como era algo nuevo, me obligaban a pensar que estaba haciendo algo malo.

O me decían que si no hacía los trabajos en equipo o no los terminaba era porque estaba grabando videos.Aceptaba trabajar en equipo porque quería evitar problemas, pero cuando no sacábamos una buena nota, me echaban la culpa y decían que era por mi irresponsabilidad.

Un día, en una feria gastronómica de la escuela, me robaron todo el dinero del *stand* que estaba a mi cargo. Sabía quién había sido y confronté a mis acosadoras, pero lo negaron todo y me dijeron que fue mi culpa, y que tenía que pagar todo el dinero. Me fui del lugar para que no me vieran llorar. Mis papás me ayudaron a enfrentar la situación y a hablar con los directivos del colegio, quienes me cambiaron de salón y me mantuvieron en una zona segura hasta que terminé la preparatoria.

Sé que hay personas que están siendo violentadas en su salón de clases o en su perfil de internet en estos momentos, y quiero decirles que no es su culpa. Alcen la voz y no intenten cambiar quiénes son para agradar a sus agresores. El *bullying* deja una marca en la vida, pero es importante soltarlo y no permitir que afecte nuestro futuro. Mi familia y yo aprendimos a ignorar a los *haters* y seguir adelante. Si estás pasando por esto, no te sientas solo y busca ayuda si la necesitas. ¡Eres maravilloso tal y como eres!

CRISIS 3: DEL AMOR...
Y otras relaciones

Rafa, Karen y Lesslie grabando últimas escenas de Polinesios Revolution.

Rafa lastimado de una pierna, grabando la última escena de Polinesios Revolution.

Mi hermana llevaba mucho tiempo encerrada en el baño que compartimos, y algo no estaba bien. Para ella, ese lugar es el peor rincón de la casa y siempre me regaña por pasar demasiado tiempo allí, viendo videos o tomándome *selfies*. Pero esta vez, no era una broma, algo raro estaba sucediendo.

—¿Todo está bien? —le pregunté, apoyando mi oreja en la puerta para tratar de escuchar algún sonido.

—Sal de aquí —me respondió bruscamente.

No era algo fuera de lo normal, ya que Clara siempre ha sido la más temperamental de las tres hermanas. Pero cuando finalmente salió del baño, pude notar que sus ojos estaban hinchados.

—¿Por qué estabas llorando? ¿Estás segura de que estás bien? —le pregunté, preocupada por su actitud distante y por los ojos hinchados que había notado.

—No es nada, solo es una alergia —respondió con evasivas.

Me quedé con la duda y empecé a prestar más atención a su comportamiento en los últimos días. Había dejado de ir a sus clases de *jiu-jitsu* y se mostraba más callada de lo habitual, lo que me hizo sospechar que algo más le estaba pasando.

Un día, mientras decidíamos qué pedir de cena, mi hermana sorprendió a todos al decir que no quería nada. Su apatía era evidente y me di cuenta de que algo no estaba bien.

¿Qué estaba pasando con ella? No podía dejar de pensar en su comportamiento extraño y evasivo. Sabía que algo no andaba bien, y después de varios días de observarla, decidí confrontarla.

Me acerqué a ella con empatía y le pregunté qué le pasaba. No esperaba su reacción, pero Clara empezó a llorar desconsoladamente y me confesó que su novio la había dejado. Yo no acostumbraba ver a mi hermana llorar, así que me sorprendió verla tan vulnerable.

Aunque no había pasado por una situación similar, aprendí mucho de su experiencia. Me hizo entender lo difícil que puede ser una relación de pareja y lo mal que se puede sentir uno cuando termina. Las frases y comentarios de Polinesios sobre el amor cobraron un nuevo significado para mí.

 # POLINESIOS... ¿SIN CORAZÓN?

Lesslie, Rafa y Karen contaron en una entrevista con Yordi Rosado sobre lo difícil que es mantener una relación amorosa mientras se dedican al éxito profesional, y todos coincidieron en que el sacrificio amoroso es algo común en cualquier carrera exitosa. Fue como si el trío de Polinesios me hubiera dado una bofetada con su consejo, aunque sabía que era verdad. Pero lo que realmente me hizo sentir triste fue *Polinesios Revolution* en Disney+.

Durante el documental *Polinesios Revolution*, una escena en particular me dejó con una sensación agridulce. En el minuto 39:37, Karen le preguntó a Lesslie si tenía a alguien en su vida y la respuesta de su hermana menor fue que no había logrado encontrar el amor, lo que la hizo romper en lágrimas. Karen intentaba calmarla y evitar que siguiera llorando frente a la cámara, mientras que Rafa proponía que, para alcanzar sus metas profesionales, tendrían que renunciar a la posibilidad de tener una relación amorosa. Sus palabras me hicieron reflexionar sobre la complejidad de tener una carrera y mantener una relación, y me pareció injusto que tuvieran que sacrificar una de esas cosas por la otra.

Entrevista con Yordi Rosado.

Grabando discusión entre Rafa, Karen y Lesslie sobre el futuro de Polinesios.

Operación #PPLoveGoals

Considero que es importante encontrar un equilibrio entre nuestras metas y nuestra vida amorosa. Polinesios son un ejemplo de éxito, pero también son seres humanos con necesidades emocionales y afectivas. En lugar de proponerles renunciar a una parte fundamental de su vida, creo que debemos apoyarlos y encontrar maneras de que puedan alcanzar sus objetivos sin descuidar su bienestar personal. Por eso he preparado una serie de *hacks* que pueden ser útiles para todos aquellos que, como ellos, buscan balancear sus sueños con sus relaciones.

Soledad / fracaso

Es importante tener claro que la soledad no es sinónimo de fracaso. Polinesios nos han demostrado que no necesitamos tener una pareja para ser felices y que estar solos también puede ser bueno. Ellos han hablado sobre cómo amarse a uno mismo, aceptar cada parte de nosotros mismos y sentirnos libres por ser quienes somos. Sin embargo, elegir entre una carrera profesional exitosa o una relación amorosa no es una decisión saludable ni justa.

Ya basta...

Debo admitir que antes disfrutaba ver videos de *edits* románticos en los que aparecían Polinesios, ¿quién no? Sin embargo, llegó un momento en el que me di cuenta de que muchos de nosotros nos quedábamos atascados en el pasado o creando historias de amor que no tenían sentido. ¿Se imaginan que después de diez años todavía los sigan involucrando con sus exparejas? Es hora de que también nosotros demos vuelta a la página con los *shippeos* de RKL y dejemos atrás esas fantasías que pueden incomodarlos.

Lo que ellos necesitan...

En el documental de Disney+, le hicieron una pregunta muy importante a Lesslie Polinesia: "¿Qué le pide Lesslie a Lesslie Polinesia para estar mejor?". Ella suspiró antes de responder: "Tiempo". Entiendo que Yadid también habló por sus hermanos y que los tres desearían que sus días tuvieran más de 24 horas. Pero, ¿qué podemos hacer al respecto? Si eres o decides ser un polinesio, tratemos juntos de alentar a RKL a encontrar un equilibrio en todo lo que hagan para que no tengan que sacrificar sus relaciones personales. No debemos volvernos locos si no suben contenido todos los días. Debemos entender que están ocupando su tiempo en ser felices.

Respeta sus elecciones

Algunos seguidores de Polinesios se creen en la posición de elegir y juzgar a las parejas de RKL solo porque han seguido a los chicos desde hace mucho tiempo. Sin embargo, este *fandom* no es una sociedad en la que decidamos con quién deben estar, cómo debe ser su relación o cuánto debe durar. Debemos respetar los gustos y las elecciones amorosas de Polinesios. Es importante no cruzar la línea y entender que cada persona tiene el derecho de elegir a quién amar.

Ama y deja amar

Es importante recordar que cada persona es dueña de sus elecciones y nadie más tiene derecho a cuestionar o juzgar sus decisiones en cuanto a relaciones amorosas se refiere. No podemos hacer suposiciones ni tampoco presionar a alguien para que se sienta mal por no tener pareja. Es momento de dejar de lado estereotipos y prejuicios, y aprender a respetar la diversidad y las diferentes formas de amar.

UPDATE

Afortunadamente, mi amor por Corea no me llevó a ser expulsada del país. La gente aquí no es muy expresiva ni cariñosa, ni siquiera se saludan con un beso o abrazo. Tampoco se permite tocar a las figuras de autoridad como profesores, policías, ancianos y mucho menos a los suegros. Sin embargo, rompí todas las reglas de etiqueta por una buena razón.

Como estudiante latina de intercambio en Corea, la universidad nos asigna a un *buddy* que habla español, inglés y coreano, y se convierte en tu compañero para todo. En una noche de mayo de 2022, mientras viajaba en el metro de Daegu, vi una historia en Instagram de Lesslie que me hizo gritar de emoción y abrazar a la anciana que estaba sentada a mi lado. Olvidé por completo que estaba en Corea y que no podía tocar a la gente, mucho menos a una persona mayor. Mientras mi *buddy* trataba de explicar a la señora que yo era una extranjera emocionada, yo seguía presionando el lado izquierdo de la pantalla de mi celular para ver una y otra vez la imagen de las manos entrelazadas de Yiyi con un chico, acompañada de la leyenda: *In Love*.

A principios de 2022 escuché rumores de que Lesslie había sido vista con un galán, pero no le di mucha importancia porque las pruebas no me parecieron confiables. Sin embargo, cuando lo confirmó ella misma, sentí una gran felicidad.

Rafa, por su parte, compartió un par de historias en sus redes sociales unas horas antes que Yiyi. En ellas, confesaba que estaba esperando casarse muy pronto y mostraba los pies de una chica. Sin embargo, como sucede muchas veces con ellos, me cruzó por la cabeza la idea de que podría tratarse de una broma. Vi cómo explotaron las redes con la noticia de la posible boda y por la supuesta identidad de la novia, pero seguía sin creer que todo esto fuera real. ¿Acaso mi subconsciente se negaba a la idea de que mi primer gran amor estaba fuera del mercado y andaba en la casa de la montaña preparando hamburguesas con quién sabe quién? Es posible.

Son las 3 de la tarde del 9 de junio y estoy escribiendo esta actualización desde el aeropuerto Incheon de Seúl. En unas horas, mi primo tomará el avión que lo llevará a San Francisco, California, y después a Ciudad de México, con la misión de entregar este documento a Polinesios en el concierto *JUMP* de CDMX. Acabo de ver el video *Hablando de los rumores de mi boda. La verdad*, y justo en este momento me doy cuenta de lo que está sucediendo.

HABLANDO DE LOS RUMORES DE MI BODA, LA VERDAD | LOS POLINESIOS VLOGS

LosPolinesios ● 25.7 M de suscriptores · Ver ventajas · Suscrito ⌄ · 👍 224 K · 👎 · Compartir · Descargar · Gracias · ...

HABLANDO DE LOS RUMORES DE MI BODA, LA VERDAD | LOS POLINESIOS VLOGS

LosPolinesios ● 25.7 M de suscriptores · Ver ventajas · Suscrito ⌄ · 👍 224 K · 👎 · Compartir · Descargar · Gracias

Les confieso que en este momento estoy en un estado emocional que me impide ver claramente, y mis lágrimas no dejan de caer sobre el teclado de mi computadora, aunque nadie se da cuenta en medio del caos del aeropuerto. No puedo evitar preguntarme por qué sigo llorando, al igual que Karen lo hizo en el minuto 9:33 del video. Me siento feliz porque por fin, después de tanto tiempo, el amor ha dejado de ser una fuente de angustia para los Polinesios. Y Rafa, quien en un momento les pidió a sus hermanas que se acostumbraran a estar solas, ahora se está dando la oportunidad de amar y ser amado. Nunca antes lo había visto así, y lo mismo sucede con Karen y Lesslie. El llanto de Karen no es otra cosa que un deseo infinito de que el amor que se tienen estos hermanos se mantenga intacto a pesar de las diferentes brechas que la vida pueda marcar, a pesar de que cada uno tenga que seguir su camino por separado.

No sé qué depara el destino para cada uno de los miembros de Polinesios, pero estoy segura de que el amor puede superar cualquier transición y obstáculo, incluidos el tiempo y la distancia. Yo misma soy un ejemplo de ello. Me encantaría ser quien entregue el documento a Polinesios en su concierto *JUMP* en el Auditorio Nacional de la CDMX, pero desafortunadamente no puedo. En cambio, tomaré un tren de alta velocidad hasta la ciudad donde resido actualmente. Aunque esté a más de 12 mil kilómetros de distancia, el amor que siento por Polinesios sigue siendo el mismo, y sé que el paso del tiempo no lo cambiará. Me emociona saber cómo continuarán las historias de amor de mis ídolos: ¿será la boda de Rafa una realidad?, ¿Karen nos sorprenderá y encontrará el amor?, ¿Yiyi anunciará un embarazo? ¡Solo el tiempo lo dirá!

◈ Tuve que comentar este capítulo porque mis hermanos me lo pidieron. Quiero ser sincera con ustedes, polinesios, así que les contaré algo que he guardado en mi corazón durante mucho tiempo. Conocí a un chico en la universidad y desde el principio no nos llevábamos bien. Después de graduarnos, volvimos a encontrarnos y comenzamos una relación que no funcionó debido a la distancia y nuestras exigencias laborales. Nos separamos durante un año, pero cuando nos reunimos para aclarar malentendidos, perdí el interés en él como pareja. Sin embargo, él tiene un corazón y alma buenos, así que decidimos mantenernos en la vida del otro y ser amigos.

◬ La polinesia una vez mencionó que no nos dábamos el tiempo para enamorarnos y preferíamos mantener en secreto nuestras relaciones amorosas. Algunas veces me preguntaban por qué no los presentaba en público y si me daba pena hacerlo, pero en realidad era para proteger su privacidad y la de sus familias. Ahora hemos decidido compartir un poco más de nuestras relaciones en redes sociales para asegurarnos de que estén bien y no se vean afectados por la exposición pública. Lo mejor es que deseché la idea de acostumbrarme a estar solo porque sabía que encontraría a alguien con quien compartir mi vida.

TODAVÍA HAY MÁS

Las relaciones personales, ya sean de amistad, familiares o amorosas, son un tema complicado para ellos, no solo en el ámbito del noviazgo, sino en todas sus relaciones. Al ser figuras públicas, deben cuidar lo que comparten en redes sociales y en su vida personal para mantener cierto nivel de privacidad y proteger a sus seres queridos. La fama tiene su lado difícil y este es uno de ellos.

♛ Nos volvimos solitarios. Ser famosos nos ha traído situaciones de mucho aislamiento. Por eso, cuando ocurrió la pandemia por COVID-19 algunos amigos me decían que ya no soportaban el encierro, y yo les respondía: "Bienvenidos a mi vida de todos los días". El aislamiento es algo que nosotros vivimos de manera normal: en vez de ir a un gimnasio, el entrenador va a nuestra casa y ahí hacemos ejercicio; si queremos tomar clases de algo, no vamos a una escuela, el profesor va a nuestra casa.

◈ En lo personal, a veces me gustaría hacer cosas más cotidianas como ir al cine, salir con amigos o asistir a una fiesta con familiares, pero son cosas que hemos dejado de hacer y, si lo intentamos, lo hacemos muy pocas veces y bajo ciertas condiciones. Por ejemplo, si nos invitan al cine, siempre preguntamos: "¿A cuál cine iremos?" o "¿a qué hora es la función?". En ocasiones nos toca sugerir que vayamos a un lugar donde no haya tanta gente, que sea la primera función y que quien nos acompañe no tenga problema si entramos a la sala cuando las luces estén apagadas y ya haya iniciado la proyección.

Incluso, nos alejamos de nuestra familia. Hemos dejado de ir a bodas y a otros eventos muy importantes. Platica Polinesia es un fenómeno familiar, lo conoce desde la persona más chiquita de la casa hasta la abuelita, sabemos lo que va a pasar si vamos a una fiesta. Nuestros familiares nos dicen cosas como: "¿Por qué no van?, ¡no va a pasar nada!, si quieren yo hablo con la gente", pero por experiencia sabemos que eso no funciona, eso no evitará que la fiesta pueda convertirse en un caos.

Antes de crear Platica Polinesia, solía salir de fiesta todos los fines de semana con diferentes amigos, pero cuando comenzamos el proyecto, decidí invertir todo mi tiempo y energía en él con Karen y Lesslie. Durante dos años, me hermeticé y dejé de socializar por completo, lo que llevó a que muchos de mis amigos desaparecieran. Cuando conocía gente nueva, no me daba cuenta de que nos buscaban por interés, hasta que cumplían su objetivo y se alejaban. Ahora soy cuidadoso al acercarme a la gente a la que admiro, para evitar que sientan que lo hago por interés. Recuerdo un día en Nueva York en el que me encontré con Jennifer Smith, del canal PrankVsPrank, y aunque inicialmente su respuesta fue cortante, después de ser sincero con ella, cambió su actitud y comenzamos a tener una buena relación. Aunque tengo muchos conocidos, prefiero tener pocos amigos verdaderos en los que realmente confío.

♛ *Perdí algunos amigos cuando comenzamos el proyecto de Plática Polinesia porque estaba dedicada completamente a eso. Los amigos que pensé que eran cercanos desaparecieron, solo quedaron un par de verdaderos amigos. Además, me di cuenta de que muchas personas solo nos buscaban por interés: querían aprovecharse de nuestra fama. Aunque tengo muchos conocidos, soy cuidadosa al acercarme a las personas y es difícil para mí confiar en alguien después de estas situaciones, siempre estoy a la defensiva. Busco sentir alguna conexión real con las personas antes de considerarlos amigos.*

♦ ¿Qué les digo?, ¿recuerdan que les conté que tres chicos me habían roto el corazón y uno sigue siendo mi amigo? Bueno, pues los dos restantes estuvieron conmigo solo por interés, abusaron de nuestra fama en redes. De una u otra manera, siempre ayudamos a estas personas, mis hermanos se involucraron y los apoyaron porque sabían que eran mis parejas. El final fue así: "Ya tengo lo que quiero, ahora sí, bye, Lesslie". Fue de las cosas más fuertes, emocionalmente hablando, que debí superar. Después de estas dos situaciones, mis hermanos y yo optamos por no hablar de nuestras relaciones y no darle poder a nadie, si no estábamos seguros de que sus sentimientos fueran genuinos.

Luego de hacer el pacto "No novios", o al menos de no hacer pública la relación, llegó un momento en el que dije: "¿por qué vamos a limitarnos si alguno de nosotros es feliz?". No todas las personas son malas o te buscan por interés, tenía el ejemplo de uno de los chicos con los que anduve, quien me quiso tal cual soy, no por mi fama. Además, los polinesios son nuestra vida, nuestra familia, y merecen saber cómo anda nuestro corazón.

👑 *De repente, nuestra vida se hizo pública: muchos empezaron a interesarse por nosotros en las redes sociales y en un principio tratamos de mantener alejados a nuestros amigos y familiares del ojo público. Sin embargo, algunos seguidores cruzaron los límites de nuestra privacidad y entraron a las redes sociales de personas vinculadas a nosotros para obtener información y fotos, especialmente en Facebook, que era la red social más utilizada en ese momento. Fue emocionante ver cómo nuestros números crecían y cómo nos reconocían en la calle, pero algunas personas llegaron demasiado lejos. Un día, por ejemplo, dos extraños entraron a nuestra casa después de forzar la cerradura. En realidad, solo querían un saludo, pero para nosotros fue una invasión a nuestra privacidad y nos asustó mucho. Después de ese evento, más personas empezaron a venir a nuestra casa, lo que nos hizo sentir miedo y ansiedad. Les pedimos a nuestros seguidores que por favor guardaran discreción con la ubicación de nuestro hogar, pero algunos continuaron llegando constantemente.*

CRISIS 4: YA NO QUERÍAMOS SEGUIR

Cerré la puerta de mi habitación con fuerza y apoyé mi espalda contra ella. Me quedé inmóvil, sintiendo como si mis pies estuvieran pegados al suelo y que no podía moverme. Antes, en mi antigua habitación, me hubiera lanzado a la cama con fuerza, mi rostro rebotando en la almohada como en un juego, y habría llorado hasta que mi madre viniera a consolarme. Pero esta vez era diferente, mi cama actual era demasiado dura para saltar y hacer una escena dramática, y mi madre no vendría a mi habitación para consolarme y decirme que todo estaría bien.

Cuando tomé la decisión de hacer un intercambio en Corea, me habían asegurado que las clases serían en inglés, un idioma que domino bien. Pero al llegar, descubrí que la mayoría de los estudiantes que tomaban las mismas materias que yo no hablaban inglés y los profesores impartían las clases en coreano, sin importar si yo entendía o no. Solo se limitaban a darme los exámenes en inglés. En ese momento, mi conocimiento del idioma local se reducía a decir *An-nyong-haseió* (안녕하세요), que significa "hola".

Al darme cuenta de la situación, me refugié en la residencia universitaria para hacerme varias preguntas: "¿Por qué estoy aquí? ¿Debo rendirme y regresar a México? ¿Cómo sé si estoy tomando la mejor decisión?". La verdad es que no soportaba la situación. Corea no era lo que esperaba, aunque me encantaba su estilo futurista y la música *kpop*, su gente era demasiado rígida y conservadora. Me sentía sola, confundida, extrañaba mi hogar, mi familia, mis amigos, mi ciudad, el clima, la comida y, sobre todo, mi idioma. Añoraba a la persona que era antes de hacer el intercambio.

Mientras me encontraba en una encrucijada, recordé lo difícil que fue para los Polinesios el inicio de su carrera. Me pregunté si se habrán sentido como yo, en momentos en los que no sabían si continuar o no. Recordé la crisis que vivieron en Times Square, Nueva York, cuando Lesslie tuvo un problema con sus hermanos porque las cosas se estaban saliendo de control, tal como se muestra en su documental *Polinesios Revolution*. Me pregunté cómo lograron los hermanos superar ese momento y seguir adelante con su proyecto. Reflexioné sobre cómo recuperar mi energía y motivación para alcanzar mis sueños y no rendirme en el proceso. En medio de esta situación, encontré en Karen una fuente de inspiración, sus palabras y acciones me guiaron y seguramente pueden hacer lo mismo por aquellos que se encuentren en una circunstancia similar.

Escena de Polinesios Revolution, *donde Lesslie menciona el agotamiento reciente.*

1. Reconozcamos lo que nos pasa

En momentos de crisis, es normal sentir emociones como la incertidumbre y la ansiedad, que pueden afectar nuestra razón y hacernos dudar del camino hacia nuestros sueños. Karen, quien ha sido una gran influencia para mí, dio un consejo importante en su video *Tengo ansiedad, mi historia,* de Musas: aceptar la emoción. Según ella, el primer paso para superar una crisis es reconocer lo que nos está sucediendo y aceptarlo. Debemos aceptar nuestros miedos, preocupaciones y tristeza para poder trabajar en ellos. Aunque puede ser difícil, es importante enfrentar nuestras emociones para seguir adelante.

2. No seamos impostores

A veces somos nuestro peor enemigo, especialmente cuando nos sentimos atrapados en una crisis. Después de pasar por la difícil situación de no entender las clases en coreano, me sumergí en una nube de autodesprecio y pensé que no merecía estar estudiando en Corea. Me sentía tonta e ingenua por haber pensado que podría cumplir mis sueños, y también me sentía incapaz de resolver la situación. Afortunadamente, Anita cambió mi perspectiva con su video *Leyendo comentarios haters #MiPropioReto* en Musas. Gracias a ella supe que lo que sentía tenía un nombre: El síndrome del impostor. Nos dice que dudar de nuestras habilidades es lo que nos impide avanzar, por lo que nunca debemos cuestionar nuestros talentos y logros si queremos tener éxito. Una vez que me liberé de mi propia negatividad, mi creatividad se encendió: ¿Y si grabo las clases y las paso por la aplicación de traducción? ¿Y si me hago amiga de alguien que hable inglés y me explique las lecciones a cambio de algunas golosinas picantes que traje de México? ¡Manos a la obra!

3. Relájate y disfruta...

Recuerdo cuando vi a Karen decir en una entrevista con Lesslie para el canal Pinky Promise: "No te la tomes (la vida) tan en serio, porque solo vienes a experimentarla y a disfrutarla. Puede ser que la estés pasando muy mal, que estés en un momento muy complicado, pero eso va a pasar, vas a ser una persona distinta después de esa tormenta". Sus palabras me llegaron en un momento crucial de mi vida en Corea, cuando sentía que la ansiedad y la tristeza se apoderaban de mí. Me di cuenta de que los momentos difíciles no duran para siempre, que debo relajarme y disfrutar del presente. Tomé su filosofía *Enjoy The Game* y comencé a aplicarla en cada momento de mi vida, disfrutando de cada pequeña cosa, recordando que estoy aquí para experimentar y disfrutar.

4. El *hubiera* sí existe

"Si sabemos cómo hacerlo, creo que no deberíamos no hacerlo". Las palabras de Karen me hicieron pensar en las decisiones que tomamos y en las consecuencias que éstas tienen. Quedarme en Corea no fue fácil, pero sabía que irme también tendría sus implicaciones. Tomé la decisión de aprender el idioma y buscar soluciones creativas para entender las clases, aunque eso significara sacrificar tiempo libre y descanso. Ahora, puedo decir que estoy orgullosa de haber tomado esa decisión, porque me permitió crecer como persona y aprender cosas nuevas. Como dice Karen en su video: "Si tomamos la decisión correcta o incorrecta, lo importante es aceptar las consecuencias y aprender de ellas". A veces, no sabemos qué hubiera pasado si hubiéramos tomado una decisión diferente, pero lo importante es seguir adelante con nuestras elecciones y hacer lo que está en nuestro control para alcanzar nuestros objetivos.

5. Cambiar de opinión... ¡también está bien!

Después de pensarlo mucho, decidí cambiar de opinión y regresar a México antes de lo planeado. ¿Fue una decisión fácil? Para nada. Me sentía frustrada, decepcionada con mi experiencia en Corea y conmigo misma. Pero, gracias a Karen y a los Polinesios, aprendí que no hay nada de malo en cambiar de opinión y tomar una decisión que nos haga felices. A veces, el camino que elegimos no es el correcto y eso está bien. Lo importante es ser auténticos y evolucionar hacia lo que realmente nos apasiona. Como dijo Lesslie en una entrevista: "Si tienes miedo a fracasar, nunca vas a saber lo que es triunfar". Y ella tiene razón. La vida es corta para vivirla infelices o arrepentidos.

👑 *La polinesia no se equivocó al decir que tomar la decisión de seguir o no como Polinesios fue quizá el momento más crítico de nuestra carrera. ¿Pero saben qué? Lo más curioso es que gracias a esos días grises, ahora podemos decir que Polinesios somos más transparentes y estamos llenos de luz más que nunca. En nuestro documental les contamos un poquito de ese proceso, pero lo que no saben es qué fue lo que provocó este quiebre: nuestro viaje a la India.*

La razón por la que viajamos allá fue para realizar un voluntariado en un refugio de elefantes, y ese país nos dio a los tres una sorpresa, porque no nos imaginábamos lo que sucedería. Al viajar, tienes dos opciones: no tener expectativas de tu destino o imaginar un viaje de ensueño. En mi caso, era un viaje sin expectativas.

A primera vista, la India parece un país caótico y no entiendes nada, pero entre más tiempo pasas en ese lugar, comprendes que el caos es su forma de vida, y que es un nivel de organización con el que ellos son felices. Pero yo aún no lo comprendía...

💎 Antes de viajar a La India, estuvimos unos días en Corea, que es un país totalmente diferente; el choque cultural fue muy fuerte. La sociedad coreana es demasiado exigente, te obliga a tener un estatus, una forma de vida muy estructurada y nosotros teníamos esa mentalidad. En la India encontramos lo opuesto, la gente es feliz porque cuenta con el motivo principal para serlo: la vida misma. No es necesario seguir esquemas o cumplir las expectativas de los otros para sonreír todos los días.

Les confieso que cuando llegué a la India no quería comer ni lo que había en los hoteles porque los platillos me parecían superrraros, todos los veía como caldos, ja, ja. Yo me acuerdo que el primer día ni siquiera desayuné, porque hasta el pan se veía diferente. "Mejor me espero a ver cómo está la comida en el siguiente lugar", fue lo que pensé en un inicio, pero la comida en el siguiente lugar era similar. O comía o me moría de hambre, no había de otra. Empecé a probar platillos y, aunque su sabor es fuerte porque su comida es muy condimentada y yo no estaba acostumbrado a eso, me gustaron. Otro dato curioso es que para ellos la limpieza de sus utensilios no era tan importante, al menos antes de la pandemia. Entonces, los platos donde nos servían no estaban totalmente limpios, como que quedaban residuos de la comida que le habían dado anteriormente a alguien más, y eso también generaba un problema en mi mente al pensar que estaba sucio; intentaba buscar un vaso limpio o un cubierto limpio, pero no había. Los días fueron pasando hasta que todo lo anterior dejó de ser relevante, no tenía problema en compartir el plato con la persona que comió antes de mí, los dos somos humanos, estamos en este mundo y eso nos hace hermanos.

Antes de la India, nuestra espiritualidad estaba en stand-by, como en reposo, pero estando en aquel país despertó, y conectamos con ella como nunca antes. Esto nos provocó muchos cuestionamientos acerca de nuestra existencia, de por qué hacíamos lo que hacíamos, la razón por la que creábamos contenido. Las respuestas se fueron dando poco a poco.

Estuvimos muy de cerca viendo cómo las personas conectan con la Tierra, con los alimentos y cómo viven en consciencia. Todo esto nos hizo ver que vivíamos en una burbuja occidental, en la que crees que lo importante al terminar la universidad es tener un trabajo, un auto, comprar los zapatos de moda, la más reciente colección de algo, vestirte de cierta forma, etcétera, además de tener cierto número en tus redes sociales.

Cuando estuvimos viviendo en el refugio de elefantes, Lesslie, Karen y yo nos dimos cuenta de muchas cosas. Por ejemplo, la gente en la India come con las manos, pero no lo hacen porque les falten cubiertos o les dé flojera usarlos, sino porque de esa manera ellos conectan con su comida. Vivir todas esas experiencias nos transformó a los tres de la misma manera, estábamos descubriendo cosas nuevas que jamás nos imaginamos.

Rafa tiene razón. Muchas veces juzgamos que un niño estaba descalzo y pensamos que no tenía dinero para comprar unos zapatos, pero en la India esa ideología puede ser absurda; es común ver a la gente descalza porque así generan un vínculo con la Tierra, y usar un zapato de caucho los aísla totalmente. La India rompió con muchos prejuicios sociales y abrió nuestra mente, y cuando eso sucede, eres mucho más libre. La India fue una inyección de realidad distinta a lo que ya habíamos vivido, como si te mostraran otro mundo al cual no habías tenido acceso.

Nos dimos cuenta de que teníamos posibilidades infinitas para crear nuestra propia vida: plantear cómo queríamos vivir, sin tomar en cuenta lo que nos habían dicho que era importante. La India fue un viaje con el cual nosotros despertamos y nos dimos cuenta de que nuestro trabajo nos estaba llevando a un lugar seguro, ¿pero lo estábamos haciendo desde el corazón?

◈ REGRESO A LA REALIDAD

Para ese entonces, mis hermanos y yo traíamos un rush intenso, nos exigíamos mucho, a nuestro cuerpo y mente; en lo personal, estaba muy cansada. Cuando regresamos a México sentimos que ya no queríamos hacer nada de esto, no más videos ni vida pública; ya no queríamos ser Polinesios, nos íbamos a retirar. No deseábamos estresarnos de la forma en la que veníamos haciéndolo. ¿Cómo tomarían la noticia nuestros mánager?

Recién aterrizamos, lo que hicimos fue hablar con Álex, socio-amigo-mánager, quien ha sido nuestro cómplice desde hace mucho tiempo. Fui yo la que le dijo: "Necesitamos hablar, queremos contarte todo lo que está pasando". Le explicamos la situación y, finalmente, la inquietud que nos dejó este viaje: decidir si queríamos seguir o no. Él entendió perfecto por lo que estábamos pasando, sabía que nuestra emoción nos había llevado a un punto en el que nos desconectamos de nuestra esencia.

◈ ¡Recuerdo que sí fue todo un *shock* para nuestro equipo cuando nos reunimos después de aquel viaje! Incluso bromearon diciendo que, de haber sabido que la India nos provocaría un cambio mental… ¡no nos hubieran dejado ir! (LOL) Mientras nos tomamos un tiempo para pensar cómo íbamos a anunciar nuestro retiro sin afectarlos a ustedes, polinesios, nos dimos cuenta de que nuestra voz estaba siendo escuchada y que teníamos una labor más grande, la de darle al mundo mensajes positivos. Esa fue nuestra motivación para seguir siendo Polinesios.

♛ *"Les prometo que vamos a encontrar proyectos que nos llenen a todos, que nos den una razón para seguir levantándonos todos los días y trabajar más de 18 horas en esto. Hagamos que valga la pena"*, nos dijo Alex. Después de decirnos eso, nos abrazamos y nos pusimos a llorar en la sala de juntas. A partir de ahí, empezaron a salir proyectos con más sentido, con mucha más profundidad. Regresamos a lo que nos motiva, a querer transmitirles buena actitud ante la vida.

⛰ ¡Exacto! En la India habíamos descubierto que debemos hacer con el corazón y con el alma lo que te llena. Y justo cuando volvimos nos cuestionamos si lo que estábamos haciendo era por alguna razón interna, o simplemente por darles gusto a otras personas. Empezamos a cambiar mucho la forma de realizar nuestro trabajo, y quisimos imprimirle más de nuestro corazón. Ya no buscamos complacer a todas las personas, sino también a nosotros mismos; empezamos a crear contenido que tuviera más trascendencia. No es que no la tuviera al principio, sino que esa intención no había terminado de tomar forma.

Yo no solo cambié como Polinesio, sino también en mi día a día. No les voy a decir que dejé de comprar cosas, porque sería mentir, pero sí le bajé un 90 % a todo lo que consumía. Antes pensaba que tener la última consola o un accesorio de moda lograba que me viera mejor, pero ahora sé que no necesito todo eso. Hoy, si sale un *gadget* nuevo me da igual, sé que el que tengo me funciona y que cuando se descomponga y no se pueda actualizar o algo parecido, entonces lo cambiaré. Si hablamos de ropa, por ejemplo, recuerdo que antes en mi cuenta de Instagram no repetía un *outfit*, para mí era casi un delito que me vieran con la misma ropa. Y algo parecido sucedía con los videos, en ellos era más difícil controlar lo que me ponía, porque el formato requiere de más momentos; pero si usaba tres veces un *outfit*, ya no lo volvía a usar. En fin, después de ese viaje a la India también hice algunas donaciones y eso me hizo sentir pleno.

PREPARANDO COMIDA GRATIS PARA 40 MIL PERSONAS DIARIO | LOS POLINESIOS

LosPolinesios

Ver ventajas   Suscrito   203 K   Compartir   Descargar   Gracias

CUIDANDO, ALIMENTANDO Y CURANDO ELEFANTES POR 20 DIAS | LOS POLINESIOS

CAPÍTULO

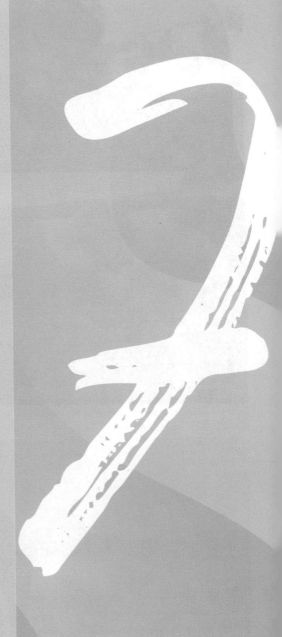

LA PLAYLIST DE MI VIDA

Debo admitir que a veces sentía un poco de envidia de mi madre. Ella es de esas personas que miran con satisfacción el pasado, está contenta con todo lo que vivió, experimentó y logró cuando era joven, por lo que no pierde oportunidad para compartir con nosotros cómo era de adolescente, a qué tipo de fiestas asistía, cómo se divertía y el estilo de ropa que usaba para salir a bailar con sus amigos, tal y como si estuviera narrando un capítulo de su vida ambientado en la época de una película de los ochenta. Incluso, alguna vez nos habló a mis hermanas y a mí sobre los conciertos a los que asistió en su juventud, y no dudó en mostrarnos las coreografías (que todavía realiza con precisión) de sus canciones favoritas. Es impresionante ver cómo se siente rejuvenecida y llena de alegría cuando escucha esas canciones que marcaron su juventud, y cómo sonríe. Sé que ustedes me entienden, porque estoy segura de que sus padres tienen la misma reacción que mi madre cada vez que escuchan esas canciones retro en la radio mientras conducen el auto familiar.

Me dediqué a crear una lista de reproducción especial para mi mamá, con todas esas canciones que la hacen recordar los años ochenta y las celebridades icónicas de la época, con sus peinados extravagantes y maquillajes coloridos. Cada vez que escucha estas canciones, mi madre es transportada a algún lugar feliz de su juventud, tal vez a una clase en su colegio, a su habitación en casa de sus padres, a la fiesta de su mejor amiga donde tuvo su primer beso, o al baile donde conoció a mi papá. Es tierno verla así, y puedo imaginar a la chica de quince años que ella fue, soñando con conocer a Elvis, Queen o Chayanne, los "novios" de su generación.

Observando a mi madre mientras disfrutaba de su *playlist*, me pregunté si alguna vez sería capaz de crear mi propia lista de canciones que reflejaran mi personalidad y mi forma de vida. A pesar de tener mis canciones favoritas, ninguna parecía representarme completamente o transmitir mis sueños y deseos. Sentía que ninguna canción era un reflejo de mi generación o de la forma en que queríamos ser recordados en el futuro. En resumen, ninguna melodía me hacía sentir tan feliz como *Las mil y una noches* hacía sentir a mi mamá. Llegué a pensar que nunca encontraría esa canción perfecta que me motivara y me levantara de la silla de ruedas cuando estuviera en un asilo de ancianos. Pero entonces, RKL aparecieron en mi vida y cambió todo. Con canciones poderosas, inspiradoras y divertidas, este "festival" de música se convirtió en el lenguaje universal que unió a miles de personas en todo el mundo cantando al unísono.

Los Polinesios

Con el ritmo en la sangre

Al recordar la historia de Polinesios, no podemos pasar por alto su amor por la música. Desde los inicios del canal, se ha evidenciado que RKL son personas muy musicales y que la música forma parte importante de sus vidas. Lesslie, por ejemplo, suele cantar en sus videos y Rafa ha confesado que cuando a su hermana se le mete una canción en la cabeza, no para de repetirla. Por su parte, Karen ha revelado que la música es imprescindible para su trabajo, ya que le ayuda a concentrarse y relajarse. Aunque al principio hubo algunas críticas por su incursión en el mundo musical, la verdad es que para los Polinesios se trató de un paso natural y una necesidad auténtica, lo cual los llevó a dar un gran salto de fe.

RKL siempre han sido muy creativos y han buscado formas de conectarse con su audiencia, de manera innovadora y auténtica. Desde la Gira Polinesia, pasando por el álbum de estampas coleccionables hasta los productos de PPMarket, han demostrado su habilidad para experimentar y sorprender a su audiencias. Por lo tanto, cuando decidieron explorar el mundo de la música, no fue una sorpresa. Sabían que la música era una herramienta poderosa para conectarse con su comunidad de una manera más íntima y significativa. Fue un paso natural y auténtico para ellos, una oportunidad de explorar su creatividad y mostrar otra parte de sí mismos. Y, como siempre, hicieron de su incursión en la música algo superespecial, único y memorable.

Una fiesta que no va a terminar

TEMA	INTÉRPRETES	FECHA DE ESTRENO	REPRODUCCIONES
Festival	RedOne y Polinesios	18 / octubre / 2018	Más de 230 millones

Portada del sencillo Festival.

Behind the scenes *video musical* Festival.

Un jueves de octubre 2018, RKL comenzaban su carrera musical con una canción que celebraba la libertad, la diversión y los sueños sin prejuicios. Me gusta pensar que RedOne ya tenía la melodía en su cabeza, pero faltaba el espíritu y el mensaje de Polinesios para darle vida y así crear el himno de toda una generación de jóvenes como yo, que necesitábamos una canción así. Fue en el video *Grabando festival en Marruecos, detrás de la magia* donde RKL nos mostraron el viaje desde Nueva York hasta Tetuán, una ciudad en Marruecos, donde se reunieron con el famoso productor, cantante y compositor musical Nadir Al-Khayat, conocido como RedOne. Él ha trabajado con estrellas de la música como Jennifer López, Enrique Iglesias, Lady Gaga y Pitbull, entre otros. La conexión entre ellos fue instantánea, se les veía sonriendo, bailando, dando lo mejor de sí mismos en cada detalle. Se nota que RKL se involucraron en cada fase del proceso de creación de la canción, desde la letra hasta los arreglos, y eso se refleja en el resultado final. La canción sonaba como ellos y era auténtica.

 Tienes razón, polinesia... ¡estábamos fascinados, era lo que queríamos!, hacer música con el mejor. Desde que hablamos por primera vez hicimos *clic* y por eso no dudamos ni un minuto en ir a Marruecos, de donde es originario, porque no solo queríamos trabajar con él y grabar un tema, sino crear un vínculo, compartir algo más, así que ir para allá ¡fue maravilloso! La convivencia nos ayudó para saber qué queríamos acerca del tema. Platicamos mucho, le contamos sobre lo que hacemos en YouTube y de nuestra niñez, mientras que él se abrió con nosotros y nos contó de la suya en Marruecos. De hecho, él habla español perfecto y ha estado en muchísimos lugares del mundo, conocimos sobre su pasión por el *soccer* y mucho más. Logramos construir con él una relación muy bonita, íntima; creamos un vínculo tan lindo, ¡que hasta nos invitó a la boda de uno de sus familiares para que tuviéramos esa experiencia!; lamentablemente no pudimos asistir, ya que teníamos algunas cosas pendientes y debíamos volar a Egipto, pero sin duda, fue maravilloso trabajar con él y crear esa relación más allá de lo laboral. Al final de unos días dijimos "iwow, tenemos una canción!"... Estábamos felices porque en ella había todo lo que queríamos transmitir: alegría, fiesta... que fuera un tema para bailar, y lo conseguimos con el mejor, con el experto en este tipo de temas. Sin duda, *Festival* es el producto de una gran relación.

 ## Mi propio *Festival*

Desde temprana edad, sentía una gran fascinación por la cultura y estilo de vida coreano. Me interesaba todo, desde la espiritualidad y la tradición, hasta la modernidad. Incluso, compraba libros sobre su historia y costumbres para aprender más sobre ellos. Me propuse la meta de vivir en Corea, de ser una mexicana en ese país. Por supuesto, en ese entonces, siendo una adolescente, no sabía cómo lo lograría, pero estaba decidida a hacerlo realidad.

Más tarde, mientras estudiaba la preparatoria, comencé a investigar acerca de las opciones que existían para estudiar en Corea, y descubrí que la mayoría de las universidades ofrecían programas de intercambio internacional que incluían becas en diferentes países. Sin embargo, el único problema era que aún estaba en la preparatoria, por lo que necesitaba esperar para lograr mi objetivo. Además, sabía que para aplicar a estos programas necesitaría tener un alto dominio del idioma inglés y buenas calificaciones, así que me propuse esforzarme al máximo y esperar pacientemente a que llegara el momento adecuado para dar el siguiente paso.

En mi cuarto semestre de carrera pude postularme para una beca del gobierno de Corea a través del Instituto para el Desarrollo de la Educación Internacional para estudiar una licenciatura en ese país. El proceso fue un poco tedioso, ya que debía llenar varios formatos, enviar documentos, constancias de estudio y calificaciones, acta de nacimiento, cartas de recomendación de varios profesores, un ensayo con los motivos que tenía para ir a estudiar allí y mucho más. Pero estaba decidida a lograrlo y así lo hice. Después de pasar varias rondas y exámenes médicos, obtuve la beca. Recuerdo que en ese año RKL lanzaron *Festival*, una canción que me representaba y que simbolizaba mi felicidad e ilusión. Me preguntaba qué traería mi futuro y cómo podría convertir mis sueños en realidad, al igual que ellos.

Polinesia, entiendo de lo que hablas, a veces nos falta confianza en nosotros mismos para lograr lo que creemos imposible. Debo confesarte algo: grabar *Festival* también fue un reto que nos causaba incertidumbre, pero como tú, estábamos seguros de que queríamos lanzar nuestra primera canción. Lamentablemente, al reto de cantar se le suma el hecho de que la gente juzga muy duro a quien se atreve a hacerlo, como que es muy castigado si no es el nicho en el que empezaste. Hay gente que piensa que solo el que "sabe cantar" debe hacerlo, y no es así. A nosotros nos tocó un profesor muy particular que nos dijo que el canto era algo natural del ser humano y que todos podíamos hacerlo, solo que nuestros músculos no están educados. Además, mucha gente no lo intenta por barreras mentales, por miedo a que te vayan a decir que no eres tan bueno y cosas por el estilo. Eso me dio mucha confianza y empezamos a practicar, a saber usar nuestros músculos y resonadores naturales; no queríamos quedarnos con ese deseo solo por el temor al qué dirán. Nos dimos cuenta de que estábamos en la misma sintonía; fue muy interesante, yo creo que eso nos dio más confianza y nos ayudó a creer en nosotros mismos y a arriesgarnos en esa área que no habíamos explorado. Debo decir que a mí me tocó rapear, y fue muy sencillo porque yo lo hacía hasta en la bañera y con mis amigos, así que *Festival* me cayó como anillo al dedo.

Hazlo, con miedo, pero hazlo...

"Debía esforzarme, trabajar demasiado, estudiar, comprometerme, y con los consejos de Polinesios, dejé de pensar que aquello era una idea tonta o sin sentido, para empezar a creer que podía hacerse realidad".

En mi camino para lograr mi meta de estudiar en Corea, me di cuenta de que no sería fácil. Sabía que tendría que esforzarme mucho, estudiar más y dejar a un lado las distracciones. Los consejos y el ejemplo de RKL me sirvieron de guía y motivación para creer en mí misma y en mis sueños. Gracias a su perseverancia y trabajo duro en la música, comprendí que el éxito no viene de la nada, sino que se logra con dedicación y esfuerzo constante. Por eso decidí que no dejaría que el miedo me detuviera y que haría todo lo que estuviera en mi poder para lograr mi objetivo, aunque eso significara enfrentar retos y sacrificios. Y así, con esa mentalidad, comencé a prepararme y a trabajar en mi proyecto, sin dejar de recordar que, como RKL me enseñaron: "con miedo, pero hazlo".

"El que no arriesga no gana"

Esta frase puede sonar a cliché, pero tiene una gran verdad detrás de ella. Si no te arriesgas a intentar algo nuevo, es difícil que obtengas resultados diferentes. Abrirte a la posibilidad de mostrar tus talentos y habilidades en redes sociales, por ejemplo, puede ser un gran paso para darte a conocer y lograr tus metas.

El mundo está esperando que muestres lo que sabes hacer

No importa cuántas personas ya estén haciendo lo que tú quieres hacer, nadie lo hace como tú. Tú tienes tu propio estilo y enfoque, y es algo que el mundo necesita conocer. No te rindas antes de intentarlo, porque nunca sabes lo que podrías lograr.

No es una competencia contra los demás, sino contra ti mismo

El éxito no se mide por comparaciones con otras personas, sino por tu propio progreso. Siempre hay espacio para mejorar y superar tus propias limitaciones, y esa es la única meta que debes tener en mente. No dejes que la presión de compararte con los demás te detenga.

No escuches a los que te critican y desalientan

Siempre habrá personas que tratarán de hacerte sentir mal o que te dirán que no puedes lograr tus metas. No les prestes atención. Rodéate de gente que te apoye y te anime, y no dudes en cortar relaciones con aquellos que te sabotean. A veces, alejarte de personas tóxicas es lo que necesitas para avanzar.

Polinesia, te voy a contar algo que quizá te sorprenda. Uno de los mayores retos que he enfrentado en mi carrera con mis hermanos ha sido la música. Pero cuando RedOne nos propuso hacer una canción juntos, fue una gran oportunidad para nosotros. Él confiaba en que podíamos hacer algo increíble, y aunque yo tenía mucho miedo de grabar, lo hicimos. Sin embargo, seguía insegura y preguntándole a todo el mundo si había quedado bien. Fue gracias a un profesor de canto que entendí que nadie nace sabiendo cantar y que se necesita práctica para mejorar. Con el tiempo y esfuerzo, logré afinar y colocar notas de manera adecuada, y me di cuenta de que todo dependía de mi confianza y dedicación. Muchas personas temen experimentar y ser juzgados, pero yo les digo que vale la pena intentarlo, ¡pueden llevarse una gran sorpresa!

Videorreacción

Después de esperar con mucha ansiedad, el 18 de octubre de 2018 llegó el día en que se estrenó el primer video musical de RKL y, como muchos polinesios en el mundo, yo también me uní al equipo de fans de Lesslie. Después de ver el video, quedé impresionada por su calidad y su estilo estético. Durante los casi tres minutos y medio de duración de la canción, me encontré admirando la belleza de Lesslie, el ritmo de Karen y la simpatía de Rafa. La mezcla de los colores, los movimientos y la coreografía eran únicos y diferentes a lo que los chicos de Polinesios habían hecho antes. Era una mega producción llena de vida y de gente bailando al lado de RedOne. La canción, con sus tonadas y letras pegajosas, se grabó para siempre en mi cerebro y me llenaba de una emoción que me hacía querer bailar y lograr lo imposible, tal como lo habían hecho mis Polinesios con este tema. El video me dejó feliz, ilusionada y completamente motivada, y yo sabía que había encontrado mi canción favorita.

 Pero no, polinesia, no todo es lo que parece. Me acuerdo que estaba bien cansada cuando grabamos el video de Festival. En ese tiempo estábamos viviendo en Nueva York y grabábamos el documental, así que teníamos una excesiva presión laboral y yo estaba muy mal amorosamente: acababa de terminar con una persona porque yo nunca tenía tiempo para verla, me encontraba viviendo en otro país y, cuando íbamos a México, llegaba a hacer lo que teníamos planeado y nos regresábamos a Nueva York. De verdad me costó mucho hacer este video, estaba muy triste, aunque no se nota. Dicen que a veces lo que ves no se parece a lo que está viviendo una persona; era mi caso, pero no podía permitir que mis polinesios me vieran mal, porque no quería que se pusieran tristes por mí. Me acuerdo que en el documental, la cámara me seguía, y cuando cortaban la grabación me iba a un rinconcito a llorar, fue algo difícil. No todo el mundo está preparado para lidiar con crisis emocionales, además de que en ese momento el equipo estaba enfocado en crear el video, bailar, sonreír y dar su mejor cara, porque sabemos que es una canción bien alegre, pero mi mood no tenía nada que ver con lo que estábamos haciendo.

🔺 *Festival* es nuestro primer video musical, algo que no habíamos hecho antes y necesitábamos que estuviera al mismo nivel de la canción; nuestro equipo se dio a la tarea de organizar la producción, mientras Karen, Lesslie y yo dábamos las ideas y decidíamos cómo queríamos que se viera, el tipo de escenarios en los que cada uno iba a estar, etc. Eso lo trabajamos en conjunto para que tuviera nuestra esencia, y que todo lo visual reflejara lo que habíamos querido contar con la canción. Cuando llegó el día de la grabación, vi muchísima gente, ¡nunca habíamos hecho algo tan grande!, había cuatro escenarios diferentes, el de cada uno de nosotros y uno general... no me la creía, por eso decidí que debía dar lo mejor de mí para estar a la altura de los escenarios y de la producción, y que todo saliera muy, muy bien.

👑 *Sí, la verdad es que fue una experiencia muy, muy padre y por supuesto que estaba nerviosa, porque nosotros somos los que siempre grabamos y producimos nuestro contenido, pero esta vez alguien más lo hacía, entonces decidimos dejar todo en manos de expertos y empezamos a fluir. Recuerdo que la parte más impresionante fue la que grabamos con RedOne, era como una fiesta en la calle y había mucha gente, más de cien personas. Todo resultó increíble, era la primera producción que no hacíamos en casa, tenía coreografía y todo, nosotros no sabíamos cómo se las habían enseñado ni cuándo... fue una locura.*

Una y mil veces, gracias

TEMA	INTÉRPRETES	FECHA DE ESTRENO	REPRODUCCIONES
Gracias	Polinesios	3 / agosto / 2019	Más de 48 millones

GRACIAS VIDEO OFICIAL (Music Video) Los Polinesios

LosPolinesios · 25,7 M de suscriptores · Ver ventajas · Suscrito · 943 K · Compartir · Descargar · Gracias · ...

El 16 de julio se celebra el Día Internacional Polinesio, una fecha muy especial para nosotros, ya que conmemora el día en que Rafa, Karen y Less subieron su primer video a YouTube. En nuestro club de fans lo celebramos de una manera significativa, haciendo algo positivo por nuestro planeta y nuestra comunidad. Por ejemplo, hacemos maratones de videos, preparamos recetas de Musas, ayudamos a los demás y trabajamos juntos para mejorar el mundo, al igual que lo hacen RKL. Realizamos pequeñas acciones en su nombre, como organizar recorridos por diferentes colonias para alimentar a los perros callejeros, plantar árboles en áreas necesitadas, visitar hogares de ancianos y preparar sándwiches para las personas sin hogar. Es por eso que la canción *Gracias* me llegó al corazón, me hizo llorar y sentir que, por más que yo hiciera algo por ellos, parecía que lo que RKL nos daban no tenía límites. Era increíble, ahora tenía la certeza de que ningún regalo que yo pudiera darles simbólicamente se compararía con lo que nos estaban dando a nosotros, sus polinesios. *Gracias* es su carta de amor a sus fans (aunque a ellos no les gusta llamarnos así), a sus seguidores incondicionales, a los que votamos día y noche para ayudarlos a ganar premios y los apoyamos con nuestras reproducciones y compras en PPMarket. Cuando pensabas que ya no podían dar más de sí mismos, llegó uno de los regalos más maravillosos.

꘎ Creamos *Gracias* para el Día Internacional Polinesio como un regalo para nuestros seguidores. Nos juntamos con una empresa de música y un letrista para crear la canción. Fue un proceso divertido y emocionante, tratando de encontrar las palabras perfectas para expresar lo que sentimos por nuestra comunidad. Queríamos que fuera una canción feliz, pero no como las típicas con ukulele. Cuando nos presentaron la primera opción con el instrumento, nos hizo reír, pero al final inició la canción perfectamente. Grabarla fue rápido, ya que sabíamos exactamente lo que queríamos transmitir. Y en una semana, ¡*Gracias* estaba lista!

Videorreacción

El tema es feliz, lleno de esperanza y completamente tierno, y no puedo evitar emocionarme al escuchar las voces maduras de RKL en la canción. Me alegró ver que las clases de canto que tomaron estaban dando sus frutos, y se reflejaban tanto en la calidad del sonido como en la emoción que le imprimieron a las letras.

Lo que comenzó como un simple video de letra de canción cambió el rumbo de la carrera de los Polinesios. Con el video musical de *Gracias* rompieron convencionalismos sociales y dejaron en claro que el "amor es amor". Recuerdo cómo algunas madres de mis amigos se preocupaban de que Polinesios pudiera afectar nuestra identidad sexual, mientras que muchos profesores aplaudieron el mensaje y se sintieron acompañados por los hermanos que nos mostraron la variedad de formas de amor que existen en el mundo.

Una vez más, Polinesios rompieron la cuarta pared y convirtieron el video de agradecimiento en un símbolo del amor en todas sus presentaciones.

♛ *Gracias es un video muy importante para nosotros, ya que queríamos mostrar todo el amor y la diversidad que siempre hemos apoyado en Polinesios. Al principio nos preocupaba la reacción de nuestra audiencia, ya que en el video mostramos una relación entre dos chicas que se dan un beso. Pero después de reflexionar y de discutir en equipo, decidimos seguir adelante con el concepto, ya que la canción habla del amor en todas sus formas y creíamos que era lo correcto. Aunque algunos se sorprendieron y hubo reacciones positivas y negativas, seguimos firmes en nuestra creencia de que el amor no debería limitarse. Este video representa mucho para nosotros y para nuestra audiencia.*

La importancia de dar las gracias

Desde pequeños nos enseñan a decir "por favor" y "gracias", pero en realidad, expresar gratitud va más allá de las normas de etiqueta. Es un gesto que demuestra humildad, empatía y reconocimiento hacia aquellos que nos han brindado su ayuda, apoyo o afecto. Como fans de Polinesios, a veces sentimos que nuestra labor como seguidores no es tan relevante, que somos parte de una multitud que corea su nombre, pero con su canción *Gracias*, ellos nos reconocen individualmente, como una parte importante de su vida y de su éxito.

Expresar gratitud no solo beneficia a la persona a la que se le agradece, sino que también tiene efectos positivos en nuestra propia vida, como:

- Mejora tu salud.
- Disminuye la ansiedad y el estrés.
- Previene la tristeza.
- Hace sentir valorado a quien agradeces.
- Mejora la salud y la calidad del sueño.
- Aumenta el optimismo.
- Tu sistema inmunológico se hace más fuerte y resistente contra las enfermedades.
- Provoca emociones positivas.

La gratitud es un valor fundamental en la vida, y yo lo aprendí gracias a la filosofía de vida de Polinesios. A lo largo de mi camino he tenido personas maravillosas que me han apoyado en todo momento, y por ello me siento profundamente agradecida. Gracias a ellos, he logrado superar obstáculos, crecer como persona y alcanzar mis metas. Es importante valorar y agradecer a quienes nos rodean y apoyan, no solo en momentos de éxito, sino también en las situaciones difíciles. No todos están dispuestos a estar a nuestro lado en los momentos complicados, y aquellos que sí lo hacen merecen nuestro mayor agradecimiento. Siempre es importante recordar agradecer a quienes nos escuchan, aconsejan y ayudan en momentos de necesidad.

Permítete soñar

TEMA	INTÉRPRETES	FECHA DE ESTRENO	REPRODUCCIONES
Un día soñé	Lesslie Polinesia	18 / abril / 2020	Más de 15 millones

Lesslie cantando Un día soñé *en show JUMP.*

La menor de los Polinesios estaba haciendo algo grande: enfrentando sus miedos e inseguridades al lanzar su primer tema en solitario. Esta balada era tan dulce, melancólica y fuerte como ella misma. Con su letra, muchos de nosotros recordamos aquel amor que no prosperó pero que nos enseñó a crecer y madurar, y nos dio la fortaleza para seguir adelante, a pesar del dolor. Como polinesia, yo también he experimentado el desamor. "M" fue mi primer amor, una relación llena de aventuras y descubrimientos. Pensé que sería para siempre, pero terminó y me atormentaba pensar que lo había perdido por un sueño: él no creía que fuera capaz de irme a estudiar a otro país y "abandonarlo", como él afirmaba. No es que sus amenazas me hubieran detenido, yo sabía qué camino debía tomar, pero él no quiso compar-

311

tir mi sueño. No se trataba de ponerlo a competir con mis metas, y yo jamás habría permitido que me pusiera a elegir entre él y mis sueños, pero no lo entendió. Me sentía triste, decepcionada y me preguntaba si valía la pena seguir adelante si estaba sacrificando el amor, si estaba sola. Aunque lo amaba, entendí que no todas las historias de amor tienen un final feliz. La vida me llevó a reencontrarlo hace unos meses en el aeropuerto cuando regresaba a Corea después de unas breves vacaciones en mi ciudad. Qué ironía, ¿verdad? En ese momento, cuando me vio con admiración jalando mis maletas para continuar mi lucha, me sentí en paz. Descubrí que si estoy cumpliendo mi sueño y soy mejor persona, también es gracias a él. No sé si habrá un reencuentro en el futuro o si volver con él sería una opción, pero sé que gracias a él "soy más de lo que un día soñé".

Videorreacción

Las lágrimas se deslizaron por mis mejillas cuando escuché la canción de Lesslie. ¿Acaso ella conocía mi historia? Cada palabra era como una instantánea de mis sentimientos. Me sentí profundamente conectada con ella, sabiendo que ella también había experimentado la confusión, el dolor y la necesidad de decir adiós a alguien por su propio bien. Aunque no hubo un video oficial para esta canción, el video de la letra se quedó grabado en mi mente durante semanas. Incluso ahora, cuando escucho las notas iniciales del piano, siento que las lágrimas amenazan con volver. Gracias, Lesslie, por encontrar las palabras adecuadas, por hacerlas realidad y por plasmar mis sentimientos en una canción que me acompañará para siempre.

 Leer tu testimonio me confirma que esta canción no solo es mía, sino de millones de personas que se han identificado con la letra. Quiero contarte un poquito de la historia detrás de ella. Cuando estaba escribiéndola me encontraba junto a mi *coach* de voz y el letrista, yo tenía la idea de lo que quería contar y ellos me dijeron que para que la canción fuera muy buena, tenía que sentirla o dedicársela a alguien, y así lo hice. De inmediato supe para quién era. Mi mente voló hacia el recuerdo de un exnovio que creo, fue el que más me lastimó y, bueno, no fue tanto que él quisiera hacerme daño de manera deliberada, sino que yo permití que lo hiciera, entonces, cuando la canté pensé en esa persona. De hecho, el significado de la letra es muy fuerte, dice: "Te vi y me miraste, yo no quería amar y te mentí para escaparme"; yo no quería volver, pero él me insistió, quería que fuéramos en serio, quería amarme, pero yo dije que no. En esa canción quise decir que si el destino está hecho para nosotros, nos va a encontrar las veces que sean necesarias, y así fue, el destino nos reunió muchas veces, pero ya no sucedió nada. Ahora soy feliz, él ya no está en mi vida, entendí que aunque el destino nos pusiera de nuevo frente a frente, yo sabía que él no era para mí y que cada quien debía seguir su camino.

Un salto de fe

RKL habían encontrado una nueva manera de conectar con su audiencia, una forma divertida y casual a través de notas y letras. Con su álbum *JUMP* ellos habían logrado sembrar mensajes que impulsaban a sus fans a creer que podían lograr cualquier cosa que se propusieran en la vida. *JUMP* no era solo un álbum de música, era un concepto creativo que incluía mensajes audiovisuales creados para ser vistos en vivo, algo que difería de la Gira Polinesia, donde había música, concursos, bromas e interacciones con el público. La joven autora de esta historia lamentó no poder asistir al primer *show* de *JUMP* en el Auditorio Nacional de la Ciudad de México, pero pudo conocer detalles a través de las reseñas, videos y comentarios de fans. Mi frustración creció al enterarme de que se había anunciado una gira que llevaría a RKL a través de México y otros países de América. A pesar de todo, el hecho de que mi primo pudiera asistir al concierto con el club de fans y me enviara fotos me hizo sentir más conectada con RKL y aumentó mi determinación de hacer que su trabajo llegara a sus manos. Con el álbum *JUMP* como inspiración, me di cuenta de que debía dar un salto hacia adelante y hacer que este proyecto también consiguiera la meta. Con la ayuda de mi primo, busqué la forma en que este texto y una USB llegaran a RKL a como diera lugar. Aunque no sabía lo que sucedería con mi trabajo, sabía que tenía que hacer todo lo posible para que llegara a sus manos. Este evento me inspiró a dejar atrás el conformismo y a seguir adelante hacia un futuro prometedor.

Como tú, yo también utilizo las canciones de JUMP cuando estoy en alguna situación difícil, porque sé que hay una que va a ajustarse a eso por lo que estoy pasando. JUMP tiene la canción perfecta para darte aliento, esa energía que te dice: "es cierto, esto no está tan difícil" o "esto puede que esté terrible, pero tú eres más fuerte que cualquier cosa" o "no te preocupes, esto es pasajero". Compusimos las letras pensando y sintiendo mucho en las diferentes situaciones de la vida que podrían entristecerte; yo sé que hay muchas personas que también las escuchan para sentirse felices, llenas de energía, para tener esperanza y la certeza de que todo va a pasar y vamos a estar mejor.

Las canciones de JUMP

Me gustaría compartir lo que cada una de las canciones de JUMP significa para mí y cómo las aplico en mi día a día. Cada una de ellas ha llegado a formar parte del *soundtrack* de mi vida.

Mood: Empoderador y divertido.
Este tema de JUMP tiene una duración de 3 minutos y 20 segundos, y cada uno de ellos es una dosis de energía y motivación. Me hizo sentir que pertenecía a algo más grande, que no solo yo quiero cambiar el mundo, sino que unidos podemos ser la fuerza de toda una generación. La letra de la canción te invita a atreverte a vivir, sin necesidad de más explicaciones. Es ideal para momentos importantes en los que necesitas confiar en ti mismo, como presentar un examen profesional, dar un discurso importante o incluso cuando estás decidido a emprender o abrir tu propio canal. Este tema te impulsa a escuchar esas voces en tu cabeza que te indican el camino. Es la energía polinesia en su máxima expresión.

Portada del álbum JUMP.

Mood: Alegre y *power love.*

JUMP es un tema que me llegó al corazón, con su ritmo alegre y su mensaje de amor y valentía. Me recordó que estamos aquí para experimentar el amor en todas sus formas y que debemos ir por más, sin conformarnos. Esta canción me inspiró a dar el salto hacia las posibilidades que tengo por delante, a no tener miedo a lo desconocido y a atreverme a vivir la vida al máximo. El miedo es una opción, pero prefiero dejarlo atrás y saltar hacia un futuro lleno de oportunidades y posibilidades. Es ideal para momentos en los que necesitas motivación para dar un gran paso en tu vida, como declararle tu amor a esa persona especial, perseguir una carrera poco convencional o seguir tus sueños, incluso si no son lo que la sociedad espera de ti.

Polinesios interpretando JUMP en el escenario del Auditorio Nacional.

Mood: Revolucionario.

En este tema, Karen demuestra su habilidad vocal con una interpretación magistral que nos lleva a un grito de guerra, un himno al valor que nos impulsa a unirnos para alcanzar lo imposible. Nos recuerda que no debemos comportarnos de acuerdo a lo que la sociedad espera de nosotros, que somos más que una voz y que juntos podemos cantar nuestros deseos con el corazón.

Es ideal para aquellos momentos en los que sentimos la presión de los convencionalismos y las reglas, y necesitamos romper esas ataduras para ser nosotros mismos. También nos ayuda a levantar la voz por aquellos que fueron silenciados y a luchar por nuestros derechos.

◈ Quiero decirles que en el álbum y show de JUMP tengo tres canciones favoritas, la primera es la mía, Gravedad; pero la segunda es Libertad, la canción de Karen, porque esa canción es muy fuerte, muy poderosa. Si a mí me hubieran compartido el mensaje de esa canción desde que era pequeña, cuando yo sufría de bullying, creo que me habría ayudado demasiado, porque al escucharla no hubiera tenido miedo de luchar.

Karen en el escenario interpretando la canción Libertad, show JUMP.

Mood: Ganas de comerte al mundo.

El tema *Future Is Now* es una invitación a no postergar nuestros sueños y a tomar acción para alcanzarlos. Nos recuerda que no existe un momento perfecto para empezar, y que lo importante es dar el primer paso y tener la determinación para enfrentar los obstáculos que puedan surgir en el camino. Es una canción que te da ganas de comerte al mundo y aprovechar cada oportunidad que se te presente. Ideal para aquellos momentos en los que sientes que estás estancado y necesitas motivación para salir adelante. Te inspirará a dejar de procrastinar y a empezar a trabajar en tus planes y metas desde hoy mismo, ya que el futuro es incierto y lo único que tienes seguro es el presente.

Rafa en Future Is Now, show JUMP.

Karen en el escenario interpretando Despertar, show JUMP.

Mood: Rompe límites.

Despertar es un tema que nos invita a romper los límites que nosotros mismos nos imponemos y a vivir la vida que realmente queremos, sin importar lo que los demás puedan pensar. Karen transmite un mensaje de fortaleza y determinación en este tema, mostrándonos que podemos ser fuertes y valientes en nuestras decisiones. El video musical de este tema es impresionante, con una Karen poderosa y decidida a tomar el control de su vida. Este tema me hizo reflexionar sobre la importancia de no conformarse con lo que la sociedad espera de nosotros y buscar nuestra propia felicidad.

👑 *Este tema es muy especial para mí, porque aprendí que ya no era solo "mi canción", sino que se convirtió en algo propio para quienes la interpretan. Entendí que cada persona tiene su propia lucha y su propia forma de despertar a su realidad. Para mí, Despertar significa atreverse a salir de la zona de confort, aunque ese lugar nos haga felices. En el Auditorio Nacional, donde la interpreté por primera vez, estaba nerviosa, pero recordé que cuando la creé, estaba pasando por una etapa de depresión y decidí usar mi experiencia para expresarla en el escenario.*

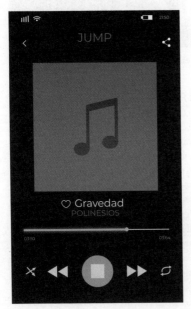

Mood: Deseos de crecer.

En este tema, Lesslie nos recuerda la importancia de no quedarnos estancados en nuestra zona de confort y tener la valentía de arriesgarnos para crecer y alcanzar nuestras metas. Es un llamado a no dejarnos llevar por la inseguridad y a confiar en nuestras capacidades para lograr lo que deseamos.

Es ideal para momentos en los que necesitamos motivación para superar nuestros miedos y limitaciones, y para recordarnos que nuestros defectos no son un obstáculo, sino una oportunidad para crecer y mejorar como personas. *Gravedad* es una canción que nos inspira a ser valientes y a tener fe en nosotros mismos.

Lesslie en el escenario interpretando Gravedad, JUMP.

Mood: Enamorado.

Me alegra que Rafa haya encontrado el amor y haya podido experimentar todo lo que trae consigo, como lo describe este tema. Es increíble ver cómo el amor puede hacernos ver el mundo de una manera completamente diferente y cómo puede cambiar nuestro enfoque en la vida. Rafa tiene una voz tan dulce y es maravilloso verlo cumpliendo sus sueños y descubriendo nuevas partes de sí mismo gracias a este amor. Este tema es perfecto para dedicarlo a alguien que te hace sentir enamorado y te lleva a volar lleno de cariño y emoción.

A mí, todas las canciones de *JUMP* me gustan mucho; de hecho, en el primer concierto del Auditorio Nacional abrimos con esa y fue muy emocionante porque estábamos cantando con lleno total, con muchísimas personas, por fin, lo que soñamos se hacía realidad: transmitir nuestro mensaje a través de nuestras canciones. Cuando sentí toda esa energía y escuché sus voces, me di cuenta de que la música es algo muy poderoso.

Rafa en el escenario interpretando Adicto a volar, show JUMP.

ill 📶   ⬛ 21:50

<   JUMP   ⤴

♡ Más fuerte
POLINESIOS

03:50   03:64

✕   ◀◀   ⬛   ▶▶   ⟲

Mood: Indestructible.

Esta canción es una de mis favoritas, me hace sentir indestructible y me recuerda que a menudo somos nuestros peores enemigos. RKL nos inspiran a creer en nosotros mismos y a superar cualquier obstáculo que se nos presente. No hay nada que no podamos lograr si creemos en nosotros mismos y en nuestra capacidad para hacerlo. Es una canción perfecta para motivarnos a seguir adelante y dejar nuestra marca en el mundo, siendo fieles a nosotros mismos.

Rafa, Karen y Lesslie en el escenario cantando Más fuerte, *show JUMP.*

Mood: Valentía.

Es momento de cambiar el mundo con nuestras acciones y deseos. Elige tu propósito y abrázalo con pasión y voluntad, juntos podemos hacerlo. Ideal para... animarte y no desistir, trabajar en tus sueños y dejar tu huella en el mundo haciendo algo por los demás.

Me fascina cantar en vivo y con los polinesios *Seamos leyenda*, porque justo cuando está empezando la canción ya saben de cuál se trata. Comienzan a corearla y lo hacen muy fuerte, entonces, escucharlos decir que lo que hagamos es importante, ¡wow! Ahí, en ese recinto, hay 10 mil personas que tienen su propio camino, y que todos digan que serán leyenda es genial. No importa el camino en el cual esté cada uno, todos vamos a dejar algo de nosotros aquí en la Tierra y estamos destinados a hacer cosas grandes, hay que creerlo. Cuando tú lo crees y trabajas para ello siempre pasa a lo mejor, no como lo visualizas, pero siempre pasa eso. Recuérdalo siempre.

Rafa, Lesslie y Karen interpretando Gracias *en el escenario, show JUMP.*

El génesis de *JUMP*

Sabemos que es difícil para los fans tener información de primera mano acerca de los conceptos que manejamos en nuestros videos y canciones, aún más cuando se trata de algo tan enorme como JUMP, por eso es que a partir de este momento, RKL tomamos la redacción de esta parte del libro, para dejar plasmado este testimonio de creatividad y fuerza, ¡vamos!

Querida polinesia, lamento mucho que no hayas podido ser parte de JUMP, pero quiero compartir contigo algo especial para que puedas entender por qué es tan importante para nosotros. JUMP es un proyecto en el que hemos puesto todo nuestro corazón y esfuerzo para transmitir mensajes importantes a través de la música, algo que no podíamos hacer en nuestros videos de YouTube. El proceso de creación fue muy interesante y nos permitió reflexionar sobre temas importantes como la fuerza, el valor y la honestidad, que siempre han sido parte de nuestro mensaje en los videos. En el documental Polinesios Revolution de Disney+, se abre un portal que nos lleva a JUMP, una plataforma en la que nos digitalizamos de alguna manera y donde RKL debemos luchar contra un virus que cobra vida a través de los miedos de las personas. A medida que avanzamos en el show, representamos la lucha contra el virus y la superación de los miedos a través de las canciones, hasta destruirlo en el tema Stronger, lo que simboliza la liberación y el triunfo sobre los obstáculos. Con JUMP, queremos mostrar que hemos evolucionado y que ya no somos los mismos de hace diez años, pero nuestra esencia sigue ahí. Este proyecto representa nuestro salto hacia adelante y el crecimiento personal que hemos experimentado. Queremos que la audiencia vea que hay más detrás de nuestros videos de bromas y retos, que también tenemos luchas y momentos difíciles que superar, y que podemos transmitir mensajes importantes a través de la música.

Un *show* demandante

 Un momento. Para todos los que no lo saben, quiero que se enteren de que quien está detrás del *show* de *JUMP* es Karen, porque el arte es una de las formas con las que ella quiere expresarse. Karen es muy creativa para crear conceptos y vio en este *show* una oportunidad para hacerlo de muchas maneras: con el arte visual (todo lo que vemos en las pantallas), la ropa, los números y los bailes. Todo lo que está en el escenario es obra de Karen y, por eso —más allá de las horas de ensayos, el estrés, la preparación física y mental—, existe otro factor que es muy demandante y va más allá de lo físico: todo el trabajo de producción de mi hermana. No debemos olvidar eso al momento de disfrutar el concierto, hay una mente detrás de todo lo que ven en el escenario y es la de ella.

Tienes razón, hermano, cuando empiezas a crear se te olvida que también comienzan a llegar las dificultades. Recuerdo que la última semana antes del estreno fue dura, no solamente tenía que aprenderme las coreografías, también debía conocer lo que sucedía en el escenario, estar con el director, con la coreógrafa, con la chica del vestuario, revisar y solucionar todo. En ese momento tuve un exceso de cortisol y se me inflamó la cara. Ahorita que lo escribo puede parecer gracioso, pero no fue divertido: un día desperté, me preparé para ir al ensayo y me di cuenta de que tenía los labios hinchados, como si me los hubiera inyectado, ¡no podía creerlo! Me asusté, pero poco a poco volví a la normalidad. Luego se presentaron problemas con el vestuario, que no quedaba por cuestión de tiempos. Hubo muchas complicaciones, porque JUMP parecía un show más simple, pero fue bastante complejo y no se tenían previstas muchas cosas. Se presentaron situaciones complicadas, así que volví a experimentar mi cara hinchada debido al estrés; fue cuando la coreógrafa me ayudó, me metió en una sala, apagaron las luces, me puso música y me hizo un reiki, de esa manera me tranquilicé y me enfoqué en buscar soluciones. Fue complicado, pero ahorita ya hay personas que saben muy bien lo que se tiene que hacer, y no me preocupo mucho por el backstage; ahora, en lo que me enfoco es en tener buena condición física, porque si no hice ejercicio o no comí bien, se nota durante el show. Es muy importante cuidarnos físicamente. JUMP es un show exigente, pero realmente gratificante. Estar ahí en el escenario, frente al público y que la gente se quede asombrada y con la boca abierta por lo que ve, es lo mejor. A mí me emociona mucho que llegue el día del show porque lo disfruto mucho.

⟁ Para mí, JUMP fue complicado desde antes de que empezaran los *shows*, por un detalle: aprenderme todas las coreografías y bailar, sobre todo porque soy una persona muy rígida, soy como un tronco. Al principio me costó mucho trabajo aflojar mi cuerpo; de hecho, hasta me pusieron ejercicios, me dejaban ahí como una o dos horas haciendo un solo movimiento, como mover la cadera o el torso. Practiqué mucho las coreografías y logré soltarme, pero luego me aprendía una coreo y al día siguiente... ¡se me olvidaba!, fue lo más difícil. Lo bueno fue que el director me hizo sentir seguro, me dijo: "Ya estamos aquí, todo lo que practicamos, todo lo que hicimos es suficiente, ya no podemos hacer nada más porque este es el momento, estamos por estrenar. Quiero que sepan que esto es un regalo para todos los que estamos aquí, para su audiencia que vino hasta acá y están sentados allá afuera esperando para ver el *show* que ustedes han desarrollado. Es un regalo también para PP estar con las personas que todos los días conectan con ustedes. Es un regalo para todos los que estamos detrás del escenario; vamos a ver el resultado final del esfuerzo de muchos días, hoy se presenta y es todo". Sus palabras me dieron tranquilidad. En la primera función del Auditorio estaba muy nervioso, pero una vez que salí al escenario se me quitaron las inseguridades; recordé que esto era un regalo y dejé de preocuparme por si se me olvidaba la coreografía o si me movía de forma muy rígida... me dejé fluir. A partir de esa presentación y las siguientes, logré disfrutarlo.

Los mundos digitalizados de RKL
by Karen Polinesia

Rafa en JUMP

Su hogar es su escenario y lo veía como una ciudad muy limpia, amigable con el medio ambiente, donde la naturaleza está integrada a la tecnología, con edificios grandes y árboles en ellos. En el tema *Future Is Now* tiene una misión: está en otro planeta y por eso usa máscara, porque no puede respirar, y las criaturas (los bailarines) son de ese mundo. En su siguiente número musical viaja a la Tierra y ahora los bailarines son quienes usan máscara porque no pueden respirar nuestro oxígeno. Esos detalles son los que hacen que el *show* sea muy impactante y que, aunque lo veas tres veces, descubras cosas distintas cada vez.

Rafa en show *JUMP.*

Karen en JUMP

Es Karen en Tokio, fragmentada porque representa el momento en el que pasa por una depresión, por eso es que se dividió en muchas piezas y vemos a Karen avatar rompiéndose en muchos pedazos. Los bailarines que salen ahí son varias Karen repetidas y por eso se mueven conforme ella va moviéndose en escena. Hay muchas, por lo que ella se pregunta quién es, tiene dudas sobre su identidad, pero todas esas inquietudes encuentran respuesta en el tema *Despertar*, en el cual logra entender a qué vino al mundo y cuál es su misión.

Karen en show JUMP.

Lesslie en JUMP

En el *show*, Lesslie tiene una misión: conforme pasan las canciones, nos damos cuenta de que el virus está enamorado de ella, de su belleza, y aunque parece que Less está a gusto y feliz en su mundo, llega un momento en el que ve que en realidad está enjaulada en un lugar precioso; entonces empieza a seducir a los seres que la tienen presa, pues se da cuenta de que puede escapar de esta cápsula a través de la seducción. El mundo en el que se encuentra Less es "perfecto", pero ya no quiere estar en él, y la única forma de salir es engañando a los "malos" y luchar. Eso pasa en la primera parte del *show*. En la segunda, en el tema *Gravedad*, hay muchos espejos en el escenario, porque muchas veces nos miramos en ellos, pero no nos amamos, vemos solo nuestros defectos y muy pocas veces nos decimos lo buenos o lo hermosos y perfectos que somos. De hecho, *Gravedad* habla de esta realidad que te quiere imponer la sociedad en la que te dicta cómo debes ser. Te empiezan a meter tantas cosas en la cabeza que te da miedo ser quien eres; lo que pretende *Gravedad* es romper esos estereotipos y formas de pensar.

Lesslie en show JUMP.

◇ Polinesia, aprovecho para contarte un lado del show que muy pocas veces la gente o los asistentes ven, y es que se trata de una función muy exigente en todos los sentidos: a nivel físico y también en la parte emocional. A esto hay que sumarle que a veces hacemos dos shows al día, y tener la misma energía en todos es muy difícil, es muy pesado y debes tener mucha fuerza, energía y paz mental para lograrlo pues... el show debe continuar. Los polinesios que van a verte no tienen la culpa de que no la estás pasando bien. De hecho, en un show que dimos en Pachuca me sentía muy mal. Estaba en una crisis existencial, todo me pesaba y no podía moverme bien, estaba cansada y sentía que no estaba ahí, como que mi mente y mi cuerpo no se encontraban en el mismo sitio. Algo muy fuerte estaba pasando con mi energía, no me podía concentrar, no quería hacer nada, lloraba todo el tiempo. Después supe que la conexión que tenía con Koco fue lo que no me dejó estar ahí, porque ese día, en la noche, cuando regresábamos a la Ciudad de México, fue que pasó lo de Koco. No sé si ya sentía que algo iba a estar mal. Al final, llegó un momento en el show en el que me iba a desmayar mientras cantábamos Seamos Leyenda; de repente me vio un ensamble y me dijo: "¿todo bien?", y ahí fue que desperté, dije: "tengo que estar bien, ya casi acaba el show y podré irme", por fortuna, nadie lo notó.

Muchas veces me han preguntado si hacemos algo antes de salir a escena y muy pocas veces lo he respondido, pero en esta oportunidad quisiera compartirlo, pues me parece un momento bonito y muy íntimo: bueno, antes de salir a escena, lo que nosotros hacemos es sintonizarnos con todo el equipo, hacemos un círculo en el que cada uno de nosotros pone un ejercicio, porque estamos proyectando nuestra energía en los demás, nos sincronizamos con la energía de todos y nos miramos a los ojos para poder proyectar esa conexión en el escenario. Después, es momento de juntar nuestras manos y gritar *jump* varias veces. Cuando todos se van y nos dejan a nosotros, a RKL detrás del escenario, nos tomamos de las manos y empezamos a recordar por qué estamos haciendo esto; si alguien se siente mal le damos energía y palabras para levantar su ánimo, porque no estamos bien todo el tiempo. Después nos damos un beso y decimos: "Hermanos, disfrutemos esto, disfrutemos el juego", para luego fundirnos en un abrazo lleno de amor.

CAPÍTULO 8

DÉCADA POLINESIA

10 años de creación

10

ANIVERSARIO

PLÁTICA POLINESIA

Karen, Rafa y Lesslie visitando el espectacular que los fans hicieron para ellos como sorpresa por los once años.

Me imaginaba cuando era apenas una niña pequeña, con una coronita de princesa y bailando mis coreografías favoritas. Siempre fui una niña inquieta y creo que eso hasta la fecha me ha llevado a tener diferentes proyectos y la iniciativa de ser creativa. Conforme vamos creciendo, es muy importante que podamos hablar con nuestro niño interior.Aquel día me dije a mi yo de pequeña: "Antes que nada, agradece mucho al Universo porque ha pasado más de una década y sigues en este plano terrenal, viviendo y soñando. Sigue así y no dejes que nada ni nadie apague tu sonrisa. Pasarás por momentos difíciles en casa y una pérdida que dejará una herida en tu corazón, pero tú eres la fuerza de la familia, a pesar de tu edad…".

"… Encontrarás en la plataforma de YouTube a Polinesios, tres hermanos llamados Rafa, Karen y Lesslie, que serán tu inspiración, ellos te ayudarán en muchos aspectos de tu vida, sobre todo a no avergonzarte por tu pasión de escribir. Sí, esas historias locas de orcos y otros seres supernaturales que sé que escribes detrás de tus cuadernos, serán el principio de algo grande, así que no las rompas como yo lo hice. Escribirás toda una enciclopedia acerca de estos hermanos. No hagas caso si se burlan de ti por eso y te dicen cosas como *friki*, así se les llama ahora a las personas que son apasionadas de algo, como tú lo serás de ellos…".

"… ¿Puedes creer que ahora vivimos en Corea? ¡Lo logramos! Espero que te sientas orgullosa de mí por cómo te he abierto camino, te juro que he hecho lo mejor que he podido. No seas tan exigente con nuestros padres y mantente unida a tus hermanas, pues eres su ejemplo. Te amo. Ah, y no te depiles las cejas, así como las tienes son lindas".

No puedo evitar sentirme muy emocionada al pensar en la idea de hablar con mi versión más joven y hacer una reflexión de lo que estoy haciendo bien y en qué puedo mejorar. Todo esto gracias al video *Así comenzamos... Los Polinesios*, que compartieron en el Día Internacional Polinesio de 2017. Veo cómo han cambiado RKL en estos años y me pregunto también: ¿en qué han mejorado los hermanos? Nosotros sabemos de sus logros pero ellos deben tener reflexiones sobre su ser.

♕ *Como parte de nuestra evolución como personas y profesionales, el cambio más importante que hemos tenido en estos casi doce años es ser conscientes. Al ver algunos de nuestros videos del pasado, nos damos cuenta de que éramos muy inconscientes de algunas cosas que decíamos y no pensábamos en las consecuencias que podían ocasionar nuestras palabras y comportamientos. Ahora somos más empáticos, respetuosos y tolerantes, y nos enfocamos en ayudar a los demás en lugar de solo pensar en nosotros mismos. Consideramos que esto ha sido un cambio para bien, uno que agradecemos y que nos da orgullo, ya que sabemos que nuestra audiencia también ha evolucionado junto con nosotros.*

♦ Lo que he aprendido en todo este tiempo y que ha sido más transformador es encontrarme a mí misma, hallar amor dentro de mí, en lo que hago y en lo que soy. Cuando eres genuinamente tú, todo lo disfrutas y eso se traduce en felicidad. Otro aprendizaje que me ha dejado esta década de creación es que siempre habrá "altas y bajas", no podemos estar todo el tiempo con la alegría a tope, pero siempre tendremos la oportunidad de reencontrarnos. Equivocarse, experimentar y amar forman parte de la vida, eso es lo que nos ha llevado a ser quienes somos, a ustedes y a nosotros, a todos los seres humanos. He aprendido que cada día es un aprendizaje, que es válido decir sí y también no, siempre y cuando te sientas seguro de la decisión que estás tomando.

¿QUÉ LE DIRÍAN A SU YO DEL PASADO?

Carta a tu yo de tres años atrás

Actualización... ¡una década después!

Desde aquel año 2017 en que los conocí, han pasado ya muchos años y Rafa, Karen y Lesslie siguen creando contenido increíble que inspira a miles de personas en todo el mundo. Por eso creo que ese video que me impactó tanto en su momento necesita ser actualizado para incluir todo lo que han logrado en estos últimos años. Si Polinesios del 2023 pudieran viajar en el tiempo para hacerlo, tendrían que agregar información muy valiosa...

MENSAJE DEL FUTURO #1

Es que los Polinesios revolucionarán el mundo con sus cambios de *look*. Las personas se atreverán a pintarse el cabello y a lucirlo como se sientan cómodas y felices, como lo han hecho los RKL durante más de una década. La moda y la belleza se han convertido en una forma de expresión y los Polinesios han sido pioneros en esta tendencia, abriendo camino a nuevos estilos y modas.

Be Like Polinesios

¿Quién no ha sido influenciado por Polinesios en algún momento de su vida? Yo definitivamente sí, y puedo asegurar que gracias a ellos me animé a hacer cosas que jamás había imaginado. Uno de esos cambios radicales fue el de cortar y teñir mi cabello, algo que antes de conocerlos jamás hubiera considerado. Polinesios fueron de los primeros youtubers que se atrevieron a experimentar con colores en su cabello, rompiendo con las etiquetas y estereotipos negativos que se les adjudican a personas que se salen de lo "normal". Gracias a ellos, personas de todo el mundo han encontrado la confianza para ser auténticos y vivir de acuerdo con sus propias reglas.

RAFA
y sus looks

Hace poco, conversé con alguien del ámbito educativo en México, quien me sorprendió al decirme que el "efecto Polinesios" ha llegado a las escuelas. Me explicó que ahora, en algunas instituciones, ya no se les prohíbe a los estudiantes llevar el cabello pintado, y que nuestras hermanas y yo habíamos tenido algo que ver en eso. Hace una década, en las escuelas era común que se prohibiera a los alumnos tener el cabello teñido o largo, pero parece que eso está cambiando. En lo personal, nunca creí que me pintaría el cabello, pero después de hacerlo una vez, me animé a probar con más colores y a teñirlo completamente de plateado con raíces azules. Ahora, mi estilo representa nuestro proceso de transformación y evolución. Este look, inspirado en los videojuegos y en la fantasía, ha llamado la atención en las calles de Nueva York y en todo el mundo, lo cual me hace feliz y confirma que podemos seguir asombrando a la gente.

KAREN
y sus looks

 Siempre quise hacerme algo en el pelo, pero en la universidad pintarse el cabello no era bien visto. Después de unos años en Plática Polinesia, decidí pintarme el cabello y me gustó mucho. Me di cuenta de que a la gente también le gustaba y que muchos deseaban hacerlo, pero les daba miedo lo que pensaran los demás. Fue emocionante ver cómo más personas se atrevían a usar cabellos de colores y que esto se estaba convirtiendo en algo común.

Luego, empecé a experimentar con mi look y llegamos al que tengo actualmente. Mi último cambio fue raparme la mitad de la cabeza, lo cual fue muy valiente, ya que rompía con la imagen conservadora de Polinesios. Recibí muchos comentarios hirientes, pero aprendí a no darles importancia. Me siento orgullosa de ser un ejemplo para las personas, especialmente para las jóvenes, para que se atrevan a ser creativas y a explorar con su imagen sin encasillarse en una sola forma de verse. Me gusta cambiar mi look de vez en cuando para evitar aburrirme. Les sugerí a mis hermanos que cambiaran también el suyo y avanzaran en su imagen, aunque a Lesslie le costó más trabajo decidirse.

LESSLIE
y sus looks

◈ El cambio de imagen que más me costó trabajo fue el de fleco y teñido bicolor, de rosa y morado. Soy una persona más tradicional y, cuando algo me gusta, lo conservo por mucho tiempo. Tuve el look de pelo negro con las puntas rosas durante cinco años y lo amaba, pero llegó un momento en el que no me representaba. A pesar de tener esa sensación confusa, no me atrevía a cambiar por miedo a recibir malos comentarios. Al final, me atreví a dar el paso y me sentí feliz con el resultado. Pude transmitir a través de mi cabello mis emociones: la mitad rosa representa mi esencia, y la mitad morada simboliza mi evolución.

Los últimos cambios de imagen generaron comentarios de que ya no éramos las mismas personas, pero modificar tu look no transforma tu personalidad. Tu visión de la vida puede cambiar con el tiempo y las experiencias, pero no solo por pintarte el cabello. Ahora estoy en una nueva etapa de transformación en la que ya no quiero llevar fleco, solamente lo quiero largo porque así me gusta.

MENSAJE DEL FUTURO #2

Inspirarán a gran parte de su audiencia y muchos querrán ser youtubers; sin embargo, también habrá quienes piensen erróneamente que ser creador de contenido es un camino sencillo y que no es necesario prepararse ni estudiar. Ustedes, Polinesios, demostrarán que la educación es necesaria para abrirse camino en las oportunidades.

Be Like Polinesios

RKL se dedicaron a sacar adelante sus estudios y el proyecto de sus canales de YouTube, lo que implicó muchas noches de desvelo. Si ellos pudieron hacer ambas cosas, nosotros también podemos. Olvidemos la idea de que estudiar es una pérdida de tiempo, porque Polinesios demuestran lo contrario. Rafa se graduó como licenciado en Mercadotecnia, siendo el primero en terminar sus estudios; Karen es ingeniera en Transporte, mientras que Lesslie eligió Relaciones Comerciales. Todo esto llevó a que nuestros PP fueran reconocidos como embajadores de la iniciativa #PorLosJóvenes de la Alianza del Pacífico, a favor de la educación en México, Colombia, Chile y Perú. ¡Son unos duros!

Anita también se unió a la campaña #WatchHerShine de la Fundación Malala. Para ponerte en contexto, el 9 de octubre de 2012, Malala Yousafzai, una chica paquistaní de quince años, sufrió un atentado por oponerse a las restricciones de los talibanes que prohibían la educación de las mujeres en su país. Sobrevivió al ataque y se convirtió en un ícono de lucha por la educación para las niñas, y creó una fundación para trabajar por un mundo donde ellas puedan aprender y liderar. En el video *Karen Polinesia, one of Mexico's most popular YouTube creators – on being a role model for girls*, vemos cómo encontrar modelos a seguir y cómo buscar en el conocimiento una herramienta de poder para todas las niñas del mundo.

> 👑 *Nuestros papás trabajaron duro por nosotros, y gracias a ellos tuvimos la oportunidad de estudiar. Esto es algo a lo que muchas personas no tienen acceso. Toda acción que esté orientada a mejorar la educación, la apoyaremos, alzaremos la voz para que este derecho llegue a todos, incluso a las zonas marginadas, y que las comunidades indígenas sean tomadas en cuenta. Estudiar abre muchas puertas, la ignorancia deriva en acciones que no contribuyen a mejorar el mundo, cierra nuestro panorama y permite que aceptemos que nos digan cómo vivir sin cuestionarnos, simplemente porque "las cosas son así".*

NOS NOMBRAN EMBAJADORES EN 4 PAÍSES | LOS POLINESIOS VLOGS

Karen, Rafa y Lesslie recibiendo premio en el II Encuentro de Jóvenes Alianza del Pacífico.

Karen Polinesia — one of Mexico's most popular YouTube creators — on being a role model for girls

Karen, Lesslie y Rafa recibiendo el reconocimiento de embajadores de la iniciativa por los jóvenes en la Alianza del Pacífico.

MENSAJE DEL FUTURO #3

La comunidad LGBTQ+ lucha en contra de la discriminación. Polinesios, a través de su contenido y su mensaje de inclusión, ayudarán a que muchas personas comprendan la importancia de no discriminar a nadie por su identidad de género u orientación sexual. Su postura y actitud frente a estos temas ayudará a que la comunidad LGBTQ+ sea reconocida y respetada por todos.

Los Polinesios dieron un gran ejemplo de inclusión y diversidad cuando, en uno de sus videos, se transformaron en increíbles *drag queens* llamadas Raxy Nature, Kueenpo y Rose Mary. Este paso gigante en favor de la comunidad LGBTQ+ fue todo un éxito en internet y rompió barreras de discriminación, mostrando que la aceptación y el respeto deben ser valores universales. Para ellos, no hay lugar para la intolerancia y luchan por un mundo donde todos puedan ser quienes son sin ser juzgados por su identidad de género u orientación sexual.

Lesslie siendo Rose Mary.

Karen transformada en drag queen.

Rafa interpretando a su personaje drag queen Raxy Nature.

MENSAJE DEL FUTURO #4 (de Rafa para Karen y Lesslie)
Serán una gran inspiración para millones de chicas en el futuro. Serán un modelo a seguir para muchas mujeres y se unirán a organizaciones que luchan por el empoderamiento femenino. Con su ejemplo, demostrarán que las mujeres pueden lograr grandes cosas en cualquier campo y que no hay límites para lo que pueden alcanzar. Sus nombres estarán relacionados con organizaciones mundiales como la ONU, lo que demuestra la influencia que tendrán en la sociedad. Su impacto será enorme.

Siempre me siento muy orgullosa de mis niñas, como yo les llamo, en momentos como estos, donde han demostrado todo su poder femenino. Me encantaría saber su opinión al respecto.

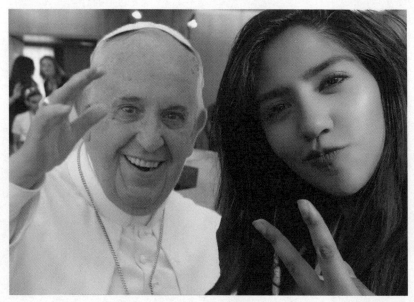

Karen en una mesa redonda en el Vaticano con el Papa Francisco.

Karen en audiencia privada con el Papa

Karen fue seleccionada junto a otras diez personas por la organización Scholas para tener una audiencia privada con el Papa Francisco, una de las figuras más influyentes del mundo. En esa reunión, nuestra Ana Karen mantuvo la compostura en todo momento, hablando con seguridad y mirando fijamente a los ojos del argentino Jorge Mario Bergoglio. Para cualquiera de nosotros, estar frente a una personalidad de esa magnitud podría ser abrumador, pero Karen demostró una gran determinación y seguridad en sí misma.

Recientemente, Karen fue invitada una vez más al Vaticano debido a su enorme influencia en los jóvenes así como su determinación para dar un mensaje de respeto y autenticidad.

👑 *Recibí una oportunidad única en un momento complicado en el que me cuestionaba mi autenticidad en internet. Nuestro mánager de Google nos llamó para decirme que había sido seleccionada para tener un diálogo con el Papa. Fue una experiencia increíble, en la que pude preguntarle cómo mantener la identidad en medio de tanta información en internet. La respuesta que me dio me ayudó a encontrar de nuevo mi centro y a ser fiel a mi identidad. Además, tuve la oportunidad de llevar a mi abuelo conmigo, quien siempre había querido conocer Roma y El Vaticano. Fue una experiencia muy emotiva para ambos.*

Lesslie: ¿más libros y belleza?

En el capítulo 4 ya mencionamos los logros de Polinesios, incluyendo los dos libros escritos por Lesslie, pero parece que esta chica nos seguirá sorprendiendo con nuevos proyectos. En el video *¿Qué pasó con polinesios? 10 años después*, en el minuto 6:25, aparecen algunas pistas sobre lo que podrían ser sus próximos proyectos. Primero, vemos un libro, lo que podría significar que Yadid está preparando su tercer proyecto, que estoy segura que me encantará desde la página 1. Pero eso no es todo, también vemos un producto de belleza rosa, el color de Yadid, lo que me hace pensar que vienen productos de *makeup*, pero conociéndola puede que sea algo de cuidado de la piel, el *skincare* de Lesslie. La menor de los hermanos no solo nos ha enseñado a embellecer nuestro interior, a limpiar nuestras mentes de inseguridades y a exfoliar esos puntos negros, es decir, personas tóxicas, sino que también nos ayudará a cuidar de nuestra piel con una línea épica de productos.

Además, un acontecimiento reciente le ha cambiado la vida por completo, pero eso es tan increíble que requeriría otro libro para ser debidamente contado.

MENSAJE DEL FUTURO #5

En el futuro, se reconoce el impacto positivo que Polinesios tuvo en la preservación de especies animales en peligro de extinción. Gracias a su mensaje sobre la importancia de cuidar a los animales y su hábitat, muchas personas jóvenes están tomando conciencia de la necesidad de proteger a todas las criaturas en el planeta. Además, el uso de imágenes de personas posando con animales vulnerables en las redes sociales ha disminuido notablemente gracias al mensaje de Polinesios.

Desde que Polinesios comenzó su carrera en el mundo digital, siempre han buscado hacer un impacto positivo en el planeta, incluso en el bienestar de los animales. En su trayectoria, Yiyi se unió al Fondo Mundial para la Naturaleza (WWF) como uno de los 20 del 20, un grupo de creadores de contenido que se enfocó en concientizar a la audiencia sobre la importancia de la preservación del planeta y de las especies que lo habitan. Después, Rafa, Karen y Lesslie se convirtieron en Embajadores del Jaguar para la misma organización, contribuyendo a la protección de esta especie.

Pero no se detuvieron ahí. A través de su serie *H3ROES*, nos enseñaron a tomar conciencia sobre el maltrato animal y cómo nuestras acciones pueden afectar su bienestar. Con su ejemplo como voluntarios en refugios de elefantes y osos para la organización Wildlife, nos mostraron el sufrimiento de los animales cautivos y nos inspiraron a buscar soluciones. Gracias a ellos, hemos aprendido a ser más conscientes de nuestros actos y a proteger a las especies en peligro de extinción.

Rafa, Lesslie y Karen siendo nombrados embajadores del jaguar por WWF.

Karen, Rafa y Lesslie
frente al primer hospital
de elefantes en la India,
Wildlife SOS.

Rafa, Karen y Lesslie aprendiendo sobre la apicultura, serie H3ROES.

Rafa, Karen y Lesslie en su primer día como apicultores.

RESCATE SALVAJE

CAPÍTULO 2

🐾 En el refugio de elefantes me di cuenta de cómo un ser humano puede regresar de alguna forma algo de felicidad a los animales o a la naturaleza. El maltrato animal no se traduce solo en provocarles dolor u otro daño. Al deforestar los bosques u otros ecosistemas que son su hogar, causamos un impacto negativo en ellos.

👑 Antes de pararnos frente a una cámara y hablar acerca de una causa como la del cuidado de los animales, nos gusta involucrarnos en la situación, investigamos acerca del tema y, si podemos, buscamos experimentarlo en carne propia para así dar una opinión. Con esta idea, mis hermanos y yo decidimos ser voluntarios en el refugio de elefantes en la India, y fue tan genial que creamos H3ROES, la presencia de Polinesios en labores sociales y altruistas. Nos encantaría que en un futuro, H3ROES fuera una organización mundial que apoye varias luchas. Tenemos muchos amigos que tienen fundaciones, y creemos que es un gran reto, solo que hemos ido construyéndolo poco a poco. ¿Se unen?

💎 ¡Sí, vamos juntos! Desde nuestra trinchera y la suya, tenemos la capacidad y el deber de hacer algo por el mundo. A lo mejor hay personas que podrían decir: "¿qué puedo hacer si India y sus elefantes están muy lejos de mí?" o "¿qué más da el jaguar de México, si yo vivo en España?". No importa dónde estén, hay muchas cosas por mejorar. Muchas veces me he preguntado qué estaría haciendo si no estuviera grabando videos, quizás estaría en voluntariados para animales, regresándoles amor y paz después de habérselos quitado.

MENSAJE DEL FUTURO #6

En algún momento de su carrera, Polinesios se encontraron en una encrucijada. Tal vez las presiones del éxito, el agotamiento por el trabajo constante o simplemente el deseo de explorar nuevos horizontes los llevó a considerar la idea de dejar atrás el proyecto que tanto habían construido. Sin embargo, no importa cuáles fueron esas dudas o los miedos que sintieron, los PP lograron superarlos y continuar con su labor. Su legado ya estaba en marcha y, sin duda, se mantendría presente por mucho tiempo, inspirando a nuevas generaciones de jóvenes creadores de contenido y siendo un ejemplo de perseverancia y compromiso.

En el video *Durmiendo en cápsulas a 500 m de altura*, que pueden encontrar en su canal de YouTube, Polinesios demostraron una vez más que su conexión como hermanos y como creadores de contenido es más fuerte que cualquier distancia o desafío. En ese momento, Rafa se separó temporalmente del equipo para realizar un desafío en solitario, lo que hizo que Karen y Lesslie se sintieran un poco preocupadas. Sin embargo, Rafa les aseguró que él siempre estaría presente en todo y que pronto regresaría. Aunque antes hubiera sentido la necesidad de intervenir para que los hermanos permanecieran juntos, ahora estoy segura de que cada uno de ellos tiene sus propias metas y caminos que seguir. Pero una cosa es segura: el legado de Polinesios nunca se perderá, y siempre serán recordados como los tres hermanos que marcaron la diferencia en el mundo del entretenimiento y de la responsabilidad social.

Recientemente, Rafa tomó la decisión de emprender un proyecto de sustentabilidad en medio de la selva. Con ello nos demostró que la naturaleza es una enorme proveedora de recursos y de sueños, siempre y cuando la cuidemos.

🔺 "¡Los tres hermanos que cambiaron al mundo!", eso sería muy valioso. Créanme que mis hermanas y yo estamos intentándolo, es un gran reto, pues para lograrlo hay que trabajar mucho. Sabemos que no estamos solos, no lo lograríamos sin su ayuda.

👑 Todas estas labores las hemos llevado a cabo por convicción, y hay áreas en las que podemos mejorar. Si nadie las voltea a ver, si nadie dice "oigan, de este lado está pasando esto", muchos siguen su rutina del día a día, ignorando esos problemas que necesitan una voz.

◇ Juntos podemos cambiar al mundo. El punto de todo esto es ayudar y utilizar nuestra voz para hacer esas transformaciones; siempre hay alguien que nos necesita: una comunidad, un ecosistema, alguna causa esperando por nosotros. Por eso nos hemos acercado a asociaciones grandes, pues deseamos tener el mayor impacto posible.

¿LISTOS PARA CAMBIAR AL MUNDO?

Todos somos capaces de cambiar nuestra propia realidad, pero para eso debemos tener herramientas que nos ayuden. Polinesios creemos que la libertad, el amor y la creatividad harán de este mundo un lugar mejor.

Libertad

Considero que estamos en un momento en el que el mundo está muy creativo, como en un renacimiento o renacentismo. Como en el pasado —cuando la gente se quedaba sin aliento al ver lo que estaban haciendo artistas como Miguel Ángel o Leonardo da Vinci—, ahora el ser humano está usando su creatividad para hacer cosas impresionantes, como que podamos ver por YouTube el sobrevuelo de la nave Orión, que ahora se toma selfies en su camino a la Luna.

Se manifiesta de muchas maneras: en la libertad de expresión, la libertad mental, la libertad sobre tu cuerpo, en las creencias y al vivir la vida como nos sintamos plenos.

Creatividad

Amor

La fuerza que nos lleva a transformarnos nace del amor propio, del amor a nuestras comunidades, del amor a la madre tierra y del amor a las demás personas.

POLINESIOS POR SIEMPRE

Ojalá que el Universo me conceda la suerte de tener una larga vida para alcanzar mis propios sueños, y ver cómo estos hermanos hacen lo propio con los suyos... ¿Qué tendrán planeado? ¿Y ustedes qué tienen en mente para su futuro?

Escribe aquí cinco de tus metas:

1. ....

2. ....

3. ....

4. ....

5. ....

👑 Hacer una obra de arte. Una pieza con la mezcla de distintas técnicas o hasta un álbum musical, no estoy cerrada a nada.

👑 Escribir un libro, ¿de qué género? Me gustaría una novela biográfica, ¿o una de ficción y fantasía? No lo sé todavía.

👑 Hacer una TED Talk. Se trata de un formato de conferencias certificadas. Sería genial expresarme también de esa forma.

👑 Y yo sí tengo una meta para los tres. Es uno de esos sueños locos que nos hacen volar la imaginación, pero me gustaría decirlo, y es ganar un premio Nobel.

🪶 Vivir con una tribu del Amazonas o de África y ver cómo es su estilo de vida. Quiero salir del confort que te da abrir una llave para tener agua o ir al refrigerador y sacar comida. Quiero tener mis propios medios.

🪶 Me gustaría recorrer un continente en bicicleta. Podría ser América, desde Argentina hasta Alaska. O en Asia, desde China hasta la India; perdón, desde Rusia hasta la India. Europa está como muy fácil, creo, porque es pequeño. O África, desde el norte hasta el sur. Me gustaría hacer algo así.

💎 Quiero encontrar a una persona para compartir mi vida, con la que pueda conectar y complementarnos mutuamente.

💎 Quiero crear la marca de maquillaje más grande de Latinoamérica, enfocada en el bienestar y el cuidado personal.

💎 Quiero seguir conociendo el mundo, Medio Oriente y Asia son mi objetivo esta vez.

💎 Quiero conectar mi cuerpo, mente y alma.

💎 Me gustaría vivir en otras partes del mundo, como Tokio, Seúl París, Milán, Madrid, y Nueva Delhi; estaría dos meses en cada ciudad.

♦ Quiero ser la voz de apoyo para aquellas personas que han atravesado una decepción en vínculos de pareja, amigos o familia.

♔ Lanzarme otra vez de un paracaídas. Sí, aunque no lo crean, es algo que hice en Dubái y que repetiría.

♦ Recorrer la mayor cantidad de lugares en el mundo. Deseo conocer diferentes culturas y la forma en la que ven la vida otras personas.

♦ Quiero seguir escribiendo libros, ahora enfocados en entendernos a nosotros mismos. Quiero ser parte de una serie o película.

Sueño: siempre juntos.

Sueño: la diversión siempre presente.

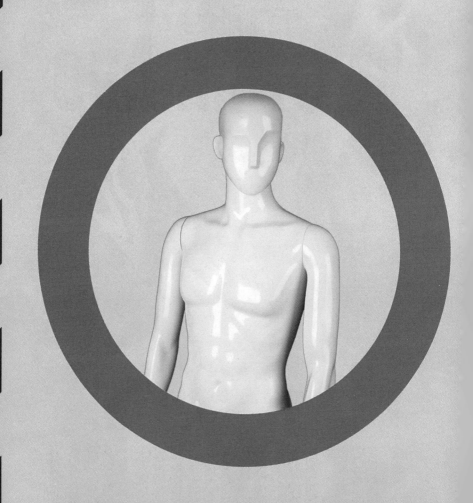

⚠ CAUTION ⚠

MODO RESTRINGIDO

LEER BAJO SU PROPIO RIESGO

ASHLEY. UFO. SA. DE PP.

CAPÍTULO 9

El contenido de Polinesios representa la unión familiar, la hermandad y el cuidado del mundo, pero también los Polinesios han hecho videos bastante creativos y surrealistas que no solo nos divierten sino también echan a volar nuestra imaginación y a crear teorías sobre la verdadera historia que quieren contar; ficción o no, a mí me encanta, y a muchos Polinesios más, armar teorías. Sobre esto aquí les muestro las más relevantes.

Las teorías del origen
y propósito de Polinesios

Desde pequeña imaginaba diferentes teorías sobre Polinesios, su contenido tenía un toque mágico o de ficción y eso hacía que volara mi imaginación. No importa cuánto tiempo haya pasado, todavía recuerdo la emoción que sentí cuando tuve la oportunidad de asistir a una función de la Gira Polinesia. Ver a mis amados Polinesios en persona fue uno de los momentos más memorables de mi vida. Aunque los asientos que conseguimos estaban en la penúltima fila y no pude verlos de cerca, la experiencia en sí fue increíble. Pero, tengo que admitir, me decepcionó un poco no poder apreciarlos completamente.

En ocasiones me encuentro cuestionando si lo que presencié en la Gira Polinesia fue real o simplemente una proyección en 3D en una pantalla de alta definición. En lugares como Seúl, es común ver este tipo de tecnología utilizada en anuncios, donde las imágenes son tan vívidas que resulta difícil distinguir entre lo real y lo ficticio. Entonces, ¿es posible que lo que creí que eran los Polinesios fueran en realidad hologramas o androides bailando y cantando? Es una idea descabellada, pero no puedo evitar considerarla.

A medida que pasa el tiempo, en lugar de desvanecerse, mi fascinación por los Polinesios y el misterio que los rodea solo ha crecido. Su origen y propósito continúan siendo un enigma para mí. He desarrollado algunas teorías, algunas de las cuales podrían resultar inusuales, en un intento por comprender lo inexplicable. Pero una cosa es segura: la presencia y el impacto de los Polinesios en mi vida son reales, sin importar si son seres de carne y hueso o algo más.

TEORÍA 1
Polinesios y su animal espiritual

En los primeros días de Plática Polinesia, Rafa, Karen y Lesslie se identificaban con su audiencia a través de botones con símbolos distintivos. Rafa tenía una pirámide, Karen, un zorro, y Lesslie, una mariposa. ¿Qué mensaje había detrás de estos símbolos? Mi teoría es que los Polinesios nos están transmitiendo que tienen la capacidad de conectarse con los animales, de adquirir su fuerza y habilidades para transformarse internamente. Los animales son sus guías en la misión que tienen en este mundo. La pirámide es un símbolo divino, representa la conexión con el Sol y la Tierra, lo cual me llevó a deducir que Rafa tiene la capacidad de conectarse con la tierra y sus animales de poder son la jirafa y elefante. Esta teoría, aunque puede sonar mágica y hermosa, es simplemente una forma de relacionar las personalidades de los Polinesios con los animales.

En este caso, Karen, su primer animal de poder fue el zorro. Aunque es un miembro de la familia de los cánidos, el zorro no ha sido domesticado debido a su amor por la libertad. Es inteligente y audaz, características que también encontramos en nuestra querida Karen. Además, el zorro es escurridizo y travieso, al igual que ella.

Hablando de de Lesslie, su primer animal de poder fue la mariposa, llamativa en colores y ágil en movimientos. Parece uno de los seres más frágiles de la tierra, pero en realidad es uno de los más poderosos y evolucionados. Por ejemplo, la mariposa monarca realiza migraciones de hasta 4 mil kilómetros y enfrenta desafíos como el cambio climático y la deforestación. De manera similar, Lesslie ha tenido que superar obstáculos y enfrentarse a sus detractores en su camino hacia la mujer fuerte y empoderada que es hoy en día. Después evolucionó como un colibrí y, ahora, como una libélula.

⬧ La idea de los animales de poder es que están en un plano más sutil, son protectores y puedes usar sus habilidades y características para afrontar los obstáculos en la vida; así es como nos gusta verlo. Creemos que todos pueden conectar y encontrar su propio animal de poder . Al principio, las insignias iniciales de los equipos estaban relacionadas con nuestro concepto de teams: Team Rafa, Team Lesslie o Team Karen. No pensamos mucho en los animales en ese momento.
Con el tiempo, tuvimos la oportunidad de viajar y conocer comunidades que aún conservan tradiciones ancestrales con estas

creencias en México, India, Perú, Estados Unidos, Canadá y Japón. En México, hay lugares como Oaxaca, Chiapas y Yucatán que aún conservan la conexión espiritual con la naturaleza, representada a menudo por animales. Por ejemplo, la cultura zapoteca tiene un calendario con animales espirituales. Nos dimos cuenta de que esta creencia es compartida en otros países, como Perú con sus tótems, Canadá con sus animales totémicos y China con sus dragones. Es algo que se encuentra en todo el mundo.

👑 *Efectivamente, aunque al principio no éramos conscientes del significado de los animales en nuestros teams, durante un viaje a Mérida por mi cumpleaños tuvimos una experiencia con un chamán. Este chamán afirmaba tener el poder de comunicarse con los animales, algo que inicialmente me pareció un poco gracioso. Sin embargo, durante la sesión, tuve la sensación de que había animales presentes ahí, una rana y una araña, y sentí que nos estaban transmitiendo mensajes a través de él.*
Fue algo completamente nuevo para nosotros.
A partir de ese momento, encontramos más conexiones con un mundo sutil y sensible, el mundo espiritual de los animales en nuestros viajes. Líderes espirituales nos decían cosas como: "tu animal de protección es tal" o "tu animal de poder te envía este mensaje". Empezamos a comprender que los animales tienen un poder significativo en la Tierra y que también actúan como protectores. Descubrimos que cada persona posee una sensibilidad o afinidad particular hacia un animal. Por ejemplo, el águila representa la libertad y la habilidad para cazar en lo alto... tal vez alguno de ustedes se pueda identificar con las características de esta ave.

👑 *Nos explicaron que cada uno de nosotros nace con un animal que nos protege y que, a medida que crecemos, estos animales van cambiando para acompañarnos en diferentes etapas de la vida. Nuestros animales evolucionan con nosotros, ya que no somos las mismas personas que éramos hace tres u ocho años. Estas son nuestras evoluciones:*

Karen: zorro-jaguar-león
Lesslie: mariposa-colibrí-libélula
Rafa: jirafa-león-elefante

🔺 En JUMP, nuestros animales espirituales cambiaron y los presentamos en la canción Seamos leyenda. Recuerdo que una vez tuvimos una sesión en un temazcal y, por casualidad, conocimos a una persona que comenzó a revelarnos muchas cosas sobre nosotros, sobre cómo nos relacionamos como familia. Lo interesante es que esta persona nunca nos había visto en uno de nuestros videos. Lo primero que mencionó fue la presencia de un colibrí en la habitación, alguien que disfrutaba de sentirse libre, brillar y compartir su esencia con otros seres. También comentó que veía a dos felinos, un león y un jaguar, que estaban en constante conflicto, cada uno queriendo hacer las cosas a su manera. Sugirió que estos felinos se alinearan para trabajar en armonía. Karen y yo siempre hemos sido muy diferentes, lo notaron en Polinesios Revolution. Ella tiene una opinión y yo tengo otra muy distinta. Sabíamos que el colibrí representaba a Lesslie, mientras que Karen y yo éramos el jaguar y el león, respectivamente.

🔺 Durante nuestro viaje a la India, me identifiqué mucho con los elefantes. Son criaturas grandes que contribuyen a construir bosques y selvas, y ningún otro animal se mete con ellos. Me di cuenta de que mi personalidad necesitaba un cambio y quise proyectarme más como un elefante que como un felino. Así que en esta nueva etapa de mi vida cambié mi animal espiritual a un elefante. Lesslie también deseó realizar un cambio en su animal espiritual.

💎 Mi animal de poder evolucionó de un ave, como el colibrí, a la libélula, que es un insecto. La elegí porque me siento identificada con sus etapas de transformación, en lo radicales que son sus cambios y cómo finalmente se convierte en una majestuosa y colorida criatura. De hecho, la libélula que conocemos está en su tercera etapa, que es la última... ¡ya es como viejita!; es rápida y puede mover sus alas en diferentes direcciones, detenerse en el mismo espacio e irse para atrás. Además, me encanta volar, pues no me gusta quedarme en un solo espacio, me gusta explorar y viajar.

Un fun fact respecto a nuestros animales de poder es que los integré en mi libro Finalmente soy yo... ¿se dieron cuenta? Mis hermanos siempre me han acompañado en todo lo que he hecho, hemos estado juntos pese a todo. Entonces, aunque estos libros fueron proyectos personales, quería que ellos de alguna manera estuvieran presentes en el proyecto, que mis hermanos supieran que hablaba de ellos cuando leyeran el libro, y lo mucho que significan para mí.

⟁ Los AKK nuestros GUARDIANES

Hoy sabemos que los AKK son nuestros protectores y que llegaron a nuestra vida cuando más los necesitábamos. De la última camada, de repente... ¡pum!, se reprodujeron y teníamos seis perritos en casa. En esa etapa no estábamos tan bien, ni personalmente ni como hermanos, pero los AKK nos ayudaron muchísimo a retomar la unión. Los animalitos nos acompañan y nos enseñan cosas como el amor; nos dan fuerza, valor y sabiduría.

◈ Koco siempre estuvo conmigo, sobre todo en momentos complicados de mi vida. En el momento en el que yo estaba bien, Koco se enfermó y se fue. No entendíamos por qué lo tuvimos en este plano terrenal tan poco tiempo. Y hablando con amigos, quienes igual que nosotros tienen perritos, nos explicaron que también a ellos les pasaba lo mismo, que de alguna manera nuestras mascotas están ahí para curarnos, para absorber energía que nos hace daño y ellos fungen como limpiadores energéticos; digamos que nos ayudan a conectarnos con el corazón de la tierra. Ellos tienen una misión que cumplir y, cuando la hacen, se van. Sigo extrañándolo, pero sé que él está cerca de mí y eso me tranquiliza.

♕ Ahora Koco vive en un plano sutil en el que es un animal libre, que puede ser un jaguar con cuerpo de dragón o un elefante con alas. De hecho, nosotros tenemos una colección de ilustraciones de nuestros viajes en la que decidimos poner a los AKK como alebrijes, como animales míticos que mezclan distintas formas y características. Nosotros creemos que ellos, en este plano, son perritos, pero en otra dimensión, son alebrijes, animales guardianes que están protegiendo a la familia, que se divierten y tienen aventuras.

TEORÍA 2
Polinesios son de otro planeta

Nuestro sistema solar reside en una galaxia conocida como la Vía Láctea que, según la información de Wikipedia, alberga entre 200 mil y 400 mil millones de estrellas. Frente a esta inmensidad de posibilidades, resulta intrigante considerar si existen otros planetas en nuestra galaxia que puedan albergar formas de vida. ¿Y si los Polinesios fueran miembros de una civilización extraterrestre más avanzada que la nuestra, y estuvieran secretamente infiltrados en la Tierra? Es una incógnita fascinante. De todos nosotros, Rafa ha presentado indicios más notables que respaldan esta teoría, lo cual sugiere que adaptarse a las condiciones de nuestro planeta ha sido un desafío para él. Si hacemos memoria, Rafa nos ha estado enviando señales de que su naturaleza es de otro mundo.

- En su cumpleaños de 2021, su pastel fue decorado con el número 199. ¿Podría ser un mensaje sobre la edad que cumpliría en la galaxia de su origen?
- En el pasado, solía considerar la comida simplemente como combustible para vivir e incluso era capaz de comerla congelada. Además, se ha aventurado a probar agua del fondo marino, ¡una dieta muy exótica!
- Cuando lleva a sus AKK a pasear por el bosque, percibe sonidos extraños que no parecen provenir de la naturaleza, como si alguien estuviera observándolo en secreto.
- Su postura al dormir es completamente rígida. No hay humano que pueda permanecer inmóvil y sin dar patadas mientras sueña.
- Siempre tiene la sensación de vivir en un futuro postapocalíptico, como si fuera un explorador en una distopía del año 2590.

- Disfruta observar las estrellas y por eso tiene un techo de vidrio en su habitación. ¿Acaso desea mantenerse conectado con otros seres de su especie en el universo?
- Ha expresado su temor a ser abducido por extraterrestres. Este miedo solo puede ser legítimo si se tiene la certeza de que existe vida en otros planetas o si su origen es de otro mundo.

🔺 Descartes, el filósofo francés, dijo: "Cada cosa tiene solo una verdad. Sí, una sola verdad absoluta, pero esta es inalcanzable". Tal vez muchos seres humanos no somos de este planeta, y aún no lo hemos descubierto. Todo es una incógnita, lo cual lo convierte en una posibilidad, pero me gusta pensar en la vida en otros planetas y que los humanos estamos hechos de polvo de estrellas.

TEORÍA 3
Polinesios tienen una misión en este mundo... ¡y en otros universos!

Llegué a esta hipótesis después de ver el video *Nuestro papá tiene problemas con el celular*. En este video, el señor Rafael nos cuenta sobre una libreta que perteneció a su bisabuelo, quien era un viajero. Dentro de esa libreta, aparece un término enigmático llamado el *Plano Sutil*. Mi curiosidad se despertó y comencé a investigar a fondo este término, pero mis esfuerzos fueron en vano. Sin embargo, encontré una pista clave en el video.

Mientras el señor Velázquez hojeaba la misteriosa libreta, noté que en las primeras páginas había un gráfico con tres planos distintos. Esta imagen capturó mi atención y me llevó a reflexionar: ¿Será que uno de esos planos representa lo que se denomina como *sutil*? Y si es así, ¿qué significan los otros dos planos restantes? Además, me planteé una idea aún más intrigante: ¿podría este gráfico ser una representación de un universo multiversal?, ¿será que la libreta guarda los secretos para acceder a estos mundos paralelos?, ¿acaso los ancestros de Polinesios tenían conocimiento sobre estos portales y dejaron sus enseñanzas por escrito?

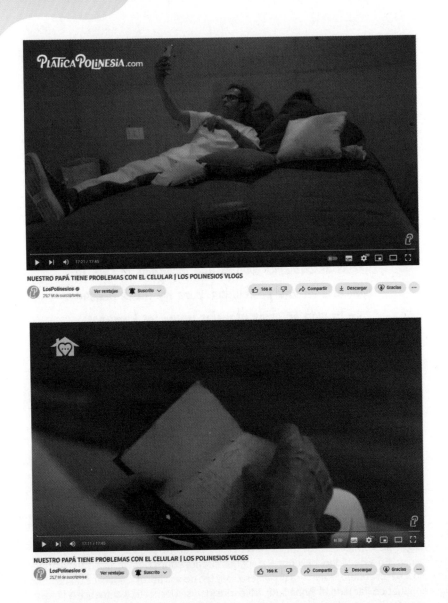

Estas preguntas me llenaron de emoción y deseo de tener esa libreta en mis manos, para desentrañar los misterios que podría revelar. Sin duda, este descubrimiento ha despertado en mí una fascinación por explorar los límites de la realidad y buscar respuestas en los secretos ancestrales que podrían estar guardados en esas páginas.

🔺 ¡Nosotros también! Lamento decirles que la libreta está perdida desde hace un tiempo, no sabemos dónde está. Contiene las aventuras del bisabuelo Polinesio. Ahora sabemos que esa libreta tiene mucho valor y está llena de secretos reveladores, que esa fue una de las razones por las que fue sustraída de la Casa Oasis. Queremos compartir con ustedes algunos datos que alcanzamos a leer, documentarlos aquí para que nos ayuden a completar nuestra misión.

◇ Yo empiezo, porque quiero contar la historia de amor, ¡awww! Nuestro bisabuelo halló a la mujer de sus sueños en las Islas Polinesias, se trataba de la jefa de la tribu del lugar, quien encontró en nuestro bisabuelo a un hombre digno y bueno y se casaron.

👑 Ok, sí, sí, se juraron amor eterno, pero eso no fue lo más importante, sino que esa líder le compartió a nuestro bisabuelo información importante que podría cambiar el mundo.

🔺 Espera, Karen, se te olvidó decir que la jefa de la tribu y nuestro bisabuelo tuvieron una hija. Lo que se sabe es que la niña logró atravesar todo el océano Pacífico, de sur a norte hasta llegar al continente americano. Y eso fue todo lo que alcanzamos a leer. De verdad, necesitamos ese manuscrito.

TEORÍA 4
EL TRIUM

He buscado minuciosamente en cada canal, cada publicación en redes sociales y cada canción de los Polinesios, y he encontrado escasa evidencia que respalde esta teoría que les voy a presentar. Sin embargo, tengo algunas referencias que podrían ser relevantes:

1. **El TRIUM:** Esta referencia surge en el video de *JUMP*, cuando los símbolos individuales de Karen, Rafa y Lesslie se fusionan en la pantalla, creando el TRIUM. Este momento representa la superación de sus luchas individuales y la unión como equipo.
2. **El *pop socket* de PPMarket:** Tengo en mis manos mi propio *pop socket* de PPMarket, el cual adquirí antes de venir a Corea. No puedo evitar preguntarme si fue una coincidencia o si Polinesios lanzaron este accesorio sabiendo que somos adictos a nuestros teléfonos y que lo utilizaríamos constantemente. Además, cada símbolo presente en él tiene un significado especial.

La corona de Karen

La pirámide de Rafa

El corazón de Lesslie

Además, cada uno de los PP lleva un collar con su símbolo individual, los cuales, cuando se unen, forman el emblema del TRIUM. ¿Habían notado esto antes?

3. **Conversación en *Nos inmortalizamos en figuras de cera*:** En este video, los hermanos tienen una conversación intrigante sobre la posible veracidad del TRIUM. Lesslie plantea la duda de si el TRIUM es real, a lo que Karen responde recordando su experiencia en el desierto, mientras Rafa se muestra misterioso al tomar su collar con el símbolo de la pirámide.

Si has visto el video, quizás te diste cuenta de que los tres hermanos estaban acostados en el suelo en una posición peculiar. Esta escena me hace sospechar que hay algo más en la unión de estos collares. ¿Será posible que tengan la capacidad de viajar en el tiempo? ¿Qué ocurrió en aquel desierto del que hablan? ¿Podría ser el desierto de Atacama en Chile, y lograron hacer llover mediante algún poder especial?

TEORÍA 5

Polinesios son 100 % humanos, pero son guiados por una inteligencia artificial (Mr. Clarck)

Desde que Aria adquirió a Mr. Clarck a través de internet, su llegada fue desconcertante. Sin embargo, estoy convencida de que como líder de la manada, Aria llevó a cabo una minuciosa investigación, incluso en las profundidades de la web para encontrar al ente virtual perfecto que ayudaría a los Polinesios a cumplir su misión. Personalmente, tengo una teoría intrigante: Mr. Clarck podría ser una inteligencia artificial encarnada en un impresionante maniquí. Su algoritmo es tan avanzado que posee una especie de alma digital y es omnipresente, lo que significa que puede observar todo lo que Rafa, Karen y Lesslie hacen, tal como se muestra en la escena final del video ¿Qué pasó con Polinesios?

Mr. Clarck con la colección de PPMarket C-000 Negro.

TEORÍA 6
Ashley tiene intereses misteriosos con Polinesios

Ashley: qué enigma tan fascinante. Muchos podrían pensar que se trata de Karen oculta tras una máscara de látex de origen asiático, pero tengo mis reservas al respecto. Me cautiva la idea de que este personaje sea real y posea intereses propios. Aquí está mi teoría: Ashley es un simbionte, una forma de vida extraterrestre capaz de adoptar la apariencia de cualquier objeto para encontrar más fácilmente a un huésped humano y coexistir con él. Es por eso que, al llegar a Hong Kong, Ashley adoptó la forma de una máscara y logró viajar hasta México, donde eligió a Karen como la terrícola perfecta para fusionarse, dejando de lado a Lesslie. Esta conclusión se puede confirmar en el minuto 2:46 del video *Compramos una máscara de mujer, se ve muy real*.

Momentos antes de que Ashley llegara al Universo Polinesio.

Por otro lado, considero que tener a un alienígena viviendo en tu hogar podría ser divertido. Si Ashley fuese mi compañera de cuarto, podría hacerle muchas preguntas y solicitar su ayuda con mis clases de coreano. Al final del día, ella ha abordado temas que los Polinesios nunca antes habían explorado y posee conocimientos que solo una extraterrestre podría tener.

Ashley en Nueva York utilizando la colección C-000 de PPMarket.

Tengo más dudas sobre este personaje... ¿Cuáles son sus teorías?

• ¿Por qué está en la Tierra?
• ¿Por qué llegó con Polinesios?
• ¿Qué clase de energía le transfirió a Rafa en el minuto 1:46 del video *¿Qué pasó con Polinesios? 10 años después?*
• ¿Qué habrá más allá del portal al que Ashley salta al final de *Polinesios Revolution?*
• ¿Se dieron cuenta que Ashley tiene una gema en la frente?, ¿qué podría ser?

Escanea el código QR y encuentra la guía de personajes.

ENJOY THE GAME

Esta obra se terminó de imprimir
en el mes de septiembre de 2024,
en los talleres de Litográfica Ingramex S.A. de C.V.
Ciudad de México.